책은 진지하고 고요히 음미하고 아껴야 할 존재다.
그럴 때에야 비로소 책은 그 내면의 아름다움과 힘을
활짝 열어 보여준다.

Hermann Hesse

헤르만 헤세의
책이라는
세계

**헤르만 헤세의
책이라는
세계**

초판 1쇄 펴냄 2006년 10월 28일
  17쇄 펴냄 2021년 3월 19일
개정판 1쇄 펴냄 2022년 5월 6일
  7쇄 펴냄 2024년 11월 11일

지은이 헤르만 헤세
옮긴이 김지선

펴낸이 고영은 박미숙
펴낸곳 뜨인돌출판(주) | 출판등록 1994.10.11.(제406-251002011000185호)
주소 10881 경기도 파주시 회동길 337-9
홈페이지 www.ddstone.com | 블로그 blog.naver.com/ddstone1994
페이스북 www.facebook.com/ddstone1994 | 인스타그램 @ddstone_books
대표전화 02-337-5252 | 팩스 031-947-5868

ISBN 978-89-5807-889-0 03850

HESSE

Die Welt
der Bücher

헤르만 헤세의
책이라는
세계

헤르만 헤세 Hermann Hesse 지음

김지선 옮김

뜨인돌

책

이 세상 모든 책들이
그대에게 행복을 가져다주지는 않아
하지만 가만히 알려주지
그대 자신 속으로 돌아가는 길

그대에게 필요한 건 모두 거기에 있지
해와 달과 별
그대가 찾던 빛은
그대 자신 속에 깃들어있으니

그대가 오랫동안 책 속에 파묻혀
구하던 지혜
펼치는 곳마다 환히 빛나니
이제는 그대의 것이리

―― 헤르만 헤세

차례

독서에 대하여 1

Über das Lesen

의외로 많은 사람들이 독서를 제대로 이해하지 못하며, 왜 책을 읽는지조차 정확히 모른다. 어떤 이들은 독서를 '교양을 쌓기 위해 힘들지만 부득불 걸어야 할 길'로 생각하며 잡다한 독서를 통해 상당한 '교양을 쌓는다.' 또 누구는 독서란 그저 시간을 죽이기 위한 가벼운 소일거리라고 여겨 무슨 책을 읽든지 간에 지루하지만 않으면 어차피 다 똑같다고 생각한다.

예를 들어 뮐러라는 사람은 교양을 갖추려고 괴테의 《에그몬트》도 읽고 바이로이트 백작부인의 회고록 류의 책도 읽는다. 이렇듯 자신의 부족한 부분에 대해 초조해하며 책을 읽는다는 사실 자체가 교양이라는 것을 외부로부터 끌어들여와야 하는 것으로 보는 것이다. 즉, 교양을 노력을 기울여 습득해야 할 어떤 것으로 본다는 얘기다. 그러나 아무리 열심히 책을 읽는다 한들, 그렇게 얻은 교양은 생명력이 없고 아무 결실도 맺지 못할 공산이 크다.

한편 마이어 씨는 '재미로', 말하자면 무료해서 책을 본다. 생계는 보장돼있고 시간은 주체할 수 없을 만큼 넘친다. 그러니 그가 긴긴 하루를 잘 때울 수 있도록 작가들이 도와줘야 한다. 그는 질 좋은 시가를 피우듯 발자크Jean-Louis Guezde Balzac를 읽고, 신문을 보듯 레나우Nikolaus Lenau를 읽는다.

자, 그런데 이 뮐러 씨나 마이어 씨, 혹은 그들의 아내나 아들딸들이 다른 일들도 그처럼 주체성 없이 주먹구구로 하느냐 하면 그건 또 아니다. 채권 한 장을 사고파는 데도 조목조목 이유를 따지고, 저녁에 과식은 해롭다고 철저히 삼가며, 육체노동이라면 생계나 건강유지에 필요한 딱 그만큼만 한다. 개중에는 운동을 하면서 여가시간을 즐겁게 보내고 젊음과 건강을 지키는 일거양득의 묘미를 터득한 사람도 있다.

이런 뮐러 씨라면 운동을 하거나 노를 저을 때처럼 책도 그렇게 읽어야 하지 않겠는가? 사업에 바치는 시간과 마찬가지로 독서에 들이는 시간에 대해서도 모종의 이득을 기대해야 마땅하지 않을까? 또한 자신의 경험과 인식을 조금이라도 더 확장시키지 못하고, 한 치라도 더 건강하게 하루라도 더 젊어지게 만들어주지 못하는 책이라면 감명을 받지 말아야 하는 것이 아닌가? 교양에 그렇게 힘쓰느니 차라리 그 노력을 바쳐 교수자리를 얻는 게 낫고, 현실에서 불한당들과 사귀는 걸 부끄럽게 여기듯이 소설 속에서 강도나 건달들과 어울리는 것 또한 창피하게 생각해야 하지 않을까?

그러나 독자들은 그렇게 단순하게 생각하질 않는다. 활자화된 세계라면 좋고 나쁨을 따지지 않고 무조건 고상한 것으로 여기거나 아니면 어차피 뜬구름 잡는 사람들이 지어낸 비현실적인 세계이니 그저 한두 시간 재미있게 때울 심심풀이일 뿐이라며 내심 경멸하거나, 둘 중 하나다.

문학을 이처럼 과대 혹은 과소평가하고 있음에도, 뮐러 씨나 마이어 씨 할 것 없이 다들 너무 많이 읽는다. 전혀 감동이 없으면서도 다른 일에 비해 시간과 노력을 지나치게 바친다. 어쨌든 책 속에는 분명 가치 있는 뭔가가 감춰져있다고 어렴풋이나마 느끼고 있다는 얘기다. 다만 책에 대해서만큼은 유독 뚜렷한 자기주장이 없이 수동적이고 어영부영한 태도를 취하고 있는 것이다. 아마 사업을 그런 식으로 하면 금방 망할 텐데 말이다.

시간 때우기나 기분전환을 원하는 독자건 교양을 중시하는 독자건 간에 책에는 활력과 정신적 고양을 주는 뭔가 숨겨진 힘이 있다고 짐작은 하되, 그게 무엇인지를 제대로 알거나 평가할 줄은 모르는 것이다. 이는 마치 어떤 환자가 약국에는 좋은 약이 많다면서 칸칸마다 뒤져 온갖 약들을 돌아가며 다 먹어보는 것과 다를 바 없다. 그런데 그러다 보면 요행히 자기한테 딱 맞는 약이 걸려, 약물중독이나 남용에 이르는 대신 활력과 원기를 얻을 때가 있는 것처럼 서점이나 도서관에서도 간혹 그러는 것이다.

사람들이 책을 많이 읽는다는 것은 우리 같은 작가들에게 반가운 일이지, 불평하는 것은 오히려 어리석은 태도일지 모르겠다. 그러나 길게 보면 어떤 직업이든 온통 오해받고 오용되는 게 달가울 리 없듯이, 인세 수입이 대폭 줄어들지언정 심드렁한 독자 수천보다는 단 열 명이라도 제대로 알아주는 독자들이 더 고맙고 기쁘다.

바로 그런 이유로 감히 주장한다. 남독濫讀은 결코 문학에 영예가 아닌 부당한 대접이라고 말이다. 책이란 무책임한 인간을 더 무책임하게 만들려고 있는 것이 아니며, 삶에 무능한 사람에게 대리만족으로서의 허위의 삶을 헐값에 제공해주기 위해 존재하는 것은 더더욱 아니다. 그와 정반대로 책은 오직 삶으로 이끌어주고 삶에 이바지하고 소용이 될 때에만 가치가 있다. 그러므로 독자들에게 불꽃 같은 에너지와 젊음을 맛보게 해주지 못하고 신선한 활력의 입김을 불어넣어 주지 못한다면, 독서에 바친 시간은 전부 허탕이다.

피상적으로 봐도 독서는 정신집중을 요하는 일인데, 정신을 '풀어놓으려고' 책을 읽는다는 건 잘못되어도 한참 잘못된 것이다. 정서적으로 건강한 사람이라면 정신을 분산시킬 게 아니라 오히려 집중해야 한다. 언제 어디서 무슨 일을 하건, 무엇을 생각하고 느끼건 간에 온 힘을 기울여야 마땅하다. 하물며 독서는 더욱 그러하니, 제대로 된 책이라면 언제나 복잡다단한 현상들의 단순화, 응축과 함축을 표현하고 있기 때문이다. 아무리 짧은 시 한 편에도 인간의 감정이 단순화되고 집약된 형태로 담겨있다. 주의를 집중해 이 감정들에 적극적으로 몸을 맡기고 함께 겪고자 하는 뜻이 없다면, 불량독자인 것이다. 불량독자들이 시나 소설에 끼치는 부당함은 여기서 굳이 언급하지 않겠다. 잘못된 독서는 무엇보다도 자신에게 부당하다. 무가치한 일로 시간을 허비하고, 자신에게 하등 중요하지도 않고 그러니 금방 잊어버릴 게 뻔한 일에 시력과 정신력을 소모하며, 일절 도움도 안 되고 소화해내지도 못할 온갖 글들로 뇌를 혹사하는 짓 아닌가?

이런 잘못된 독서가 다 신문 탓이라고 말하는 사람들도 있다. 나는 천만의 말씀이라고 생각한다. 신문이나 다른 온갖 잡다한 글을 매일 읽더라도 온전히 집중된 상태로 즐겁게 독서할 수 있다. 어쩌면 새로운 정보들을 선택하고 신속하게 조합해내는 건전하고 중요한 훈련으로 삼을 수도 있다. 반면에 괴테의 《친화력》이라 할지라도(교양 때문이건, 심심풀이로 읽는 사람이건) 그야말로 완전 맹탕으로 읽을 수가 있다.

인생은 짧고, 저세상에 갔을 때 책을 몇 권이나 읽고 왔느냐고 묻지도 않을 것이다. 그러니 무가치한 독서로 시간을 허비한다면 미련하고 안타까운 일 아니겠는가? 내가 여기서 말하고 싶은 것은 책의 수준이 아니라 독서의 질이다. 삶의 한 걸음 한 호흡마다 그러하듯, 우리는 독서에서 무언가 기대하는 바가 있어야 마땅하다. 그리고 더 풍성한 힘을 얻고자 온 힘을 기울이고 의식적으로 자신을 재발견하기 위해 스스로를 버리고 몰두할 줄 알아야 한다. 한 권 한 권 책을 읽어나가면서 기쁨이나 위로 혹은 마음의 평안이나 힘을 얻지 못한다면, 문학사를 줄줄 꿰고 있다 한들 무슨 소용인가? 아무 생각 없이 산만한 정신으로 책을 읽는 건 눈을 감은 채 아름다운 풍경 속을 거니는 것과 다를 바 없다.

또한 우리는 자신과 자신의 일상을 잊고자 책을 읽어서도 안 된다. 이와는 반대로 더 의식적으로, 더 성숙하게 우리의 삶을 단단히 부여잡기 위해 책을 읽어야 한다. 우리가 책으로 향할 때는, 겁에 질린 학생이 호랑이선생님에게 불려가듯 백수건달이 술병을 잡듯 해서는 안 될 것이며, 마치 알프스를 오르는 산악인의 또는 전쟁터에 나가는 군인이 병기고 안으로 들어설 때의 마음가짐을 가져야 하리라. 살 의지를 상실한 도망자로서가 아니라, 굳은 의지를 품고 친구와 조력자들에게 나아가듯이 말이다.

만약에 정말 이럴 수만 있다면, 지금 읽는 것의 10분의 1가량만 읽는다고 해도, 우리 모두 열 배는 더 행복하고 풍족해지리라. 그래서 우리의 책들이 더 이상 팔리지 않는다고 해도, 그 결과 우리 작가들이 열 배쯤 적게 쓴다 해도 세상에 해가 될 일은 결코 없으리라. 아무렴, 쓰는 게 문제인가. 읽는 게 훨씬 중요하지.

(1911)

책의 마력

―――――――――――――――――――― Magie des Buches

인간이 자연에게서 거저 얻지 않고 스스로의 정신으로 만들어낸 수많은 세계 중 가장 위대한 것은 책이라는 세계다. 아이들이 학교에 들어가 난생처음 글씨를 써보고 읽는 법을 배우면서 첫발을 들여놓게 되는 이 세계는 워낙 정교하고 극도로 복잡해서, 그 모든 법칙과 규칙에 통달하여 자유자재로 구사하는 경지에 이르기란 거의 불가능하다.

말과 글과 책이 없이는 역사도 없고 인간이라는 개념도 존재할 수 없다. 혹 누군가 소규모의 공간에, 이를테면 집 한 채나 방 한 칸에 인간정신의 역사를 집약하여 소유하고자 한다면, 이는 오로지 책을 수집하는 형태로만 가능할 것이다. 물론 역사에 대한 집착과 역사적 사고방식이 갖는 위험성을 우리는 이미 목도하였고, 최근 수십 년에 걸쳐 역사에 대항한 감정의 거센 폭동을 경험하기도 하였다. 그렇지만 바로 이 폭동을 통해서 우리가 배울 수 있었던 것은, 정신적 유산을 거듭 새로이 획득하고 점유하고자 하는 노력을 완전히 포기한다고 해서 우리의 삶과 사고가 무죄로 나아가는 것도 아니라는 것이다.

어떤 민족에게나 말과 글은 신성하고 마력적인 것이다. 이름을 지어 붙이는 것이나 글을 쓰는 것은 본래 마력을 지닌 행위, 즉 정신을 통해 자연을 정복하는 신비한 행위여서 글은 어디서나 신이 내린 선물로 칭송받았다. 대부분의 민족들에게 읽기와 쓰기는 사제 계층만 전유했던 신성한 비술이었으니, 어떤 젊은 사람이 이 엄청난 기예를 익히기로 결심한다면 이는 실로 대단하고 비상한 사건이었다. 그것은 쉽지 않은 일이었고 소수에게만 허락되었으며, 희생과 헌신을 대가로 치러야만 했다. 민주주의 문명사회의 시각에서 볼 때, 그 당시 정신이란 지금에 비해 더 보기 드문 것이었던 만큼 더 고귀하고 신성했다. 신성의 비호 아래 있어서 아무나 접근할 수 없었고, 애쓰고 힘써서 걸어가야 하는 길이요, 값없이 가질 수 있는 게 아니었다. 계층 구분이 엄격하고 귀족주의적 질서체계를 가진 문화에서 온통 문맹인 민중들 가운데 글자라는 비밀에 통달했다는 것이 어떤 의미인지 지금의 우리가 어찌 제대로 상상이나 할 수 있으랴! 그것은 빛나는 훈장이자 권력을, 명명백백한 마법을 의미했으며, 하나의 부적이요 요술지팡이였다.

그런데 지금은 겉으로 보기에 상황이 완전히 달라진 듯하다. 오늘날은 글과 정신의 세계가 누구에게나 개방되어있고, 오히려 벗어나려고 안간힘을 써도 그 세계로 끌려들어가는 상황 같다. 오늘날 읽고 쓸 줄 아는 능력이란, 숨 쉴 줄 안다 내지는 기껏해야 승마를 할 줄 안다는 정도에 준한다.

오늘날은 글과 책이 예전의 그 특별한 품격이나 매력, 독특한 마력 등을 완전히 박탈당한 것처럼 보인다. 아마 종교계에는 아직도 계시가 담긴 '신성한 책'이라는 개념이 남아있겠지만, 유일하게 막강한 실권을 가진 교회 당국에서 평신도들이 성서를 널리 읽는 세태에 대해 별달리 의미를 부여하지 않는 걸 보면, 사실상 신성한 책이란 소수의 독실한 유대교도들이나 개신교 몇몇 종파의 추종자들 사이에서나 존재할 뿐이다. 물론 공식석상에서 선서할 때 서약자가 손을 성경책 위에 올려놓는 등 이런저런 관습이야 아직 남아있지만, 이런 제스처는 과거에 호령하던 세력의 허울뿐인 잔재에 불과하다. 요즘 의 보통 사람들은 선서문구 자체에도 그렇듯이 그런 행동을 하면서 묘한 결속감 따위는 느끼지 않는다.

이제 책은 더 이상 비밀의 세계가 아니며 만인에게 열려있 는 것처럼 보인다. 민주주의와 자유주의의 시각에서 보면 이 는 진보요 당연한 일이지만, 다른 관점에서 보면 정신의 가치 절하이자 저속화이기도 하다.

진보를 이루어냈다는 즐거운 기분에 초를 칠 작정은 아니 다. 글을 읽고 쓰는 것이 더 이상 특정 계급이나 계층의 전유 물이 아니라는 사실, 인쇄술의 발명 이후 책은 엄청난 양으 로 유포되어 일용품이자 기호품이 되었다는 사실, 대량 발행 으로 책값이 싸지면서 형편이 넉넉잖은 사람들도 최고의 양 서들(이른바 고전들)에 접근할 수 있게 되었다는 사실은 반 가운 일이다. 또한 '책'이라는 개념이 옛 영화를 거의 잃어버 렸고 게다가 최근 들어 영화나 방송이 등장하면서, 대중들에 게 책은 더더욱 가치와 매력을 상실한 듯이 보인다는 사실에 지나치게 개탄할 생각도 없다. 그렇다 한들 장차 책의 고사 를 염려할 필요는 전혀 없다. 오히려 그 반대로, 시간이 지나 면 오락적 욕구나 대중교육 등 일정 부분은 새로운 매체가 담당하게 될 것이고, 그럴수록 책은 위엄과 권위를 되찾게 될 것이다. 왜냐하면 지금이야 진보에 취해서 천방지축이지만 머지않아 글과 책에는 불멸의 기능이 있다는 것을 다시금 인식할 것이기 때문이다. 말을 통한 표현과 이러한 표현을 글로써 전승하는 일은 인간이 역사와 정체성을 지속적으로 유지하기 위한 보조수단 정도가 아니라 유일무이한 수단임을 분명히 알게 될 것이다.

아직까지는 라디오나 영화 같은 신생 경쟁매체들이 책의 기능 중 어지간한 부분조차도 완전히 가로채지 못한 상태다. 예를 들어 문학적으로 뛰어나지는 않지만 상황이나 장면이 볼 만하고 긴장감 있는 전개에 감성을 자극하는 대중소설 같은 경우, 영화의 영상이나 라디오의 음성전달 혹은 양자가 결합된 형태 등으로 대치되어야 할 텐데, 왜 많은 사람들이 아직도 그런 책을 읽느라 엄청난 시간과 시력을 쏟아붓는지 정말 알다가도 모를 일이다. 그러나 어쨌든 이러한 역할분담이 표면적으로 완전히 드러나지 않았을 뿐, 현장에서는 이미 오래전부터 부분적으로 은밀히 이루어지고 있다. 벌써 작가 누구누구가 책이나 연극을 떠나 영화 쪽으로 넘어갔다는 소식이 심심찮게 들린다. 불가피하고 또 바람직한 분리가 이미 이루어졌다는 얘기다. 문학창작이나 영화제작이나 다 똑같은 일이라든가 어차피 공통점이 많은 일이라는 생각은 분명 오류이기 때문이다.

내가 이런 말을 한다고 해서 문인을 추켜세운다거나 문인에 비해 영화제작자가 아무래도 한 급 아래라는 식으로 이야기를 끌고 갈 생각은 추호도 없다. 그러나 말과 글을 수단으로 삼아 묘사나 이야기를 전달하려는 사람과, 같은 이야기라도 배우들을 통해 영상으로 풀어내려는 사람은 원칙적으로 다를 수밖에 없다. 형편없는 얼치기 작가도 있고 천재 영화인이 나올 수도 있다. 그런 걸 따지자는 얘기가 아니다. 일반 대중은 아직 잘 모르고 아마 세월이 꽤 흘러야 알게 되겠지만, 창작하는 사람들 내부에서는 이미 확연하게 입장 정리가 시작되었다. 즉 예술적 목표를 달성하기 위해 취하는 수단의 원칙적 구분이다.

물론 이러한 분리가 완전히 이루어진 후에도 다듬어지지 않은 소질을 가지고 능력 없는 분야에 함부로 뛰어드는 사람들이 있는 한, 엉성한 소설이나 저속한 영화는 계속 나올 것이다. 그러나 일단 이러한 구분은 개념을 명확히 하고 문학이나 그 경쟁자들 쪽이나 상호부담을 더는 데에 상당히 도움이 될 것이다. 예컨대 사진이 회화에 해가 되지 않았듯이, 문학이 영화 때문에 손해 볼 일은 없을 것이다.

어쨌든 우리의 본래 주제로 돌아가자! 나는 앞에서 오늘날 '겉으로 보기에' 책은 그 마력을 상실해버린 것 같다고, 문맹은 드물어진 것 같다고 말했다. '겉보기에'라니? 그 옛날의 마력이 여전히 어딘가에 존재하며, 결국 신성한 책, 마력적인 책, 신비한 책 같은 게 아직도 있다는 말인가? '책의 마력'이란 순전히 과거나 동화에 속하는 개념이 아니라는 건가?

그렇다. 정신의 법칙은 자연의 법칙과 마찬가지로 쉽게 바뀌지도 않고 일거에 '철폐'시킬 수도 없다. 성직자 계급이나 점쟁이들을 없애버리거나 그들의 특권을 철폐할 수는 있다. 여태껏 소수들만의 은밀한 소유요 보물이었던 인식이나 문헌을 다수에게 개방하거나, 심지어 그러한 보물들을 배우고 익히도록 강제할 수도 있다. 그러나 이 모든 것들은 표면의 표면에서 벌어지는 일이다. 실제로 정신의 세계에서는 루터가 성경을 번역한 이후로 그리고 구텐베르크가 인쇄술을 발명한 이후로 하나도 달라진 게 없다.

그 모든 마력은 지금도 온전히 존재하며, 지성은 여전히 엄격한 서열 속에서 소수의 특권층만이 누리는 비밀이다. 다만 지금은 그 소수집단의 정체가 노출되지 않을 뿐이다. 책과 글이 모든 계층의 공유물이 된 지 이미 수백 년이 지났지만, 마치 계층별 의복규정이 철폐된 이후 유행이 일반의 공유물이 되었으되 유행의 창조는 예나 지금이나 소수의 몫으로 남아있는 것과 같은, 또 같은 옷이라도 날씬한 체격에 세련된 미적 감각을 지닌 멋진 사람이 입었을 때와 평범한 사람이 입었을 때가 전혀 다르게 보이는 것과 같은 이치다.

그런데 지성의 영역이 민주화된 이후의 변동은 한층 더 희한하고 애매모호하게 이루어졌다. 주도권이 사제나 식자층의 손을 떠나 다른 데로 넘어가긴 했는데, 이제는 책임소재가 불분명하게 되어버린 데다 더 이상 정통성도 없으며 어떤 형태의 권위도 내세울 수 없는 형국이 된 것이다. 때때로 작가나 지식인 계층이 지성을 주도하는 듯이 보이기도 하지만, 그것은 그들이 여론을 형성하거나 적어도 일상의 화젯거리를 제공해주는 역할을 하기 때문일 뿐 그들이 곧 창조 계층과 일치하는 것은 아니다.

너무 추상적으로 얘기를 끌고 갈 것 없이, 최근의 정신사와 문학사에서 예를 들어보자. 예컨대 1870년에서 1880년 시기의 책을 많이 읽는 교양 있는 독일인을 상상해보자. 법관, 의

사, 대학교수, 책읽기를 좋아하는 평범한 시민, 아무라도 좋다. 그가 무엇을 읽었고 자기 시대와 민족의 창조적 지성에 대해 무엇을 알고 있었으며, 어떤 장을 통해 현재와 미래에 참여했던가? 그 시절 여론과 비평계에 의해 양서로, 바람직하고 읽어봄직한 저술로 인정받았던 작품들은 오늘날 모두 어디로 갔는가? 남은 것이 거의 전무하다. 도스토예프스키가 글을 쓰고 니체가 무명작가로 혹은 기인으로 손가락질 당하던 그 시절, 독일의 독자들은 좀 살 만해졌다고 미식을 탐하며 남녀노소 지위고하를 막론하고 슈필하겐[1]이나 마를리트[2] 등을 읽지 않았던가? 아니면 에마누엘 가이벨Emanuel Geibel의 예쁘장한 시였으니, 그의 시집은 얼마나 많이 팔렸던지 이후 어느 시인도 그 기록을 갱신하지 못했을 정도다. 대중성과 판매량에서 그보다도 한 수 위였던 그 유명한 셰펠Joseph Victor von Scheffel의 《제킹겐의 나팔수》Trompeter von Säckingen도 그렇고 말이다.

이런 예는 수백 가지라도 늘어놓을 수 있다. 분명한 사실은, 겉보기에는 정신의 영역이 민주화된 것 같고 한 시대의 지적 성과들이 글을 읽을 줄 아는 동시대인 모두에게 열려있는 듯 보이지만, 실상 중요한 것은 모두 공인받지 못한 채 은밀하게 이루어진다는 것이다. 그리하여 마치 지하 어딘가에 비밀조직 같은 게 있어서 이들이 지적인 주도권을 쥐고 이름도 없이 몸을 숨기고 각 세대에 지배력과 폭발력을 갖춘 자기 수하들을 변장시켜 신분을 감춘 채 지상으로 파견하는 것 같다. 그리고 그들로 하여금 여론이 그저 표면적인 진보에만 입이 헤벌어져 바로 눈앞에서 벌어지는 그 모든 마술은 일절 알아보지 못하게끔 조종하는 것만 같다.

그러나 더 좁고 단순한 범위에서 살펴보면 책의 운명이란 얼마나 경이롭고 신비한지를 날마다 목도할 수 있다. 책들은 때로 극도의 황홀경으로 우리를 매혹하는가 하면 때로는 그 선물을 감추기도 한다. 많은 작가들이 생전에 알아주는 이 (그저 소수 혹은 아무도) 없이 세상을 살다가 떠나면, 우리는 그들의 사후에 그것도 대개 한 몇십 년쯤 지난 후에 그들의 작품이 마치 시간을 초월한 듯 갑자기 빛을 발하며 살아나는 것을 보곤 한다. 살아생전 대중들에게 철저히 외면당했던 니체가 소수의 지성들에게 사명을 펼친 후 세상을 떠난 지 수십 년 만에 애독 작가의 반열에 올라 펴내는 책마다 동이 날 지경이라든지, 휠덜린Johann Christian Friedrich Hölderlin의 시가 쓰인 지 백 년도 더 지나서 불쑥 청년학생층을 사로잡는 일이 그러하다. 아득히 먼 고대 중국의 지혜의 보고에서, 수천 년 만에 갑자기 전후의 유럽에서 한 권의 《도덕경》이 발견되어 어설픈 번역으로 어설프게 읽혀진 것도 마찬가지다. 그것은 한때의 유행처럼 비치기도 했지만, 그래도 활발하고 생산적인 우리 정신층에 지대한 영향을 끼쳤다. 그런 여러 가지 일들을 지켜보노라면 참으로 놀라울 따름이다.

해마다 수천수만의 어린이들이 학교에 입학하여 처음으로 글자를 써보고 한 자 한 자 글을 깨치는 모습을 보게 된다. 그런데 얼마 지나지 않아 대부분의 아이들은 읽기능력을 그저 당연하고 대수롭지 않게 여기는 반면, 어떤 아이들은 한 해 두 해를 넘기고 십 년 이십 년이 지나도록 학교에서 배운 그 마법의 열쇠를 사용하며 새록새록 매료되고 탄복한다. 오늘날 읽기는 누구나 배우지만, 얼마나 강력한 보물을 손에 넣었는지를 진정으로 깨닫는 이는 소수에 불과하다는 얘기다. 난생처음 글을 배워 혼자 힘으로 짧은 시나 격언을 읽어내고 또 동화와 이야기책을 읽게 된 아이는 스스로 얼마나 대견해하는가. 그런데 대개의 사람들은 이렇게 배운 읽기능력을 그저 신문기사를 읽는 데나 활용할 뿐이다.

하지만 몇몇은 철자와 단어의 그 특별한 경이에 여전히 매료당한 채(그들에게 이는 그야말로 하나의 마술이요 마법의 주문이 되었으므로) 살아간다. 바로 이들이 진정한 독자가 된다. 이들은 어릴 적 독본에서 몇 편의 시와 동화, 마티아스 클라우디우스Matthias Claudius의 시, 헤벨Johann Peter Hebel이나 하우프Wilhelm Hauff의 이야기를 찾아내고, 이제 읽기를 다 뗐다고 이것들에게서 등을 돌리는 대신 책의 넓은 세계로 파고들어간다. 그리하여 한 걸음 한 걸음 뗄 때마다 이 세계가 얼마나 광활하고 다채로우며 즐거운지를 깨쳐가는 것이다! 처음에는 이 세계가 자그마한 금붕어 연못과 튤립 화단이 달린 아담하고 예쁜 유치원 뜰인 줄 알았는데, 뜰은 이내 공원이 되고 더 넓은 풍경이 되고 대륙이 되고 세계가 되고 낙원이 되고 코트디부아르 해안이 된다. 그리하여 늘 새로운 마법에 홀리고 늘 처음 보는 색색의 꽃이 만발한다. 또한 어제까지는 정원이나 공원 혹은 울창한 숲으로 보였던 것이 오늘이나 내일쯤은 경건한 신전으로 다가온다. 수천의 홀과 뜰을 거느린 그 신전에는 모든 민족과 시대의 정신이 깃들어있어서 끊임없이 새로이 일깨워지기를, 그 각양각색의 다채로운 외적 형상들 속에 깃든 통일성을 발견해주기를 늘 고대하는 것이다.

이 무한한 책의 세계는 모든 진정한 독자들에게 각각 다른 모습으로 보이며, 개개의 독자는 그 속에서 자기 자신을 추구하며 경험한다. 어린이 동화와 인디언이야기 책에서부터 셰익스피어나 단테로 더듬어 나아가는 사람이 있는가 하면, 별이 총총한 하늘에 대한 작문숙제를 계기로 케플러나 아인슈타인으로 향하는 사람도 있다. 또 어떤 이는 순진무구한 어린이 기도문에서 출발하여 성 도마나 성 보나벤투라의 신성하고 정결한 성전으로 혹은 탈무드 사상의 정교하고 숭고한 승화 혹은 우파니샤드의 봄날 같은 비유들이나 하시딤 사상[3]의 감동적인 지혜 혹은 간결하면서도 친근하며 너무나 온화하고 유쾌한 고대 중국의 가르침으로 나아간다. 수천의 길이 울창한 숲을 가로질러 수천의 목적지로 우리를 인도하지만 그어떤 목적지도 최종은 아니요, 그 너머마다 광활한 세계가 또 새롭게 펼쳐진다.

진정한 독자가 그런 울창한 책의 세계에서 길을 잃고 압도될지, 제대로 길을 찾아 자신의 독서체험이 진정으로 스스로의 경험과 삶에 소용되게끔 만들지는 각자의 지혜나 운에 달려있다. 책세계의 마법을 전혀 알지 못하는 사람들은 마치 음악의 문외한이 음악에 대해 생각하는 것과 비슷해서, 독서란 살아가는 데 아무짝에도 쓸모없는 병적이고 위험한 열정이라고 비난하는 경향이 다분히 있다. 어느 정도는 맞는 말이다. 사실 이에 앞서 '삶'을 어떻게 정의할 것이며 그것을 과연 '정신'의 반대개념으로 상정할 것인지를 확실히 짚어봐야겠고, 또 공자에서 괴테에 이르기까지 대다수의 선각자들이 놀랍도록 근본적으로 삶에 충실한 인물들이었음을 분명히 해두어야 하겠지만 말이다.

어쨌든 책의 세계에는 나름의 위험성이 있으며, 그에 대해서는 교육자들이 익히 알고 있다. 그러나 이 위험성이 과연 풍성한 책의 세계를 결여한 삶이 갖는 위험성보다 더 큰 것일까? 그 문제에 대해 굳이 시간을 내어 생각해볼 필요를 아직까지는 한 번도 느껴본 적이 없다. 왜냐하면 나 자신이 '책 읽는 이'로서, 어린 시절부터 책에 홀린 사람 중 하나로서, 작은 새소리에 홀려 온 세상을 돌아다닌 하이스터바흐의 수도승처럼 넓은 책세계의 온갖 신전과 미로, 동굴과 바다를 헤매면서도 이 세상이 좁아짐을 느끼지 못한 채 수백 년 세월을 마냥 떠돌 수만 있다면 더 바랄 것이 없기 때문이다.

날이 갈수록 책이 많아지는 현실을 두고 하는 말이 절대 아니다. 천만에, 진정한 독자라면 누구나, 설령 책이 단 한 권도 새로 나오지 않는다 하더라도 기존의 보물을 수십 년 수백 년이라도 더 붙들고 계속 씨름하고 향유할 수 있을 것이다. 새로운 언어를 배울 때마다 우리에게는 새로운 경험들이 덧붙여지는데, 이 세상의 언어는 엄청나게 다양하니 그 수는 학교에서 배운 것보다 훨씬 더 많다. 스페인어라고 해서 하나가 아니고 이탈리아어도 독일어도 하나만 있는 게 아니다. 독일어를 고고지 독일어, 중고지 독일어 운운하며 분류한들 그게 전부가 아니다. 독일어만 해도 백 가지가 넘는다. 스페인어도 영어도 모두 마찬가지다. 각각의 민족마다 다양한 사고방식과 각양각색의 생활방식이 존재하듯 언어도 그만큼 많다.

어쩌면 독창적인 사상가와 작가들 수만큼이나 언어의 수도 많다고 하겠다. 괴테와 동시대를 살았으나 안타깝게도 제대로 인정받지 못했던 장 파울Jean Paul 같은 경우, 그가 썼던 독일어는 정말이지 완전히 다르면서도 또 얼마나 독일어다운 독일어였던가? 이 모든 언어들은 근본적으로 번역이 불가능하다! 선진 민족들(독일인들은 이 면에서 가히 선두급이다)이 세계문학 전체를 번역을 통해 소유하고자 하는 시도는 훌륭한 일이고 또 개별적으로 탁월한 결실을 맺기도 했지만, 그것은 불완전한 성공일 뿐 아니라 원칙적으로 결코 실현될 수 없다. 독일어 6운각의 시를 아무리 쓴들 호메로스와 똑같이 읊을 수는 없는 법이다. 단테의 대서사시를 독일어로 번역해낸 것만 해도 지난 백 년간 수십 가지에 이른다. 그중 가장 젊고 문학적으로도 가장 탁월한 번안자는 중세 언어를 오늘날의 언어로 옮기려는 과거의 모든 시도들이 원천적으로 역부족임을 절감하고는, 오로지 독일어판 단테를 가지려는 목적으로 시적 중세 독일어라는 완전히 독자적인 언어를 따로 고안해내기까지 했으니, 그의 노력에 그저 감탄할 따름이다.

하지만 새로운 언어를 전혀 습득하지 않는 독자, 생소하고 새로운 문학을 아예 한 번도 접하지 않은 독자라 하더라도, 독서를 무한히 계속하고 더 세밀화하고 더 향상시키며 강화할 수 있다. 어떤 사상가의 어떤 책, 어떤 시인의 어떤 시라도, 거듭하여 읽을 때마다 늘 새롭게 다가오고 다르게 이해되며 색다른 울림을 일으키게 마련이다. 예컨대 나는 괴테의 《친화력》을 지금까지 네 번쯤 읽었는데, 만약 지금 그 책을 또 한 번 읽는다면 그것은 젊은 시절 처음으로 엄벙덤벙 읽었던 《친화력》과는 완전히 다른 책 아니겠는가!

바로 이 점이 독서체험의 놀랍고 불가사의한 측면이다. 우리가 좀 더 세심하고 예민한 감각으로 더 직접적인 연관 속에서 읽을 줄 알게 되면, 그만큼 더 모든 사상과 문학을 그 일회성과 개별성, 엄밀한 제한성 속에서 파악하게 된다. 나아가 모든 미와 매력이란 바로 이러한 개별성과 일회성에 바탕을 둔다는 점도 알게 된다. 이와 동시에 더욱 뚜렷하게 깨닫게 되는 것이 있다. 온 세상 수백 수천의 목소리들이 결국 모두 동일한 목표를 추구하며, 이름만 다를 뿐 같은 신들을 부르며, 동일한 소망을 꿈꾸며, 동일한 고통을 토로한다는 점이다.

눈이 밝은 독자라면 수천 년이 넘도록 무수히 많은 언어와 책들로 짜인 몇 천 겹의 직물에서 놀랍도록 고귀하고 초월적인 모습의 키메라Chimera를 찾아볼 수 있으리니, 이는 상반되는 수천의 특성을 지닌 채 합일을 꿈꾸는 인간의 모습이다.

(1930)

서재 대청소

Bücher-
Ausklopfen

엄청난 일거리 때문에 지난 8일 동안 꼼짝을 못 했다. 이사를 앞두고 12년 만에 처음으로 서재를 싹 치우고 짐을 꾸려야 했던 것이다. 하루에 네다섯 시간씩 꼬박 바친 중노동에 저녁마다 등허리가 쑤시고 머리가 휑해져, 단순노동 끝에 누릴 수 있는 피로감을 톡톡히 맛보았다. 남들이라면 훨씬 간단하고 수월하게 해치울 일이겠지만 나는 유난히 꼼꼼하게 아주 꼼꼼하게 할 수밖에 없는 것이, 이 수천 권의 책들이야말로 나의 재산목록 1호이기 때문이다. 게다가 젊은 시절 서점과 헌책방에서 일하며 책 다루는 법을 배웠기에 더욱 그러하리라. 이제는 전설처럼 아득하기만 한 19세기 말, 그때만 해도 온갖 까다로운 격식들을 엄격하게 지켰던 시절이었으니 말이다.

온종일 일에 매달리다 보니 간혹 묘한 순간들이 있었다. 먼지가 뽀얗게 앉은 책들을 북동향의 작은 테라스로 한 아름씩 안고 나가 조심스레 돌난간 위에 차곡차곡 괴어놓고는 서너 권씩 마주 쳐 털다가 있었던 일이다. 8절판의 두껍고 무거운 책 두 권을 양손에 하나씩 들고 살살 치면서 먼지가 날리는 모양을 무심히 바라보고 있었다. 그런데 그렇게 무념무상으로 기계적으로 작업하다가 언뜻 정신이 들면서 책제목이 눈에 들어왔다. 슈펭글러Oswald Spengler의 《서구의 몰락》Der Untergang des Abendlandes이었다. 순간 수많은 기억과 상념들이 밀려들었다. 맨 처음 든 생각은, '내가 여기 이러고 서서, 내 교양의 창고가 혹시나 먼지에 파묻힐세라 좀이 슬세라 걱정하며 이 책에서 조심조심 먼지를 털어내는 모습을 우리 아들들이나 다른 젊은이들이 봐야 하는데!'였다.

또 1919년도에 영국 대학생 몇 명이 나를 찾아왔던 기억도 떠올랐다. 로맹 롤랑Romain Rolland의 누이가 루가노에서 열었던 방학강좌에 참여한 학생들이었다. 그중에 블래이크너라는 이름의 여학생 하나가 내게 슈펭글러에 대해 이야기했다. 물론 그러잖아도 슈펭글러에 대해서는 그전부터 익히 들었던 터였다. 나는 그 책을 꼭 읽고 싶긴 한데, 당장은 책을 살 형편이 안 된다고 그녀에게 말했다. 그랬더니 자기 책을 빌려주겠다고 선뜻 제안을 하기에(인플레가 한창인 독일에서 영국 파운드로 풍족하게 지내던 그녀였으니), 그렇게 해주면 너무나 고맙겠다고 부탁하며 답례 삼아 먼저 내 책 중 초판본 한 권을 선사했다. 그런데 그걸 들고 간 뒤로, 그녀도 슈펭글러도 감감무소식이었다. 인플레 시절 가난에 쪼들린 한 작가와의 사소한 거래에 불과했으리라. 나는 그 뒤로 몇 달이 더 지나서야 겨우 슈펭글러의 책을 살 수 있었는데, 서문의 거만함과 훈계조에는 화가 치밀었지만 신비문화에 대해 기술한 장을 읽고는 그만 매료되고 말았다. 그랬던 그 책을 수년 만에 다시 손에 든 것이다.

아, 전쟁 당시와 전후에 나온 책들은 대개 어찌나 금방 바래고 상해서 못 쓰게 되는지! 게다가 불과 십 년쯤 지났을 뿐인데도 얼마나 멀게, 까맣게 잊힌 과거처럼 어찌나 아득하게 느껴지는지, 얼마나 낡았는지 기분이 너무나 묘하다! 누렇게 색이 바래고 해진 종잇장들이 엉성한 마분지 제본 띠에 허술하게 매달려있다. 그런데 제목이며 표지들마다 얼마나 거창하고 경직되어있고 광신적이며 또 단정적인 인상을 풍기는지, 외장으로나 내용으로나 이미 쇠락하여 거의 생명이 다한 존재임을 여실히 보여준다.

1920년대 젊은 작가들과 사상가들의 책제목들을 보면 불안과 연약함이 아우성치듯 드러난다. 그때에는 나도 알아차리지 못했고 알았다고 해도 그저 어렴풋하게나 알았을 뿐이어서 당시는 이런 책들을 어찌나 열심히 또 꼼꼼히 탐독했는지, 지금 생각하면 안타까울 정도다.

그때 내 생각으로는 4년간의 전쟁을 패전과 파산으로 끝맺고 돌아온 민족의 정신이라면 틀림없이 할 말이 많을 거라고, 그 경험이 어떤 식으로든 형태를 얻어 사상적 결실을 맺으리라고 기대했다. 그러나 한마디로 말해 결실이라곤 말도 못하게 빈약했다.

당시의 나는 이를 어렴풋이 감지했을 뿐 확실히 인식하지는 못했다. 이 거창한 제목들이 붙은 책들에서 진정한 인식이나 자성自省은 별로 찾아볼 수 없었으면서도 정작 나를 매료시킨 건 다른 면이었으니, 즉 세상의 몰락과 천년왕국의 기색이 서린 자극적이고 격앙된 종말론적 분위기였다. 더욱이 이 전쟁의 세월을 겪으며 나 역시 내적으로 파멸에까지 이르렀고 삶 또한 초토화되다시피 했다. 하지만 어쨌든 나는 국외에 있었으므로 전쟁 그 자체, 전선과 무덤, 방공호 등을 내 눈으로 직접 보고 겪지는 않았기에, 마치 어린 시절 이후로 아무것도 읽지 못한 사람처럼 왕성한 호기심과 정신적 허기로 그 책들을 섭렵했던 것이다.

전쟁 중 신문들마다 실리던 그 참을 수 없는 요설들이며 아군의 공격과 영웅적인 행동들을 글로 써서 밥벌이를 삼던 기생충 같은 글쟁이들이 모두 사라진 지금, 이 민족 최고의 지성들이 충격과 혼란으로 기진맥진하여 깊이 참회하며 전쟁에서 만신창이로 돌아온 지금이야말로 분명 어디선가 진실하고 진정한 음성이, 독일의 참된 정신이 들려오리라고 기대했다. 그리하여 우리 같은 보통 사람들이 마음을 다잡고 진정 분투할 만한 옳은 일에 매진하도록 북돋아줄 정신적 지주를 어디에선가 찾을 수 있으리라고 말이다.

그런데 사정은 달랐다. 란다우어4) 그리고 그와 전혀 다른 색깔인 슈펭글러의 목소리를 제외하고는 하고많은 메시지들 중 어느 것도 나에게 뭔가를 전해주지 못했다. 독일의 정신도 정치상황과 매한가지로 완전히 파산상태에 이른 듯이 보였으며, 그저 내내 혼자 힘으로 버티며 독일에 대한 믿음을 잃지 않고 기다리는 수밖에는 도리가 없었다. 그랬던 그 시절이 바래고 낡은 종잇장들과 책들 속에서, 팸플릿과 스크랩들 속에서 나를 말끄러미 바라보는데, 이상하리만치 아득하고 비현실적으로 느껴졌다.

그다음 날은 이와는 또 다르게, 더 많이 잊히고 더 생소해지고 낯설어진 책들과 마주쳤다. 바로 전쟁 시절의 인쇄물들로, 프랑스에 포로로 억류된 독일군에 대한 지원업무를 맡고 있던 내가 직접 편찬하고 발행한 책자들이었다. 3년간 격주로 수천 부씩 찍어 영국과 프랑스, 러시아와 인도 등지로 보냈던 〈독일 전쟁포로를 위한 일요소식지〉Sonntagsbote für deutsche Kriegsgefangene 꾸러미도 나왔다. 전쟁포로들에게 보내줄 목적으로 간행한 소책자들도 있었다. 에밀 슈트라우스5), 하인리히 만과 토마스 만 형제, 고트프리트 켈러Gottfried Keller, 슈토름 Hans Theodor Woldsen Storm 등과 나의 단편들을 소박하나마 깔끔하게 찍어낸 것으로, 당시 주문이 1만 부 넘게 들어왔었다. 이제는 보기 힘들어진 이 소책자들을 나는 여태 고스란히 소장하고 있다. 전쟁이 한창이던 그 시절, 정치와 민족을 초월하여 옛 독일문학의 정신을 통해 무언가 일깨워보고자 하는 노력을 담은 책자들이었기에 나로서는 지금도 여전히 애착이 가는 책들이다.

〈독일 포로수용소에서 보낸 소식들〉Nachrichten aus deutschen Gefangenenlagern이라는 독특한 유인물도 나왔다. 근본은 혹독하나 특이하게 무미건조한 그 시절의 기록들은 당시 베른 독일 공사관의 우리 부서에서 오직 내부용으로 발행한 것이다. 여기에는 소수일망정 어떻게든 전쟁병기 속의 의미랄까, 아니그게 불가능하다면 정이나 사랑 같은 입김을 불어넣어 보고자 했던 당시 우리의 처절한 노력이 고스란히 담겨있다. 나의 첫 전쟁 기고문들도 다시 보게 되었는데, 그중에는 1916년부터 싱클레어Sinclair라는 가명으로 쓴 글들도 있었다.

내 서재에서 이런 종류의 책들이 차지하고 있는 자리가 제일 적으니 얼마나 다행인가! 최다최고를 이루는 건 옛 독일문학 작품들이다. 현대문학도 상당히 구비되어있으며 이는 유일하게 지금도 왕성히 늘어나고 있는 항목이다. 이번 여름 들어서는 프란츠 카프카의 유고전집, 이나 자이델Ina Seidel의 신작소설, 리처드 휴즈Richard Hughes의 기막힌 단편 《자메이카에 부는 폭풍》 같은 멋진 책들을 더 들여놓았다.

비록 양적으로는 약소하지만 나름대로 완비된 또 다른 분야는 내가 25년 넘게 가꾸면서 많은 것을 배운 동양서적들이다. 바로 고대 인도와 중국 현자들의 시와 잠언과 문장들이다. 특히 여불위, 공자, 장자의 책이나 《주역》 같은 경우는 늘 가까이 두고 이따금씩 마치 신탁에게 묻듯 읽곤 한다.

이제 수천 권의 책이 말도 없이 얼굴도 없이 전부 포장지에 둘둘 싸여 다른 집, 다른 방으로 옮겨지기를 기다리고 있다. 이삿짐을 풀면서도 또 한차례 솎아내어 아마 다시 책장에 꽂아두지 않고 처분해버릴 책들이 꽤 나올 것이다.

족히 한 주 내내 책정리에 매달렸다. 이런 장서는 사실 엄청난 짐이고, 그런 걸 평생 끌어안고 다닌다면 요즘 사람들은 아마 비웃을 것이다. 그 사람들이야 고대 로마의 시인 베르길리우스나 이탈리아의 시인 아리오스토Ludovico Ariosto 같은 책은 없어도 그만이라고 생각할 테고, 10년 전에 《타잔》을 샀듯 지금도 그 비슷한 읽을거리를 사볼 것이다. 그들이 독서물에 대해 갖고 있는 기준이란, '내용이 가벼우면서도 재미있을 것 그리고 읽고 나서 간수해둘 필요가 전혀 없을 것!'이다. 반면 우리의 원칙은, '가치가 없는 건 가급적 장서로 들여놓지 말고 일단 검증된 것은 절대 내버리지 않기!'다. 그러다 보면 어느 결엔가 나이 지긋한 애서가가 조심스레 《서구의 몰락》에서 먼지를 터는 날이 오게 마련이고, 그러면서 혼자 생각할 것이다. 엄밀하게 따지자면 이 책은 제 소임을 다한 지 이미 오래고 이제 없어도 아쉽진 않겠지만, 그래도 그 시대의 주요저서 중 하나라고, 그 시대의 얼굴을 만드는 데 일조한 책이었다고, 그러니 그런 책이라면 어느 정도 경외심을 표하며 보존해야만 한다고 말이다.

이 구닥다리 책들에서 먼지를 터는 모습을 젊은 사람들이 지켜보지 않아도 좋다! 상관없다. 그들도 언젠가 머리카락이 성글어지고 치아가 흔들거릴 즈음이면, 자기와 평생을 함께하며 신의를 지킨 것들을 새삼 되돌아보게 될 날이 있으리니.

(1931)

소설 한 권을 읽다가

──────────── Beim Lesen
eines Romans

　최근에 소설을 하나 읽었다. 어느 정도 이름이 알려진 재능 있는 작가의 작품인데, 사실 거기에서 묘사된 인물이나 사건 등이 하나같이 실제라면 그다지 관심이 가지 않았을 내용이지만, 어쨌든 젊은이다운 멋진 작품이어서 흥미롭고 또 재미있게 읽었다.

　소설 속 인물들은 도시에 살면서 어떻게든 인생을 다채로운 경험과 향락과 센세이션으로 채우고자 정열을 불태운다. 그 외에는 다 시시하고 체험할 가치도 얘기할 가치도 없다고 생각하기 때문이다. 그런 종류의 소설이 꽤 많이 나오고 나도 가끔 한 권씩 읽는다. 시골에 뚝 떨어져 살다 보니 때때로 동시대인들의 삶이 궁금해져서다. 말하자면 같은 시대를 살고 있지만 나와는 거리가 상당히 멀게 느껴지고, 굉장히 낯설고, 그들의 열정이나 생각 등이 마치 마법처럼 신기하고 이국적이고 불가해하기 때문이다. 한마디로 향락을 좇아 사는 대도시인의 삶 말이다.

이런 부류의 삶에 대한 내 관심은 비단 유럽인들이 코끼리나 악어에 대해 보이는 장난기 어린 흥미의 차원이 아니다. 충분히 그럴 만한 이유와 타당성이 있다. 아무리 시골구석에 틀어박혀 조용히 산다 해도 삶과 형편이 일정 부분 대도시의 영향을 받게 마련임을 나도 모르지 않는다. 아니 사실 심하게 얼마나 예민하게 영향을 받는지! 왜냐하면 너무나 분주하고 충동적이며 그래서 종잡을 수 없는 분위기, 뒤죽박죽인 그곳에서 전쟁과 평화가 결정되고 시장과 가격이 결정되는데, 그 결정의 주체가 사람이 아니라 유행, 은행, 분위기, '거리'이기 때문이다.

대도시인들이 '생활'이라고 일컫는 것은 거의 전적으로 정치와 상업, 사회의 층위에서 이루어지며, 그 사회란 대개 센세이션과 향락의 추구에 바쳐지는 생활을 뜻한다. 그런 '생활'을 나는 공유하지 않으며 내게는 낯설 뿐이다. 하지만 바로 그러한 대도시가 결정하는 여러 가지 일들은 내 생활에도 어느 정도 중요한 의미를 지닌다. 내 책의 독자들 중 상당수가 대도시인이라는 점 또한 모르는 바 아니다. 그렇다지만 나는 결코 도시 사람들을 위해 글을 쓰는 게 아니며 그렇게 쓸 줄도 모른다. 그들을 그저 뚝 떨어진 먼발치에서 알 뿐이며, 그들의 삶을 곁에서 들여다보면서 알게 된 보잘것없는 몇 가지래야 내 지갑 사정이나 현재의 정부 형태 정도뿐이다. 다시 말해 거의 관심 밖이라는 얘기다.

대도시나 대도시를 다룬 소설 일반에 대해 무슨 가치판단을 운운하려는 게 아니다. 물론 좀 더 진지하고 본받을 만한 사람들에 대해서 쓴 작품을 읽는 편이 아무래도 내 성미와 취향에 맞긴 하다. 그러나 나 자신도 글 쓰는 사람으로서 진즉 깨달은 게 있다. 소재를 '선택'하는 작가는 진정한 작가가 아니고 그런 책은 읽을 가치가 없다는 사실, 문학작품의 소재 자체는 결코 가치판단의 대상이 될 수 없다는 점이 그것이다. 세계사의 가장 멋들어진 소재를 사용하고도 형편없는 문학이 나올 수도 있고, 잃어버린 바늘이나 눋어버린 수프처럼 정말 너무나 사소한 걸 다루고도 얼마든지 진정한 작품이 나올 수 있다.

하여 나는 어떤 작가의 소설을 읽을 때건 소재에 대한 특별한 경외심이 없다. 소재에 대한 경외심이란 작가가 가질 일이지 독자의 몫은 아니니까. 대신 독자는 작품에 대해 그리고 작가의 전문성에 대해 경의를 품어야 하며, 소재와 무관하게 작업의 질에 따라 작품을 평가해야 한다. 나는 언제나 그럴 용의가 있을뿐더러, 요즘 들어서는 심지어 그 어떤 이념이나 정서적 내용보다도 장인정신을 보여주는 기술적인 작업에 점점 더 후한 점수를 주게 된다. 왜냐하면 수십 년간 글쟁이로 살아오면서 경험한 바에 따르면, 이념이나 감정은 적당히 꾸미거나 따라 하기 쉽지만 기술적인 작업의 수준은 그렇지 않기 때문이다. 아무튼 그래서 나는 이 소설을 전부 다 이해하지는 못하겠고 또 그다지 공감은 가지 않지만, 많은 부분을 솔직히 인정해가면서 동료로서의 경의와 관심을 갖고 읽었다.

그 책의 주인공은 젊은 문인인데, 친구들과 어울리거나 자신의 주된 수입원이 되어주는 여인들과 연애하는 데 바치는 시간이 워낙 많다 보니 정작 본연의 업에는 소홀한 것 같다. 작가는 저널리즘의 선정주의적 보도행태와 대도시와 사회에 대해 엄청난 반감을 갖고 있고, 그것이야말로 세상의 모든 각박함과 잔인성, 모든 착취와 전쟁의 뿌리라고 여긴다. 그러나 그의 주인공은 이런 세계에 어떤 식으로든 맞설 만큼 강인하지는 못하고, 다만 취미와 애인을 끊임없이 바꾸거나 여행을 다니면서 주변부를 빙빙 돌며 회피할 뿐이다.

말하자면 그게 소재다. 그에 따라 당연히 레스토랑이나 기차간, 호텔 등을 주로 묘사하게 되고, 저녁식사 영수증의 금액 따위를 시시콜콜 서술하게 되는데 물론 이러한 것들이 흥미로울 수도 있겠다. 하지만 그러다 어느 대목에 이르러 나는 당혹감이 들었다.

주인공이 베를린에 와서 호텔방을 잡는데 객실이 '11호'라고 나오기에, 그 대목을 읽으면서 나는(동료작가의 입장에서 한 줄 한 줄 기술적인 측면에 관심을 갖고 배우는 자세로 읽다 보니) '작가가 이렇게 객실번호를 굳이 밝히는 이유가 뭘까?' 하는 생각이 들었다. 아마도 이 11이라는 숫자에서 곧 어떤 의미가 드러날 것이라고, 어쩌면 상당히 근사하고 매혹적이고 깜짝 놀랄 만한 의미가 숨어있을지 모른다고 굳게 믿으며 기다렸다. 그런데 그만 실망하고 말았다. 두세 쪽 뒤에 주인공이 밖에 나갔다가 호텔방으로 돌아오는데 갑자기 12호실이라는 게 아닌가! 다시 앞으로 돌아가 확인해봐도 내가 잘못 본 게 아니었다. 앞에서는 분명히 11호였는데 뒤에서는

12호로 나온다. 그건 무슨 장난도 농담도 아니고, 무슨 대단한 반전이나 비밀이 숨겨진 것도 아니고 단순히 부주의에 지나지 않았다. 전문가로서의 엉성함을 보여주는 작은 실수 말이다.

작가는 처음에 11이라고 썼다가 나중엔 12라고 고쳐놓고는, 원고를 처음부터 다시 꼼꼼히 읽어보지 않은 것이다. 분명 교정을 아예 보지 않았거나 아니면 대수롭지 않게 읽어 넘기면서 앞에 썼던 숫자에 신경을 쓰지 않았던 거다. 그런 사소한 문제쯤이야 중요한 게 아니니까, 문학이 무슨 학교도 아닌데 글자나 생각의 오류를 사사건건 지적할 것도 아니니까, 인생은 짧고 대도시의 삶은 워낙 바빠서 젊은 작가로서 작업시간을 충분히 확보하기 힘드니까 말이다. 모두 인정한다. 그리고 무책임하게 써대는 저널리즘의 선정성이며 매사 타인에 대한 무관심과 피상성이 지배하는 대도시를 향한 작가의 반감에 대해서는 변함없이 경의를 표하는 바다! 하지만 갑자기 그 '12'라는 숫자가 나오면서부터 작가에 대한 나의 전폭적인 신뢰가 흔들렸고 느닷없이 불신이 일었다. 그때부터 나는 아주아주 꼼꼼히 읽기 시작했고, 숫자 '12' 같은 식의 부주의한 실수를 다른 데서도 찾아보게 되었다. 기억을 더듬어보니 그저께만 해도 아무 의심 없이 읽었던 다른 대목들도 마찬가지였다.

그러자 별안간 그 작품 전체의 내적인 무게, 책임감, 진정성, 핵심이 날아가고 말았다. 전부 그 바보 같은 숫자 12 때문이다. 갑자기 그런 느낌이 들었다, 이 멋진 책은 대도시인이 대도시인을 위해 그저 그날 그 순간을 위해서 쓴 책일 뿐이라고. 그러니까 대도시의 몰인정과 피상성에 대한 고민도 이 작가에게는 그리 심각하게 다룰 문제가 아니라는, 마치 저널리즘 작가에게 근사한 글감이 하나 떠오른 것이나 마찬가지라는 그런 느낌 말이다.

곰곰이 그런 생각을 하다 보니, 수년 전에 있었던 비슷한 경험이 떠올랐다. 당시 이름이 꽤 알려진 젊은 작가가 내게 평을 해달라며 소설 한 권을 보내왔다. 프랑스 혁명기를 배경으로 한 소설이었다. 묘사된 때는 유난히 지독한 가뭄과 더위를 동반한 여름이었다. 땅이 쩍쩍 갈라지고 농작물은 말라붙어, 푸른 것이라곤 찾아보기 힘든 지경이었다. 그런데 몇 쪽 뒤에 가니 주인공 남자인지 여자인지가 바로 그 여름 그 땅을 거니는데, 풍요로운 푸른 들판에 활짝 핀 꽃들을 보며 기운을 차리는 게 아닌가!

나는 이런 건망증과 대충주의가 작품 전체를 망가뜨렸다고 작가에게 편지를 써보냈다. 그런데 그는 이에 대해 논하고자 하지 않았다. 그러기에는 인생이 너무 짧았고, 그는 벌써 다른 작업에 한창이었고 그 일이 더 급했던 것이다. 나더러 쩨쩨한 훈장님이라며, 예술작품에는 그런 자잘한 일보다 더 중요한 다른 게 있다고 답장을 보내왔을 뿐이다. 편지를 보낸 게 후회스러웠고 이후로 다시는 그런 편지를 쓰지 않았다. 그렇지만 예술작품에서, 다른 것도 아니고 예술작품에서 진실성과 신의, 정확성과 치밀함이 중요하지 않다니! 젊은 작가들 중에도 그런 '자잘한 일'들을 성심을 기울여 아주 깔끔하고 치밀하게 묘사할 줄 아는 이들이 있으니 얼마나 안심이 되는지! 마치 곡예사들이 혹독한 훈련과 프로다운 성실성을 통해 우아한 기예를 보여주듯, 그런 고상한 유희정신을 갖춘 이들이 오늘도 여전히 있으니 다행이다.

아무튼 나는 예술가의 윤리에 관한 한 트집쟁이요, 구닥다리 돈키호테 노릇을 하련다. 세상 모든 책의 90퍼센트는 작가도 독자도 대충 무책임하게 쓰고 읽는 판이며, 어차피 나의 이런 투덜거림을 포함해 글이 인쇄된 종잇장들이 내일모레쯤이면 몽땅 쓰레기가 될 줄을 몰라서 하는 소리냐고? 그런데도 어째서 그런 사소한 것을 그리 심각하게 생각하느냐고? 작가는 그저 오늘 이 순간을 위해 근사한 글을 쓰는데, 왜 그걸 마치 영원을 두고 쓴 글인 양 읽으면서 공연히 까탈을 부리느냐고?

하지만 나는 이 문제에 관한 한 생각을 바꿀 수 없다. 큰일은 심각하게 받아들이고 사소한 일은 진지하게 생각하지 않는 걸 당연시하는 태도는 쇠퇴의 시작이다. 인류를 존중한다면서 자기가 부리는 하인은 괴롭히는 것, 조국이나 교회나 당은 신성하게 받들면서 그날그날 자기 할 일은 엉터리로 대충 해치우는 데서 모든 타락이 시작된다. 이를 막는 교육적 방책은 오직 하나뿐이다. 즉 스스로에 대해서든 타인에 대해서든 신념이나 세계관이나 애국심 같은 이른바 거창하고 신성한 모든 것은 일단 제쳐두고, 대신 사소한 일, 당장에 맡은 일에 성심을 다하는 것이다. 자전거나 난로가 고장 나서 기술자에게 수리를 맡길 때 그에게 요구하는 것은 인류애도 애국심도 아닌 확실한 일 처리일 것이요, 오로지 그에 따라 그 사람을 평가할 것이다. 그게 당연하다.

그렇다면 정신의 영역이라고 해서 달라질 이유가 무엇인가? 어째서 예술작품이라고 불리는 작업만큼은 정확하지 않아도, 양심적이지 않아도 괜찮다는 건가? 신념이 근사하면 '사소한' 기술적 실수 정도는 눈감아주어야 한다는 법이 어디에 있는가? 이 창대는 오히려 거꾸로 들이댈 일이다. 그러잖아도 사실 거창한 신념과 태도나 강령들이란 서슬이 퍼래도 막상 찬찬히 뜯어보면 종이호랑이에 불과해서 아연실색하는 일이 어디 한두 번이던가.

(1933)

애독서

Lieblingslektüre

"어떤 책을 가장 즐겨 읽으십니까?"

숱하게 받아본 질문이다. 세계문학을 두루 아끼는 사람으로서 답하기가 참으로 난감하다. 나는 이제까지 수천 권의 책을 읽었고 그중 어떤 것은 여러 번 되풀이하여 읽었지만, 관심과 열의를 가지고 읽는 문학의 범위와 소장도서 중에서 특정 문학이나 사조 혹은 작가들을 골라내는 데는 기본적으로 반대한다. 하지만 어쨌든 당연히 할 수 있는 질문이고 또 얼마만큼은 답변할 수 있다. 어떤 사람이 흑빵에서 노루고기까지, 당근에서 송어요리까지 어떤 음식도 가리지 않고 뭐든지 잘 먹는다 하더라도, 특별히 즐기는 음식이 서너 가지쯤 있기 마련이다. 음악이라 하면 바흐, 헨델, 글룩을 떠올리는 사람이라고 해서 슈베르트나 스트라빈스키를 듣지 말라는 법은 없다. 나 역시 자세히 들여다보면 시대나 장르, 전반적인 성격에 따라 특별히 마음에 더 와닿고 애착이 더 가는 문학작품들이 있다. 예컨대 그리스 문학 중에서는 비극작가들보다는 호메로스가 좋고, 투키디데스보다는 헤로도토스에 더 마음이 간다. 또한 고백하건대, 웅변적 작가들의 작품을 마주하면 아무래도 불편하고 좀 힘이 든다. 말하자면 나는 근본적으로 그런 작가들을 좋아하지 않는다. 이들을 분명 대단히 존경하긴 하나 의무감에서 완전히 자유롭지 못한 측면이 없잖아 있으니, 단테건 헵벨Christian Friedrich Hebbel이건 실러건 슈테판 게오르게6)건 다 마찬가지다.

이제까지 살면서 세계문학 중에서 내가 제일 많이 들여다봤고 그래서 아마도 제일 잘 안다고 할 만한 영역이라면, 오늘날에는 너무나 아득히 밀려나다 못해 아예 전설처럼 되어버린 독일의 한 시절, 즉 1750년부터 1850년까지의 백 년, 그러니까 괴테가 중심이자 정점을 이룬 바로 그 시대의 독일문학이다. 멀고 먼 과거와 이국의 문학을 좇아 열심히 돌아다니다가도 늘 이곳으로 되돌아오곤 했으니, 이 영역에서는 새삼스레 큰 감격도 없으되 실망할 염려도 없다. 이 시절 시와 편지와 전기를 남긴 작가들은 모두 탁월한 인문학자들인데, 그러면서도 서민적인 면모, 즉 흙냄새를 풍긴다. 아무래도 척척 통하는 건 풍경과 풍습과 언어가 어릴 적부터 친숙한 고향의 정서를 가진 책들이어서, 이런 책을 읽노라면 사소한 뉘앙스나 지극히 내밀한 암시, 아주 자잘한 느낌까지 속속들이 다 알아듣는 특별한 행복감을 누리게 된다.

그런 책을 읽다가 다시, 번역된 책이라든지 이런 조화롭고 온전하고 생래적인 언어와 감성이 전혀 담겨있지 않은 책을 집어들 때면 늘 충격이랄까 약간의 통증 같은 걸 느낀다. 내 경우는 일단 남서지방의 독일어, 알레만과 슈바벤 사투리에 친숙해서 뫼리케7)나 헤벨이라는 이름만 들어도 이런 행복감을 맛보기에 충분하다. 하지만 청년 괴테에서 슈티프터Adalbert Stifter, 《하인리히 슈틸링의 청년시대》로부터 이머만Karl Leberecht Immermann과 드로스테휠스호프Annette Elisabeth von Droste-Hülshoff에 이르는 그 풍요로운 시절의 독일과 스위스의 작가들도 거의 다 마찬가지로 즐겁기 그지없다. 요즘은 공공도서관이건 개인서재건 이런 멋지고 사랑스러운 책들을 두루 갖춘 곳이 얼마 없다. 우리 시대가 얼마나 척박한지를 여실히 입증하는 너무나 끔찍하고 부끄러운 징후인 것 같다.

하지만 문학에서도 피와 흙과 모국어가 전부는 아니어서 그것을 넘어 인류가 있으며, 또 가장 멀고 낯선 곳에서도 고향을 발견할 가능성, 너무나 굳게 닫혀있어 가까워질 수 없을 듯하던 것과 마음이 통해 사랑하게 될 가능성은 늘 열려있으니 놀랍고도 즐거운 일이 아닌가? 나는 내 인생의 전반부에 인도와의 만남을 통해, 뒤에는 중국의 정신을 접하면서 이를 깨쳤다.

인도의 경우 어느 정도는 일찌감치 예정된 길이기도 했다. 조부모님과 부모님이 인도에서 사신 덕분에 인도어를 배우셨고 인도의 정신을 약간 맛보신 분들이기 때문이다. 그러나 중국에 너무나 멋진 문학이 존재하고 중국 특유의 인간관과 정신세계가 있어서, 그것이 내게 정말 귀하고 소중하다 못해 정신적인 피난처요 제2의 고향이 될 줄은 나이 서른이 넘도록 짐작도 못 했던 바다. 중국문학이라곤 고작해야 뤼케르트 Friedrich Rückert가 번안한 《시경》 말고는 아무것도 모르던 내가 리하르트 빌헬름Richard Wilhelm 등의 번역을 통해 조금씩 중국 문학을 접하면서 차츰 무언가를 알게 되었고, 그 무엇이 어느덧 내 삶에 불가결한 것이 되어버렸으니, 바로 선善과 지혜라는 도교의 이념이었다. 중국어 한 마디도 할 줄 모르고 중국에 가본 적도 없는 내가 이천오백 년의 세월을 넘어 중국 고전 문학 속에서 내 생각을 확인받고, 마음의 쉼터이자 고향을 찾는 행운을 얻었던 것이다. 이전엔 오직 태생과 언어로써 내게 귀속된 세계 속에서만 가능한 일이었다.

장자와 열자, 맹자 등을 읽어보면 중국의 이들 대스승들과 현인들은 웅변가들과는 정반대여서, 놀랍도록 소박하며 서민과 일상에 밀착해있었다. 허영이라곤 전혀 없이 은둔과 자족의 삶을 택해 살았으며, 이들이 스스로를 표현한 방식은 보면 볼수록 무릎을 치며 감탄하게 된다. 노자의 반대편에 있는 공자는 체제주의자이며 도덕주의자, 법치주의자요 관습의 수호자로서 고대 현인들 중 그나마 유일하게 무게를 잡는 인물인데, 그의 면모는 예컨대 간혹 이런 식으로 특징지어진다. "그는 소용없을 줄을 알고도 군이 행하는 그런 이가 아닌가?"

이만한 평정과 유머와 간결함을 나는 다른 어떤 문학에서도 찾지 못하겠다. 세상에서 일어나는 사건들을 살펴보노라면, 그리고 세상을 단 몇 년 몇십 년 안에 평정하여 바로잡겠다는 사람들의 웅변을 들을 때면 나는 가끔 이 구절을 생각한다. 그들은 위인 공자와 마찬가지로 행하되, 그들의 행위 이면에는 '그것이 소용없을 줄을' 아는 지식이 결여되어 있다.

더불어 중국문학만큼 오랜 세월 심취해 양식으로 삼지는 않았지만, 일본문학도 빼놓을 수 없다. 오늘날 우리는 일본이라면 독일처럼 전쟁을 일으킨 나라로만 알고 있다. 하지만 일본에는 수백 년 전부터 지금까지 상당히 진지하면서도 익살스럽고, 깊은 통찰을 담고 있으면서도 단호하며, 속되게 느껴질 만큼 철저히 실제의 삶에 방향을 맞춘 문학세계가 이어지고 있다. 예컨대 선禪 사상만 해도 분명 그 발전에는 인도와 중국의 불교도 일정 부분 기여했으나, 일본에 와서야 비로소 만개할 수 있었다. 내가 생각하기로, 선은 역사상 한 민족이 소유했던 최고의 자산 중 하나로서 부처와 노자에 버금가는 지혜와 실천이 담긴 사상이다.

한동안 공백기가 있기는 했지만 일본의 시도 나를 매료시켰는데, 무엇보다도 일본시가 추구한 극도의 단순미와 응축 때문이었다. 일본시문학을 막 읽고 난 참이라면, 절대 독일현대시를 잡으면 안 된다. 일본시에 비하면 우리의 시문학은 한심하리만치 과장되고 부풀려졌다는 느낌을 받게 될 테니 말이다. 17자로 이루어진 시8)라는 놀라운 형식을 만들어낸 일본인들은, 예술이란 긴장을 늦춤으로써 얻어지는 것이 아니라 그 반대임을 늘 염두에 두고 있었다. 옛날 어느 일본 시인이 단 2행의 시를 한 편 썼는데, 아직도 하얗게 눈 덮인 숲속에 매화나무 몇 가지가 꽃을 피웠다는 내용이다. 그 시를 벗에게 보여주었더니 그가 시를 읽고 나서 말하길, "매화나무 한 가지만으로도 족할 것을"이라 하였다. 시인은 벗의 말이 참으로 옳으며 자신은 진정한 단순미에 아직 한참 멀었다는 점을 깨치고 그 충고를 기꺼이 받아들였다. 그리하여 그의 시는 오늘날까지도 잊히지 않고 있다.

작금의 도서시장이 나라의 규모에 걸맞지 않게 과잉생산하고 있다는 자조적인 지적이 종종 들린다. 그러나 만약 내가 조금만 더 젊고 아직 기운이 있다면, 오늘 나는 오로지 책을 펴내고 만드는 일에 전력을 기울이겠다. 정신세계의 교류를 위한 이 작업은 세상이 전쟁에서 다시 완전히 회복될 때까지 마냥 미룰 일도, 그렇다고 한철 장사거리로 삼아 마구잡이로 벌일 일도 아니다. 전쟁과 그에 따른 결과도 문제지만, 성급하게 엉터리로 양산되는 신간 또한 그 못지않게 세계문학에 대단히 심각한 위해가 될 것이다.

(1945)

작가에 대하여

Vom Schriftsteller

인생의 하고많은 우연 중에서 타고난 문학적 재능으로 생계를 삼아야 하는 처지라면, 직업이라 할 수 없는 그 미심쩍은 '직업'에 적응하기가 쉽지만은 않을 것이다. 오늘날 이른바 자유작가 활동이 세계사에 유례없이 어엿한 하나의 '직업'으로 대접받는 이유는, 아마 작가가 천직이 아닌 많은 사람들에 의해 전문적으로 행해지기 때문인 듯하다. 사실 외부의 아무런 강제 없이 문학이라 통칭하는 글을 간간히 써서는 생업이 될 수 없다. 그러니 우리가 흔히 말하는 직업이라는 명칭과는 어울리지 않는다. '자유작가'라는 말이 번듯하게 살면서 어느 정도 예술에 종사하는 사람이라는 의미라면, 이는 직업인이라기보다는 오히려 생계 걱정이 없는 백수나 한량이어야 맞다. 그렇지 않고서야 그저 편한 시간에 기분에 따라 이따금씩 글을 써낼 수는 없을 테니 말이다.

그러고 보면 자유작가들이란 한량과 고용작가(즉 저널리스트) 사이에 어정쩡하게 걸쳐진 입장이다. 따라서 스스로를 자리매김하기란 여간 힘든 일이 아니다. 직업 아닌 직업을 가진다는 것이 늘 즐거울 리 없다. 많은 이들이 지속적인 활동에 대한 욕심으로 인해 자기 재능의 한계 이상으로 작품 생산을 밀어붙여 다작가多作家가 된다. 또 어떤 이들은 자유와 무위를 못 이겨, 무직자가 걸려들기 쉬운 나태에 빠져버린다. 그런데 부지런하건 게으르건 신경쇠약과 신경과민에 시달리는데, 이는 일에 크게 치이지 않으면서 스스로에 대한 요구가 지나친 사람들이 겪는 증상이다.

이런 일이야 각자가 알아서 해결해야 할 일이므로 이에 대해 논할 생각은 없다. 작가들이 자신의 소위 '직업'이라는 것을 어떻게 이해할지는, 그들에게 맡겨둘 일이다. 그들이 대개 자기 일에 대해 쓰라릴 만큼 자조적으로 생각하고 있다면, 세간의 인식은 전혀 다르다.

세간, 즉 언론, 대중, 협회들, 간단히 말해 작가를 제외한 모든 이들은 작가라는 직업과 그 본분을 훨씬 단순하게 이해한다. 결국 외부에서 주어지는 요구방식에 따라 자기 직업의 본질과 특성을 깨치게 된다는 점에서는 문인들도 의사나 법조인이나 관료들과 다를 바 없는 셈이다. 웬만큼 이름 있는 작가라면 허구한 날 집으로 배달되는 우편물을 통해 독자나 출판사, 언론과 동료문인들이 자신에 대해 어떻게 생각하고 무엇을 원하는지를 알게 된다.

독자나 출판사의 요구는 대개 약속이나 한 듯이 똑같고 아주 소박하다. 희극으로 성공한 작가에게는 또다시 멋진 희극을, 농촌소설을 쓴 소설가에게는 또 다른 농촌소설을, 괴테에 관한 책을 낸 사람한테는 괴테에 관한 새로운 책을 기대하는 것이다. 만일 작가 자신이 생각하고 원하는 것도 그와 다르지 않다면, 의견일치와 상호만족의 상태가 유지될 것이다. 그리하여 《티롤의 총각》의 작가는 《티롤의 아가씨》로, 《초년병의 생활》을 쓴 이는 《병영의 생활》로 이어가고, 《연구실의 괴테》에는 《궁정의 괴테》와 《거리의 괴테》가 뒤따르는 식이다.

그런 작가들은 정말로 하나의 직업인으로서 그야말로 제대로 사업을 하고 있는 셈이다. 이들은 자신의 재능을 십분 발휘하여 전문작가들끼리만 공유하는 특별한 수식어이자 은밀한 자격증을 손에 넣는다. 즉 '공인된 필력'이라는 타이틀이다.

공인된 필력이라는 표현은, 수십 년 전에 이른바 '개인적

요소'를 저널리즘의 암적 존재로 인식했던 어느 신문사 주필의 고안품이다. 그는 개성 대신에 '이름'을 내세웠고 쓸 만한 이름에는 '공인된 필력'이라는 봉토를 수여하여, 작가의 허영심을 최대한 보호하면서 원하는 글을 얻어낼 줄 알았던 것이다. 비개인성에의 숭배로 절대적 익명성이라는 좀 더 고상한 형태를 신봉하지 않는 한, 이런 수법은 오늘날 모든 신문의 문예란에 횡행한다.

그러다 보니 소설로 성공한 작가가 웬 신문사로부터 '귀하의 공인된 필력으로 향후 추측되는 항공기술의 발전에 대한 즉석 만평을 요청함. 최고 수준의 고료 보장' 같은 제안을 받고 얼떨떨해지는 경우가 생긴다. 말하자면 신문사 측에서는 그저 이름이 꽤 알려진 작가라는 '타이틀'이 중요할 뿐이고, 독자들은 흥미롭고 시사적인 제목과 더불어 신뢰할 만한 이름도 원하는 터이니 행복한 결합이 아니겠는가! 주문한 논제로 도대체 어떤 내용을 담을지는 아무 상관없다. 공인된 필력이기만 하다면, 체펠린 비행선에 관한 요란한 도입문장으로 시작한 글이 게르하르트 하우프트만에 대한 수다로 이어져도 그만이다. 그 같은 엉터리 장사로 안락한 삶을 영위하는 '공인된 필력'들이 한둘이 아니다.

이로써 자유작가에 대한 언론들의 요구는 대략 분명해진다. 여기에 한몫 보태는 것이 '설문조사'다. 일종의 가면무도회처럼 교수들이 연극에 대해, 연기자들이 정치에 대해, 작가들이 경제에 대해, 부인과 의사들이 문화재 보호에 관해서 의견을 피력한다. 그나마 이것은 아무도 진지하게 생각하지 않고 별 해악이 없으니, 상술이려니 하고 웃어넘긴다 치자. 더 고약한 건 '누이 좋고 매부 좋고'라는 말을 내세워 문인의 허영심과 선전욕을 이용하는 언론의 요구들이다. 수많은 잡지와 신문의 일요판 부록에 화보를 곁들여 실리는 자잘한 광고 기사와 자서전 등도 이런 조야한 짓거리의 하나다.

작가는 이러한 요구와 요청을 대면하며 점차 자신의 직업을 인식하게 된다. 딱히 시급한 일이 없을 때는 어쨌든 이 모든 허망한 서한을 처리하느라 날을 꼬박 바치기도 한다. 거기다가 예기치 못한 사적인 편지들까지 날로 늘어난다. 흔하디흔한 청탁편지들에 대해선 말하지 않겠다. 하지만 언젠가 전과 35범으로 출소했다는 사람이 자신의 인생역정을 문학에 임의로 활용하도록 제공하는 대가로 천 마르크를 내라고 제안했을 땐 정말이지 어처구니가 없었다. 규모가 작은 도서관이나 가난한 대학생들이 작가라면 자기 책을 얼마든지 기쁜 마음으로 증정할 것으로 여기는 것 역시 그리 유쾌하지 않다. 그리고 해마다 각종 협회의 연례행사와 온갖 잡다한 졸업행사마다 작가들의 기고문이 있어야 한다는 것도 희한한 일이다. 거기다 대면 자필원고 수집가들의 편지는 반송우편료를 첨부하는 통에 답장을 안 할 수 없긴 해도 대수롭지 않은 요청이라 하겠다.

하지만 출판사, 편집인, 예비 졸업생, 천방지축 십대들, 세상의 모든 협회를 다 합친 것보다 작가에게 더 많은 일거리를 안겨다주는 이들은 다름 아닌 동료들이다. 읽기도 힘든 수백 편의 자작시를 보내며 상세한 검토와 평가를 부탁하는 열여섯 살 학생에서부터, 새로 낸 자기 책에 대한 호의적인 서평을 써달라며 극도로 공손한 태도로 부탁하면서 어떻게든 보답은 잊지 않겠노라는 메시지를 조심스러우면서도 분명하게 전하는 노회한 선배문인에 이르기까지 참으로 다양하다. 출판사와 신문사, 청탁자와 철부지들한테야 느긋하게 웃음으로 응대할 수 있지만, 뻔뻔스러운 장사치들과 나도 글을 쓰네 하면서 제 잇속만 챙기려고 성가시게 구는 사람들을 보면 짜증과 부아가 치밀어 오른다. 오늘은 더할 수 없이 아첨을 떨면서 자작시를 보내 당신의 평가와 충고에 완전히 승복할 듯이 구는 과대공손의 젊은이가, 막상 심사숙고한 끝에 공손하지만 거절의 내용으로 답하면 내일모레쯤 자기 지역 주간지에 험악한 비방기사를 실을 수도 있다.

내가 개인적으로 친분을 맺고 있는 작가들 역시 이런 경험을 한 적이 있지만 본인이 직접 이런 청탁이나 협박을 해봤다는 사람은 아무도 없었다. 그렇다면 아첨과 청탁의 편지 따위를 보내는, 절대 근절되지 않는 저 동료들은 어쨌거나 수준이 떨어지는 경우라고 추론해도 되지 않을까? 또 날마다 생겨나는 성가신 일들은 문학과 무관한 부탁편지와 함께 휴지통에다 넣어버린다면 더 이상 성실하고 재능 있는 작가들이 그런 부당한 일을 겪지 않게 되지 않을까?

이렇게 꼬리를 물고 생각하다 보면, 겉보기에는 마치 작가라는 직업에 속한 일인 듯 보이지만 결국 그저 시간낭비에 불과한 바보짓이 있는가 하면 반면에 그 본연의 일은 누가 뭐라 하건 딱히 규정지어 직업으로 만들 수 없다는 사실을 알게 된다. 작가의 업이란 침잠하고 눈을 밝혀 때가 무르익기를 기다리는 것이니, 그럴 때에 우리의 일은 때로 불면의 밤과 구슬땀이 따를지라도 '노동'이 아닌 소중한 '천직'인 것이다.

(1909)

젊은 작가들에게 띄우는 편지

Der junge Dichter Ein Brief
an viele

안녕하십니까!

멋진 편지와 동봉하신 습작들에 대해 대단히 감사드립니다. 거의 잊고 있었던 제 문학 입문기의 자취를 다시 마주하는 듯하여 감회가 새로웠습니다. 저를 믿고 편지와 작품을 보내주셨는데, 그 신뢰에 답하지 못하니 부끄러울 따름입니다.

지금까지 쓰신 운문과 여타 습작을 통해 귀하의 문학적 재능을 평가해달라고 부탁하셨지요. 결코 입에 발린 칭찬이 아닌 엄밀한 진실을 듣고자 하신다니 더더욱 별 무리 없는 간단한 문제 같습니다.

저도 할 수만 있다면 간단명료하게 답해드리고 싶습니다. 하지만 '진실'을 찾는다는 게 쉽지가 않습니다. 더구나 개인적으로 잘 알지도 못하는 어느 신인의 습작만 갖고 이러쿵저러쿵 판단을 내린다는 것이 저로서는 도저히 불가능한 일로 사료됩니다. 제가 당신의 운문들을 읽고서 니체나 보들레르를 많이 읽었나 보다, 특히 릴리엔크론9)이나 호프만스탈Hugo von Hofmannsthal을 좋아하는가 보다, 예술과 자연에 대한 심미안을(물론 심미안과 시적 재능은 전혀 별개지만) 이미 상당히 갈고닦으신 분인 것 같다는 정도는 알아볼 수 있겠지요. 잘하면 (당신의 운문들의 경우) 당신 경험의 흔적들을 짚어낸다든지, 당신의 성격을 대략 그려볼 수 있겠지요. 그러나 그 이상은 불가능합니다. 만약 누군가 당신의 초기 습작원고를 보고 문학적 재능을 감정해준다고 장담하는 사람이 있다면, 그건 마치 필적감정사가 정기구독 신청서를 보고 신문의 독자란에다 성격 감정을 올리는 격이니, 사기꾼까지는 아닐지 몰라도 대단히 피상적인 사람일 것입니다.

《빌헬름 마이스터》와 《파우스트》를 읽은 뒤 괴테를 주목할 만한 작가라고 평하기는 어렵지 않습니다. 하지만 그의 초창기 시들을 모아 시집으로 묶어낸다면, 누가 보더라도 이 젊은 작가가 겔레르트10)와 여타 선배 문인들을 열심히 읽었다는 것과 운율구사에 능숙하다는 점 외에는 달리 할 말이 없을 겁니다. 괴테가 《젊은 베르테르의 슬픔》과 《괴츠》를 썼을 때만 해도 한동안 렌츠Jakob Michael Reinhold Lenz의 여러 작품들과 혼동되었던 게 사실입니다. 말하자면 위대한 작가들도 초기 습작들까지 대단히 훌륭하거나 확연히 독창적인 법은 없다는 얘깁니다. 실러의 초기 시들을 봐도 그야말로 엄청나게 상투적이고 조잡하다는 사실을 확인할 수 있습니다.

젊은 사람의 재능을 판단한다는 게 생각처럼 절대 간단하지 않다는 말씀입니다. 제가 당신을 제대로 모르는 만큼, 당신이 개인적인 발전과정상 어느 단계에 있는지도 잘 모릅니다. 지금 당신의 시에 보이는 미숙함이 몇 달 안에 자취를 감출 수도 있고 아니면 십 년이 지나도 여전히 같은 실수를 되풀이할지도 모를 일입니다. 이십 대 때는 놀랍도록 아름다운 시를 쓰다가도, 나이 서른이 되어서 그런 작품을 전혀 못 내거나 똑같은 타령만 되풀이하는 사람들도 있습니다. 반면에 서른, 마흔 살이 되어서야 비로소 재능이 꽃피는 경우도 있지요.

한마디로 말해 장차 본인이 작가로서 명성을 얻을 가능성이 있느냐 없느냐를 물으신다면, 이는 마치 어떤 어머니가 다섯 살짜리 아들을 두고 앞으로 이 아이의 키가 크게 자랄지 아니면 내내 작을지를 묻는 것과 똑같습니다. 아이는 열넷, 열다섯 살이 되도록 여전히 그 키일 수도, 그러다 갑자기 몰라보게 훌쩍 클 수도 있겠지요.

그래도 당신은 다른 분들과 달리 저한테 본인의 문학적 장래에 대한 책임을 지우지 않아서 마음이 한결 가볍습니다. 많은 분들이 이름이 좀 알려진 작가에게 당신과 같은 질문을 던지면서, 앞으로 계속 시를 쓸지 말지의 문제를 놓고 그들이 내놓는 대답과 결정에 너무 맥없이 의존하기에 하는 말입니다. 그러니 경우에 따라서는, 까딱 실수로 독일문학사에서 《니벨룽겐의 노래》나 《파우스트》를 놓친 게 아닐까 하는 께름칙한 느낌을 평생토록 끌고 다닐 수도 있는 노릇이지요.

이 정도면 편지에 대한 답변은 어지간히 되었을 줄 압니다. 귀하께서 제게 부탁하신 일은 제 능력 밖의 일인지라 유감스럽게도 도움을 드릴 수가 없습니다. 하지만 이렇게 편지를 맺어버리면, 혹 실망을 하시거나 아니면 교묘히 둘러말했을 뿐 결국은 퇴짜 놓았다고 받아들이지 않을까 걱정이 되는군요. 그래서 실례를 무릅쓰고 한마디 덧붙입니다.

귀하께서 오 년이나 십 년 뒤에 주목할 만한 작가가 될지 어떨지는 모르겠습니다. 하지만 분명한 것은 그게 현재의 시작품들에 달린 문제는 아니라는 사실입니다!

그리고 끝으로, 왜 굳이 작가가 되려 하시는지요? 재능 있는 많은 젊은이들이 작가를 꿈꾸는 이유는, 아마도 작가를 독창적이고 마음이 순수하고 감수성이 예민한 사람, 섬세한 감각과 정제된 정서의 소유자라는 의미로 이해하기 때문인 듯합니다. 그런데 이 모든 덕목들은 작가가 아니라도 얼마든지 갖출 수 있으며, 어정쩡한 문학적 재능 대신 그런 쪽으로 연마하는 편이 훨씬 더 낫습니다. 또 혹시 어떻게 명성을 얻어볼까 하는 생각으로 작가의 길로 들어서는 사람이라면, 작가보다야 배우가 되는 편이 빠르지 않을까요.

문학창작에 대한 욕구가 있다는 사실 자체는 자랑할 일도 부끄러워할 일도 아닙니다. 경험한 바를 명료하게 인식하고 간결한 형태로 형상화하는 습관은 진정한 인격체로 성장하는 데 상당히 유익합니다. 하지만 시작詩作이 많은 사람들에게 오히려 해악을 끼칠 수도 있습니다. 체험한 것을 온전히 음미하게 하는 대신 후딱 해치우고 떨쳐버리는 쪽으로 오도할 수도 있기 때문입니다. 많은 젊은 시인들이 자신의 경험을 시적 관점에 따라 평가하는 습관이 들어, 결국에는 글을 쓰기 위한 경험만 골라서 하는 감상적인 장식가로 전락하고 맙니다.

자기 자신과 세상을 더 명확히 알아가고 체험의 힘을 고양하고 양심의 날을 세우는 데 도움이 되고 힘이 되는 한은, 문학창작을 계속하십시오. 그러면 장차 작가가 되건 안 되건 상관없이 당신은 맑은 눈으로 깨어있는 유용한 정신의 소유자가 될 것입니다. 하지만 제가 희망하듯 그것이 당신의 목적이라면 그리고 혹 시문학을 감상하거나 창작함에 있어서 일말의 장애라도 감지되거나, 순수한 삶의 감정의 희석이라든지 허영심과 같은 빗나간 샛길로 빠질 유혹을 조금이라도 느낀다면, 그럴 때는 문학을(당신 자신의 것이든 타인의 것이든 막론하고) 일체 집어치우십시오!

바라는 모든 일을 이루시기 바라며, 당신의 H. H.

(1910)

글쓰기와 글

Schreiben und Schriften

꿈을 꾸었다. 나는 온통 낙서투성이인 걸상에 앉았고, 낯모를 선생님 한 분이 나더러 작문을 하라며 제목을 불러주셨다. 제목인즉슨 이렇다.

'글쓰기와 글'

나는 앉아서 곰곰이 생각했다. 그리고 글을 쓸 때 학생들이 지키도록 되어있는 몇 가지 규칙, 즉 도입·구성·목차 같은 것을 떠올렸다. 그런 다음 나무펜대를 잡고 꽤나 오랜 시간 공책에 글을 썼던 것 같은데, 뭐라고 썼는지는 잠에서 깨어나면서부터 기억이 가물가물하더니 영 떠오르지 않았다. 남은 기

억이라곤 그저 루네문자 낙서투성이에 가장자리가 쩍쩍 갈라
진 걸상과 줄 쳐진 공책 그리고 선생님의 지시뿐이었는데, 그
의 말씀에 따르려고 애를 쓰던 내 마음이 깨어나서 생각해봐
도 뭔가 재미있었다. 그래서 나는 이렇게 썼다.

글쓰기와 글

꿈에 본 선생님은 이제 안 계시고 그의 지적을 두려워할 필
요도 없으니, 착실하게 써내기 위한 아무 계획도 세우지 않고
균형 잡힌 단락으로 나누지도 않고, 이 글이 어떤 형식을 취
하게 될지도 우연에 맡기련다. 그냥 이미지와 생각과 느낌이
떠오르기를 기다려, 호모 루덴스인 나와 내 몇몇 친구들과 더
불어 마음 가는 대로 즐기련다.

'쓰다'Schreiben라는 말에서 내가 일단 떠올리게 되는 것은
철자나 상형문자 따위를 끼적이거나 그리는 것에서부터 문
학, 편지, 일기, 계산서, 인도게르만의 논리적인 언어와 동아시
아의 조형적 언어 등등 어쨌거나 이런저런 인간의 정신적 행
위들인데, 이에 관해서는 일찍이 청년 요제프 크네히트11)가
시를 한 편 써둔 바 있다.

'글'Schriften이라는 말은 좀 다르다. 이 말에서는 붓, 펜, 잉크, 종이, 양피지, 편지나 책뿐만 아니라 다른 방식의 표시와 흔적, 특히 '자연의 글', 그러니까 인간과 무관한, 정신이나 의지의 개입 없이 생성된, 그러나 우리 정신에게 크고 작은 힘들의 존재에 대해 알려주는, 우리가 읽을 수 있고 늘 새롭게 학문과 예술의 대상이 되어주는 그런 그림들과 형체들까지 떠올리게 된다.

어린 아이가 학교에 들어가 철자와 단어를 쓴다고 해보자. 그건 아이가 자발적으로 하는 일이 아니며, 그저 도저히 따라잡을 수 없는 막강한 이상에 비슷하게라도 써보려고 안간힘을 쓸 따름이다. 그 이상이란 바로 선생님이 칠판에 써놓은 글씨들이다. 나무랄 데 없이 아름답고 정확하고 모범적인 그 철자들은 너무나 완벽해서 도무지 이해가 안 되고 감탄스럽다 못해 소름이 끼칠 정도이니, 마치 요술이라도 부린 것 같다.

이런 것이 말하자면 '규범'Vorschrift이다. 도덕적·미학적·사상적·정치적인 여러 규범들이 있어서, 우리의 삶과 양심은 그러한 규범의 준수와 무시 사이에서 재고 다툰다. 무시 쪽은 간혹 무척 통쾌하기도 하고 성공을 뜻하기도 하지만, 준수란 아무리 악착같이 애를 써도 늘 칠판에 쓰인 이상적인 본보기를 향한 힘겹고 애처로운 접근일 뿐이다. 아이의 글씨는 저 스스로를 실망시킬 것이고, 아무리 잘 써봤자 선생님을 흡족하게 하지 못할 것이다.

그런데 만약 그 아이가 결이 쩍쩍 갈라지고 낡은 나무걸상에다 날 무딘 작은 주머니칼로 남몰래 자기 이름을 새겨넣으려고 한다면(벌써 몇 주 전부터 틈틈이 몰두하고 있는 더디지만 멋진 일) 이 행위는 완전히 다르다. 그것은 자발적이고 신나며 비밀스럽고 금지된 일이다. 준수해야 할 규칙도, 평가에 신경 쓸 필요도 없다. 또한 분명히 하고 싶은 말, 진실하고 중요한 메시지가 있다. 즉 아이 자신의 존재와 의지를 알리고 영원히 붙들어두고자 함이다. 더불어 이는 하나의 투쟁이요, 성공한다면 당당한 승리를 거두는 것이다. 나무는 단단한 섬유질이 있어서 저항과 반대로 칼에 맞서지, 그 칼이래야 썩 이상적인 도구가 아니어서 칼날은 벌써부터 건들거리지, 칼이 닿으면 나무가 부스러지기 일쑤여서 칼자국이 깔끔하게 나지 않는다. 게다가 인내와 평정을 요하는 이 일을 선생님에게 들키지 않게 숨겨야 할뿐더러, 칼을 꽂고 깎고 파내는 소리가 제 귀에도 들리지 않도록 조심해야 한다. 이 끈질긴 투쟁 끝에 마침내 얻은 결과는 공책에 줄줄이 채운 심드렁한 철자들과는 판이할 것이다. 백 번도 넘게 보고 또 보며, 기쁨과 만족과 자부심의 원천으로 삼을 것이다. 길이 남아 다음 세대의 프리드리히와 에밀들에게 전해져, 온갖 추측과 생각거리를 던져주고, 저도 비슷한 짓을 해보고 싶다는 충동을 불러일으킬 것이다.

나는 오랜 세월 많은 필적들을 보아왔다. 필체전문가는 아니지만 편지나 원고에 쓰인 글씨의 모양을 보면 대개 느껴지고 알게 되는 바가 있다. 거기에는 나름의 유형과 범주가 있어서, 약간의 경험만 있으면 곧바로 알아차릴 수 있다. 심지어 편지봉투 겉면에 쓰인 주소만 봐도 그렇다. 예를 들면 초등학교 아이들의 글씨가 그렇듯이, 청탁편지들의 필체에도 영락없이 분명한 유사성과 공통점이 있다. 정말 급박한 곤경에 처해 평생에 처음 뭔가를 부탁하는 사람들의 필체는 청탁편지를 쓰는 게 일상의 습관이 되다 못해 아예 업으로 삼은 이들과는 전혀 다르다.

나는 그걸 혼동하는 경우가 거의 없다. 아, 중증 장애인, 시각장애인에 가까운 약시, 신체마비, 체온곡선이 위험수치를 그리는 중환자 등이 안간힘을 다해 쓴 삐뚤삐뚤한 몇 줄의 글씨! 때로는 편지의 내용 이전에 그런 몇 줄의 떨리고 비틀거리는 글씨 자체가 더 강력하고 분명하게, 더 가슴을 옥죄며 말을 건넨다. 거꾸로, 연세가 아주 많은 분인데도 정정하고 든든하고 강건하고 명랑한 필체로 써보낸 편지는 얼마나 기쁘고 위안이 되는지! 그런 편지는 아주 드물지만 간혹 아흔 살의 노인에게서 받을 때도 있다.

내가 소중하게 생각하거나 아끼는 많은 글 중에서, 가장 특이했던 글씨는 알프레트 쿠빈12)의 것이다. 좀처럼 읽어내기 힘들었지만 정말 멋졌다. 어떤 편지는 천재적인 미술가가 끼적여놓은 기막힌 낙서처럼 촘촘하고 활기차고 미술적으로 상당히 흥미롭게 그물망처럼 그어진 획들로 가득 차 있었다. 쿠빈의 편지 중에 내가 전부 다 해독해낸 경우는 아마 하나도 없었던 것 같고, 내 아내 역시 마찬가지였다. 우리는 내용의 3분의 2나 4분의 3 정도만 읽을 수 있어도 만족했다. 그런 편지글을 바라보고 있노라면 나는 늘 현악 사중주 곡 중에 여러 소절에 걸쳐 네 파트 전부가 힘차게, 마치 도취된 듯 저돌적으로 제각각 마구 켜대다가 마침내 다시금 전체 윤곽과 중심주제가 선명해지는 그런 부분을 연상하게 된다.

내가 친근하고 소중하게 생각하는 아름답고 기분 좋은 글씨들이 많지만, 그중 고전주의 괴테 시대의 카로사Hans Carossa

의 필체, 작고 유려하며 빈틈없는 토마스 만의 필체, 친구 주어캄프Suhrkamp의 아름답고 꼼꼼하며 날렵한 필체 그리고 읽기가 그리 쉽진 않지만 개성이 풍부한 리하르트 벤츠Richard Benz의 필체 정도만 언급해둔다.

물론 이보다 더 내게 중요하고 소중한 것은 부모님의 필체다. 나의 어머니처럼 마치 새가 날아가듯 그렇게 수월하게, 그렇게나 가볍고 유려하게 달음질치면서도, 그토록 균형 잡히고 정확하게 글씨를 쓰는 사람을 나는 여태껏 본 적이 없다. 마치 펜이 저절로 내달리는 듯 매끄러운 어머니의 글씨는 쓰는 사람이나 읽는 사람에게나 즐거움을 안겨주었다. 아버지의 독일어 글씨체는 어머니만 못했다. 라틴어 애호가답게 로마체로 쓰셨는데 필체가 진중해서 날리거나 펄쩍 뛰는 법도, 샘물이나 시냇물처럼 흐르는 법도 없었다. 단어들은 각각 정확한 간격으로 떨어져 있었고, 생각에 잠기거나 단어를 고르느라고 잠시 멈췄던 흔적들이 고스란히 느껴졌다. 아버지가 이름을 쓰시던 방식은 내가 아주 어릴 적부터 본받고 싶었다.

필적감정가들은 놀라운 필체해석기법을 고안했고 거의 정확한 수준까지 완성시켰다. 나는 이 기법을 배우거나 익힌 적이 없지만 난감한 여러 경우에 그 방법이 입증되는 걸 보았다.

아울러 필적감정가들의 인격은 몰라도 인간정신에의 통찰 면에서 이들이 이루어낸 업적 수준은 대단하다는 것을 알게 되었다. 그 밖에 인쇄됐거나 나무나 판지나 금속 혹은 에나멜 판에 새겨져 오래 지속될 운명을 받은 철자와 숫자들이 있는데, 이를 해석하는 건 별로 힘들지 않다. 관공서의 알림장, 경고표시판, 기차에 붙은 에나멜 숫자명패 같은 데의 철자나 숫자들을 보면 하나같이 얼마나 핏기 없고 조악하며, 애정도 생기도 재미도 상상력도 책임감도 찾아볼 수 없이 고안된 모양새인지! 게다가 창피한 줄도 모르고 양철이나 도자기에 거듭 복제되면서 그걸 만든 이들의 심리를 누설하고 돌아다니는 걸 보면 괴롭기 짝이 없다.

내가 이것들을 핏기 없다고 칭한 이유는, 그런 꼴불견 글씨들을 쳐다보면 으레 생각나는 구절이 있기 때문이다. 젊었을 적의 내가 완전히 반하고 매료되어 읽었던 유명한 책이다. 원문 표현 그대로인지는 장담할 수 없지만 대략의 뜻은 "글로 쓰인 모든 것들 중 내가 제일 좋아하는 것은 자신의 피로써 쓰는 글이다"[13]라는 말이었다. 관공서의 그 허깨비 같은 활자들을 대할 때마다 나는 언제나 저 고독한 고뇌자의 멋진 문구에 다시금 강한 공감을 느끼곤 했다.

하지만 이것도 잠시뿐이었다. 이 문구 그리고 그 작가에 대한 내 젊은 날의 경탄은 피비린내도 없고 영웅적이지도 않은 시대의 얘기였고, 그 시대를 사는 이들에게 미와 귀족의 개념은 몇십 년 후에 비해 훨씬 불명확했다. 그 후로 우리는 피의 찬미가 정신의 모욕이 될 수도 있다는 것, 그리고 피에 웅변적으로 열광하는 사람들은 대개가 자신의 피가 아닌 다른 사람들의 피를 얘기하는 것이었음을 뼈아프게 배워야 했다.

글은 인간만 쓰는 게 아니다. 손 없이도 펜이나 붓, 종이나 양피지 없이도 글은 써진다. 바람과 바다, 강과 시내가 글을 쓰고, 동물들도 쓰며, 어디선가 대지가 이맛살을 찌푸려 강물의 길을 막고 산이나 도시 하나를 흔적 없이 날려버릴 때면 땅도 글을 쓴다. 하지만 겉보기에 맹목적인 힘들의 작용으로 이루어진 모든 것들을 글로, 다시 말해 객관화된 정신으로 바라보려 하고 또 그럴 줄 아는 것은 오로지 인간정신뿐이다. 뫼리케가 그린 사랑스러운 새의 종종걸음에서부터 나일 강과 아마존 강의 흐름, 완강하되 무한히 긴 세월을 두고 형태를 줄곧 바꿔가는 빙하에 이르기까지 자연에서 일어나는 갖가지 일들이 우리에게는 글로, 표현으로, 시로, 서사로, 드라마로 느껴질 수 있는 것이다. 그것이 바로 경건한 이들의 방식이다.

어린아이와 시인이 그러했고 참된 학식의 소유자인 슈티프터가 지칭한 '온유한 법칙'의 수종자들이 모두 그러했다.

그들은 폭력적이고 지배적인 사람들처럼 자연을 약탈하거나 능욕하고자 하지도, 또한 두려워 떨며 그런 거대한 힘을 숭배하지도 않으며, 다만 바라보고 분별하고 감탄하고 이해하고 사랑하고자 한다. 시인이 송가를 지어 태양이나 알프스 산맥을 칭송하는 것이나, 곤충학자가 작디작은 흰 나비 날개의 수정처럼 투명한 선들이 그려내는 조직을 현미경으로 관찰하는 것이나 모두 동일한 욕구요 시도이니, 즉 자연과 정신을 형제로서 묶고자 하는 것이다. 의식하든 못하든 그 이면에는 항상 어떤 믿음, 신앙 같은 것이 있다. 말하자면 세상 전체가 하나의 정신, 하나의 신, 우리에게 있는 것과 비슷한 하나의 오성에 의해 유지되고 움직인다는 가정이다. '온유한 법칙'의 수종자들은 현상세계를 이러한 정신의 글이자 발현으로 관찰함으로써 세계를 익히고 사랑한다. 이 세계정신을 자신의 형상대로 지어진 것으로 생각하건 혹은 그 반대로 생각하건 간에 말이다.

찬양받을지어다, 경이로운 자연의 글이여. 그대 천진무구한 유희 속에 형언할 수 없이 아름다워라. 무고한 소멸과 파괴 속에서도 아름답고 위대하여라! 화폭을 칠하는 그 어떤 화가의 붓인들, 여름날 파랗게 물결치는 초원이나 귀리밭을 어루만지며 가지런히 쓰다듬곤 이내 엉클어뜨리는 바람처럼, 혹은 비둘기깃털빛 뭉게구름과 어우러져 마치 원무를 추듯 함께 떠돌고 보일락 말락 작게 뜬 무지개의 옅은 언저리를 섬광처럼 불붙이는 그 짧은 순간만큼 그렇게 즐겁고, 사랑스럽고, 풍부한 감성으로 섬세할 수 있으랴. 이런 경이롭고 애달픈 징표들은 존재 없으나 동시에 모든 존재의 확증인 마야의 베일14)로서, 모든 행복과 아름다움의 허무함과 덧없음을 우리에게 얼마나 절절히 말해주는지!

필적감정사가 학자, 수전노, 허풍쟁이, 무모한 사람, 지체부자유자 등등의 필적을 읽고 해석하듯 목동과 사냥꾼은 여우와 담비, 토끼의 흔적을 읽고 이해한다. 그리고 그 종과 계보를 알아보며 상태가 양호하여 네 발로 자유로이 활보했는지, 다치거나 늙어서 제대로 뛰지 못했는지, 빈둥빈둥 어슬렁거렸는지, 급하게 뛰어갔는지 등을 짚어낸다.

인간은 묘비나 기념비, 공훈탑 등에 세심한 끌질로 이름과 헌사와 연도의 숫자를 새겨넣는다. 이들이 전하는 메시지는 자식과 손자와 증손에까지 미치고 때로는 더 멀리까지 이른다. 단단한 돌은 서서히 빗물에 씻기고 새들과 달팽이, 먼 데서 날아온 먼지가 남긴 흔적과 자국들이 서서히 더께로 앉아 글씨의 윤곽을 지운다. 깊이 새겨진 옛 문자 안에 들러붙고 그 매끄럽고 명확한 형태를 잠식하여 인간의 작품에서 자연의 작품으로의 이행을 재촉한다. 마침내 이끼와 풀이 이들을 뒤덮어 아름다운 불멸을 향해 느리고 조용하게 죽음을 준비한다.

일찍이 대단히 종교적인 나라였던 일본에서는 수천의 숲과 골짜기마다 예술가들이 만들어놓은 아름다운 조각품들에 곰팡이가 슬고, 잔잔하게 미소 짓는 불상들, 자비로운 관음상들, 위엄 있는 선승들이 온갖 풍상을 고스란히 맞으며 깊은 잠에 빠진 채 형태가 지워졌다. 그리하여 수천 년 된 돌 얼굴에 이끼와 풀과 꽃과 엉클어진 나뭇가지로 수염이 달리고 고수머리가 자란다. 여기서 기도하며 꽃을 바쳤던 이들의 후손들 중 한 신심 깊은 이가 이 모습들을 모아 우리 시대에 감탄스러운 화보집으로 담아냈으니, 그 나라와 여러 모양으로 교류를 나누었지만 이보다 더 멋진 선물은 없었던 것 같다.

모든 글은 잠시 후건, 수천 년이 지나서건 언젠가는 다 사라진다. 세계정신은 모든 글과 그 모든 글의 소실을 읽으며 또 즐거워한다. 우리가 그중 몇몇이나마 읽고 그 의미를 헤아리면 다행이다. 어떤 글에도 없고 그러나 모든 글에 내재되어 있는 이 의미는 언제나 한 가지다. 나는 내 글에서 나름대로 그 의미를 만지작거렸고, 조금 구체화하기도 가리기도 하였으리라. 나라고 무슨 새로운 것을 말하지도 않았고, 말하고자 하지도 않았다. 그것은 많은 현인들과 시인들이 이미 누차 이야기했던 것이니, 그때마다 조금씩 달라서 명랑할 때도 비감할 때도 있었으며, 쓰디쓰기도 달콤하기도 했다.

어휘를 달리 고른다든지 문장의 구조나 길이가 달라질 수는 있다. 또 팔레트에 색깔들을 다르게 정렬해 사용할 수도 있고, 단단한 연필을 쓰거나 부드러운 연필을 쓸 수도 있다. 하지만 말하고자 하는 것은 언제나 오직 하나일 뿐이다. 그 오래된 것, 거듭 얘기되고 거듭 시도되던 것, 영원한 그것이다. 관심을 모으는 각종 새로운 면모들, 언어와 예술의 흥미로운 변혁들, 예술가들이 보여주는 온갖 매혹적인 유희들 속에서, 이들이 이토록 애쓰며 말하고자 하는 것, 말할 가치가 있으되 결코 다 말해질 수 없는 것, 그것은 영원토록 하나이리라.

(1960)

문학과 비평이라는 주제에 대한 메모

Notizen zum Thema Dichtung
und Kritik

1. 훌륭한 비평가와 하류 비평가에 관하여

타고난 정원사, 타고난 의사, 타고난 교사 등 타고난 재능으로 직업을 갖게 된 사람은 희귀한 복을 받은 경우다. 타고난 작가는 더욱 드물다. 아무래도 자격미달 같아 보이기도 하고, 그저 타고난 재능에 만족해서 그 재능을 작품으로 이끌어내기 위한 성실과 용기, 인내와 노력을 기울이지 않는 것 같은데, 그러면서도 늘 매혹적이고 천부적인 소질은 어떤 열심과 성실한 노력과 훌륭한 정신으로도 따라잡을 수가 없다.

타고난 비평가는 아마 타고난 작가보다도 더 드물지 싶다. 즉 비평활동의 일차적인 동기가 성실과 학식, 열심과 노력, 파벌주의나 자만 그리고 심술도 아닌 천부의 재능, 타고난 명민함과 분석적 사고력, 진지한 문화적 책임감으로 말미암은 경우다. 천부적인 비평가라도 개인의 성격에 따라 이러한 자질들이 더욱 빛나거나 혹은 손상되거나 할 수 있지만(그러니까 성정이 부드럽거나 고약하거나, 거만하거나 겸손하거나, 야심차거나 느긋하거나 할 수 있고, 재능을 가꾸든지 아니면 함부로 낭비하는 등 개개인의 특성이 있겠지만) 어찌 됐거나 그는 그저 성실하기만 한, 그저 학식만 쌓은 사람보다 창조성이라는 은총에서 늘 앞서 있기 마련이다.

문학의 역사, 더욱이 독일문학의 역사를 살펴보면 타고난 비평가보다는 타고난 작가가 그래도 수적으로 우세한 건 분명한 사실이다. 청년 괴테에서 뫼리케나 고트프리트 켈러까지의 시기만 봐도 진정한 작가의 이름을 수십 명은 댈 수 있다. 하지만 레싱Gotthold Ephraim Lessing과 훔볼트Karl Wilhelm von Humboldt 사이라면 비중 있는 이름으로 채우기가 확실히 더 어렵다.

객관적으로 볼 때 작가는 이제 대중에게 불요불급不要不急하며 예외적이고 희귀한 존재가 된 듯하다. 반면에 언론의 발달로 비평가는 마치 공적인 상설기관처럼 불가결의 요소로 꼽히는 직업이 되었다. 문학적 생산에 대한 수요나 문학에 대한 욕구의 유무와는 무관하게 비평가에 대한 수요는 실제로 존재하는 것 같고, 사회는 시대현상들을 지적으로 관할하는 전문가 기관이 필요하다. 작가 관청이나 작가 사무실 같은 걸 상상하면 웃음이 나오겠지만, 수백 명에 달하는 비평가들이 언론사에 정식으로 고용된다는 사실에는 익숙해져있고 또 당연시한다. 그걸 뭐라고 하는 것은 아니다.

다만 타고난 진정한 비평가는 희소한 까닭에, 혹 비평의 기술이 개량될 수 있고 그 기예가 교육될 수 있을망정 진정한 재능의 향상이란 있을 수 없는 일이기에, 보시다시피 수백 명의 비평가들이 평생 직업생활을 하면서 필요한 기술은 어지간히 익혔을지 몰라도 가장 본질적인 의미에는 끝내 도달하지 못하는 것이다. 이는 마치 수많은 의사나 상인들이 이왕에 어쩌다 배운 직업을 천직의식 없이 그저 정해진 틀에 따라 수행하는 것과 다를 바 없다.

이러한 실태가 사회적 손실을 의미하는지 어쩐지는 모르겠다. 독일처럼(말이나 글을 제대로 구사하는 이가 만 명에 하나 나올까 말까고, 독일어를 할 줄 모르고도 장관이건 대학교수건 다 될 수 있는 그런 나라인) 문학적 요구가 아주 소박한 민족이라면 프롤레타리아 의사나 교사처럼 프롤레타리아 비평가가 있다는 게 아무 문제가 아닐지도 모르겠다.

하지만 작가들로서는 이처럼 불충분한 비평기구에 노출되어있는 상황이 막대한 손해다. 작가가 비평을 꺼린다고, 예술가의 허영심 때문에 정곡을 꿰뚫는 진정한 비평보다 멍청한 아첨을 더 좋아한다고 생각하면 오산이다. 모든 존재가 사랑을 구하듯 작가도 사랑을 구하며, 이해받고 인정받기를 바란다. 하지만 평균적인 비평가들이 곧잘 써먹는 말처럼 작가가 비판을 감당하지 못한다는 조롱은 정말 터무니없는 소리다.

진정한 작가라면 진정한 비평가를 반기기 마련이다. 이는 그에게서 뭔가 자기 예술에 보탬이 될 만한 걸 배울까 해서가 아니다. 어차피 그렇게 해서 배워지는 일도 아니다. 다만 자신의 행위가 이해받지 못한 채(과대평가되건 과소평가되건 간에) 무감각의 비현실 속을 부유하는 대신, 자신과 자기의 작업을 자기 나라와 문화의 전반적인 평가 속에서, 또 재능과 성과의 상관관계 속에서 객관적으로 자리매김하여 본다는 것 자체가 대단히 중요한 공부요 수정을 의미하기 때문이다.

역부족인(핵심을 파악하지 못하고 틀에 박힌 접근으로 기껏해야 겉껍데기나 더듬다 마는 가치들에 대해 끊임없이 가치판단을 내려야 한다는 불안함 때문에 공격적인) 비평가들이 작가들을 향해 거만하고 비평에 과민하다고, 아니 지성 일반에 적대적이라고 하도 비난하다 보니, 종국에는 순진한 독자가 진정한 작가와 긴 머리나 휘날리고 다니는 〈플리겐데 블래터〉[15]의 엉터리 작가를 전혀 구별할 줄 모르는 지경에 이른다.

2류 비평가들이 섣부른 가치판단 등으로 영향력을 행사하지 말고 판단을 위한 객관적인 정보를 제공하도록 나 개인적으로 여러 차례 (물론 나 자신의 이해관계 때문이 아니라 소홀히 여겨진 듯싶은 작가들을 위해서) 시도해보았지만, 진지한 자세나 객관적인 관심, 하다못해 정신의 문제에 대한 열정이라곤 눈을 씻고 찾아봐도 없었다. 이들 직업인들의 몸짓에서 늘 읽게 되는 반응은, '우릴 좀 가만 내버려둬요! 뭐 그렇게까지 심각하게 생각할 것 있냐고요! 보세요, 우리는 날이면 날마다 지긋지긋한 부역에 치일 지경이랍니다. 우리가 써대는 모든 글들을 그런 식으로 꼼꼼하게 뜯어볼라 치면 어떻게 일을 하겠소?'였다.

한마디로 2류, 3류 직업비평가는 어중간한 공장노동자가 생산에 임할 때와 비슷하게 애정도 책임감도 없이 일을 해낸다. 젊었을 적에 배운, 당시 한창 유행하던 이런저런 비평기법에 따라 무조건 점잖은 회의로 냉소하든지 혹은 최상급으로 칭송을 하든지 아니면 다른 어떤 식으로든 본래의 과제를 비껴갈 방법이 있다. 또는 (이것이 가장 흔한 경우인데) 문학적 성과에 대한 비평에는 일절 손대지 않고 대신 작가의 출신, 사상, 경향 등에만 관심을 기울인다. 어떤 작가가 적의 진영에 속해있으면 정면도전의 방식으로건 야유의 방식으로건 결국 거부한다. 자기 진영이면 칭찬을 하거나 적어도 보호한다. 어느 편에도 속해있지 않은 작가라면, 배후세력이 전혀 없으니 그냥 무시하고 지나간다.

이런 상황의 결과는 비단 작가의 환멸뿐 아니라, 대중들이 정신과 예술계의 현황과 동태를 비춰준다고 믿고 있는 거울을 심하게 왜곡한다. 실제로 우리는 언론이 정신계의 현황이라고 전해주는 내용과 실제 정신계의 동태 간에 엄청난 차이를 발견한다. 대중의 어느 부류에도 눈곱만큼의 영향력을 행사하지 못한 작가나 작품이 몇 년을 두고 중요하게 거론되고 집중적으로 논의되는가 하면, 실제의 삶과 여론에 강하게 영향을 미치는 작가와 작품이지만 전혀 언급되지 않는 경우도 있다. 기술이나 경제 그 어떤 영역에서도 대중이 이처럼 자의적이고 어처구니없는 보도에 휘둘리는 것을 본 적이 없다. 물론 몇몇 예외적인 경우가 있음을 인정해야겠지만, 대부분의 일간지들에서 문예면보다 스포츠나 경제면 기사들이 훨씬 객관적이고 양심적이다.

천부적인 진정한 비평가라도 실수나 무례를 저지를 수 있다. 그러나 그렇다 해도 그보다 훨씬 예의 바르고 양심적이되 창조적인 면이 결여된 다른 누구의 비평보다 그의 비평이 항상 더 적확하다. 진정한 비평가에게는 언어의 수준과 진정성에 대한 감각이 늘 있지만, 평범한 비평가는 원본과 모조품을 쉽게 혼동하고 때로는 속임수에 말려든다. 진정한 비평가를 식별하는 두 가지 중요한 표지가 있다.

첫째, 진정한 비평가는 자기가 구사하는 언어와 허물없이 친숙하여 오용하는 법이 없으니 살아있는 좋은 글을 쓴다. 둘째, 자신의 주관성과 개인적인 기질을 절대 억누르지 않고 오히려 분명하게 드러내고자 하는 욕구와 노력이 있기 때문에, 독자가 비평가의 주관적인 척도나 기호를 맹목적으로 따라가지 않고 잣대처럼 활용할 수만 있다면, 비평가의 반응을 통해 객관적 가치를 쉽게 읽어내게 된다. 더 간단히 표현하자면 훌륭한 비평가는 개성이 강하고 그것을 스스로 똑똑히 드러내기 때문에 독자는 자기가 누구를 상대하고 있는지, 어떤 렌

즈를 투과하여 들어오는 광선인지를 인지할 수 있다. 따라서 어떤 천재적인 비평가가 어떤 천재 작가를 일평생 거부하고 야유하고 공격하는 그럴 때조차 우리는 그가 작가에게 반응하는 방식을 통해 그 작가의 본질에 대한 정확한 심상을 얻을 수 있는 것이다.

그에 반해 빈약한 비평가의 중대한 결함은, 개성이 거의 없거나 그것을 표현할 줄 모른다는 점이다. 비평이 아무리 격렬한 칭찬이나 비난을 담고 있다 한들, 정작 본인도 제대로 못 봐 제대로 묘사할 줄 모르는 사람에 대해 떠들어댄다면 그 사람에 대해 우리가 뭘 알게 되겠으며, 그런 비평이 무슨 소용이 있겠는가? 바로 그런 무능한 비평가들이 종종 객관성을 빙자하여 미학이 마치 정밀과학이라도 되는 양 구는데, 실상은 자신의 개인적인 직관을 믿지 못하니까 무난하게 균형과 중립이라는 가면을 뒤집어쓰는 것이다. 비평가에게 중립이란 거의 언제나 미심쩍은 것이다. 그것은 하나의 결함, 즉 정신적 체험에서 열정의 결핍을 뜻한다. 비평가에게 열정이 있다면 그것을 숨길 게 아니라 드러내야 마땅하다. 자기가 무슨 측량기사인 양 문화부장관인 양 굴 것이 아니라, 독자적인 개인으로 서야 한다.

보통의 비평가와 보통의 작가의 관계는 대략 상호 간에 애매한 신경전을 벌이는 사이라고 말할 수 있겠다. 말하자면 비평가는 작가를 별로 대단찮게 생각하면서도 한편으로는 혹시나 이 인간이 나중에 천재로 판명이 나면 어쩌나 두려워한다. 그리고 작가는 비평가가 자신을 이해하지도, 자신의 가치나 결점을 알아보지도 못한다고 느끼지만, 최소한 알아보고 박살을 내는 그런 사람과 마주치지 않은 걸 그나마 다행이라 생각하며 어쨌거나 비평가와 그럭저럭 잘 지내면서 덕 보기를 바란다. 평균적으로 독일에서 책 쓰는 사람들과 비평가 간에는 바로 이런 지지리 좀스러운 관계가 지배적이고, 이 점에서는 사회주의 언론이나 부르주아 언론이나 대동소이하다.

하지만 진정한 작가는 이런 평균적 비평, 이런 무지한 문예란 기계와 친구할 생각이 추호도 없다. 오히려 이런 비평을 도발하려고 하고, 이런 비평가가 자기에게 호의적으로 어깨동무를 걸어오기보다 차라리 욕을 하고 침을 뱉는 편을 속편하게 생각한다. 그렇지만 참다운 비평가를 만난다면, 설사 그가 공공연히 싸움을 걸어올지라도 일종의 동료의식 같은 걸 느끼게 된다. 능력 있는 비평가에게 인정받고 진단받는다는 건, 마치 훌륭한 의사에게 진찰받는 것과 같다. 그건 돌팔

이가 되는대로 떠벌리는 소리를 들어야 하는 것과는 전혀 다르지 않은가! 어쩌면 기함을 할지도 모르고 상처를 받을지도 모르나, 비록 그 진단이 사형선고일지라 해도, 자신이 진지하게 받아들여졌다는 건 확실하니까 말이다. 그리고 사실 사형선고에 완전히 승복하는 사람은 아무도 없는 법이다.

2. 작가와 비평가 간의 대화

작가 제가 늘 하는 얘기지만, 어느 시절엔 비평이 오늘날보다 훨씬 수준 높았지요.

비평가 예를 좀 들어보시죠!

작가 좋아요. 《친화력》에 관한 졸거Solger의 글이라든지, 아르님Achim von Arnim의 《베르톨트》에 대한 빌헬름 그림Wilhelm Grimm의 서평을 들 수 있지요. 독창적인 비평의 멋진 예들입니다. 이런 것들을 낳았던 정신을 요즘엔 좀처럼 찾아보기 힘들어요.

비평가 어떤 정신인데요?

작가 경외의 정신이죠. 솔직히 말씀해보세요. 이 두 편 수준의 비평이 오늘날 우리 사회에서 가능하다고 생각하십니까?

비평가 모르지요. 시대가 달라졌으니까요. 그렇다면 역으로 《친화력》이나 아르님 같은 수준의 문학작품이 오늘날 우리 사회에서 가능하다고 생각하십니까?

작가 아, 그러니까 당신은, 문학만큼 비평도 간다! 오늘날 진정한 문학이 있다면, 진정한 비평도 있을 거라고 생각하는군요. 그럴듯해요.

비평가 네, 맞습니다.

작가 실례지만, 졸거와 그림의 글을 읽어보셨는지요?

비평가 솔직히 말씀드려서, 읽지 않았습니다.

작가 그렇지만 《친화력》이나 《베르톨트》는 읽으셨겠지요?

비평가 《친화력》은 물론 읽었습니다만, 《베르톨트》는 못 읽었습니다.

작가 그런데도 《베르톨트》가 오늘날의 문학보다 수준이 더 높다고 생각하시는 건가요?

비평가 네. 그건 아르님에 대한, 나아가 그 당시 독일의 정신이 보여준 문학 창작력에 대한 존경 때문입니다.

작가 그렇다면 어째서 아르님이나 그 시절의 다른 진정한 작가들의 작품을 읽지 않으시죠? 왜 본인 스스로 저열하다고 여기는 문학에 평생 몰두하시나요? 무엇 때문에 독자들에게 "여러분, 보십시오. 이것이 진정한 문학이니 너절한 요즘 작품은 집어치우고 괴테, 아르님, 노발리스16)를 읽으세요!"라고 말하지 않는 거죠?

비평가 그건 제가 할 일이 아닙니다. 아마 당신이 《친화력》 같은 작품을 쓰지 않는 것과 같은 이유일지도 모르지요.

작가 재미있는 얘기군요. 하지만 당시의 독일이 그런 작가를 배출했다는 건 어떻게 설명하실 건가요? 그들의 작품은 수요 없는 공급이었고 어느 누구도 원치 않았습니다. 《친화력》이건 《베르톨트》건 동시대인들에게 읽히지 않았고, 지금도 여전하지요.

비평가 당시의 대중은 문학에 그다지 괘념치 않았고, 그건 오늘날도 마찬가지지요. 독일 대중은 원래 그래요. 아마 대중들이란 다 그렇겠지요. 괴테 시절에도 유쾌한 오락문학이 많이 있었고 그것들은 읽혔지요. 오늘날도 마찬가지입니다. 오락문학 작품은 읽혀지고, 평해지고, 독자나 비평가에게 딱히 진지하게 받아들여지는 건 아니지만 수요에 부합하지요. 오락문학 작가나 그 비평가에게 돈을 지불해 읽고, 그러고는 이내 잊어버리지요.

작가 그런데 진정한 문학은요?

비평가 그런 건 어차피 영원을 두고 쓰인 거라고들 가정하거든요. 굳이 지금 주의를 기울여야 한다고 시대가 느끼지 않는 거죠.

작가 당신은 정치가가 되었더라면 더 좋았겠군요.

비평가 맞습니다. 안 그래도 그러려고 했고, 아마 외무정책을 맡았으면 제일 좋았겠죠. 하지만 제가 편집부에 들어올 때, 정치부에는 빈자리가 없고 문예란밖에는 못 주겠다고 해서요.

3. 이른바 소재 선택에 대하여

'소재 선택'은 많은 비평가들의 입에 오르내리는, 대개의 비평가에게 필수불가결한 어휘다. 평균적인 비평 저널리스트라면 매일 외부에서 주어지는 소재를 다루어야 하는 게 현실이다. 그런 면에서 비평가는 작가가 부럽다. 어쨌든 창작의 자유가 있으니까 말이다. 게다가 일간 비평가는 거의 전적으로 오락문학, 아류작품을 다루는데, 능숙한 소설가라면 아무리 제한된 자유라고는 해도 어느 정도 자의적으로 또 상당히 합당한 동기로 소재 선택이 가능할 것이다.

예컨대 오락문학의 대가는 무대를 마음대로 선택할 수 있다. 그때그때의 유행풍조에 따라 소설의 배경을 남극이건 이집트건 자유로이 잡을 것이고, 스포츠나 정치권을 중심으로 이야기를 전개한다거나 당면한 사회문제나 도덕과 법의 문제 등을 논할 것이다. 하지만 당면문제가 전면에 나서는 것 같아도, 막상 들어가면 제아무리 능수능란한 유행작가라 하더라도 결국 자기 내면 가장 깊이 자리 잡은 심상들에 상응하는 삶의 모습을 펼쳐놓게 마련이다. 그리하여 특정 성격과 상황에 유독 마음이 쏠려 다른 것에는 무관심해지는 건 어쩔 수 없을 것이다.

아주 저속한 문학이라 해도 마찬가지다. 거기서 드러나는 정신은 바로 그 작가의 정신이며, 단 하나의 인물상도 단 하나의 상황도 제대로 그려내지 못하는 최악의 작가일지언정, 자신도 의식하지 못하는 중에 한 가지만은 늘 놓치지 않는다. 즉 엉터리 작품에서도 언제나 본연의 자아를 드러내게 되어 있다.

참된 문학작품에서 소재의 선택은 결코 논할 수 없다. '소재', 즉 어떤 작품의 중심인물들과 특징적인 문제 등은 작가에 의해 선택되는 것이 아니라 엄밀히 따지면 모든 문학의 원재료이니, 바로 작가의 비전과 정신적 체험이다. 작가는 어떤 비전을 회피할 수도, 중요한 인생의 문제에서 도망칠 수도, 또 진정으로 경험한 '소재'를 능력부족이나 나태함 때문에 방치해둘 수도 있다. 그러나 특정 소재를 '선택할 수는 없다'. 순전히 이성적이고 예술적인 고려에서 적당하고 바람직하다고 생각하는 어떤 내용을 가지고 이 내용이 마치 운명처럼 다가왔다는 듯이, 마치 자신의 머리로 짜낸 게 아니고 영혼으로 경험한 듯이 시늉할 수는 절대 없다. 참된 작가 역시 소재를 선택하고 작업을 주관하려는 시도가 심심찮게 있었지만, 그런 시도의 결과는 동료들에게는 극히 흥미롭고 교육적이었을망정 문학작품으로서는 사산死産이었다.

간단히 말해, 만약 진정한 문학작품의 작가더러 누군가가 "차라리 다른 소재를 선택했더라면 좋지 않았을까?"라고 묻는다면, 그건 마치 어떤 의사가 폐렴에 걸린 환자더러 "아, 차라리 콧물감기로 정하시지 않고요!" 하고 말하는 것과 진배없는 일이다.

4. 이른바 예술로의 도피에 대하여

예술가는 삶 앞에서 예술로 도피해서는 안 되는 법이라고들 말한다. 이게 무슨 말일까? 도대체 왜 예술가는 그러면 안 된다는 것인가? 예술가 편에서 보자면, 예술이란 그야말로 삶의 불충분한 면을 보충하고 실현 불가능한 소망들을 허구 속에서 실현하려는, 한마디로 소화되지 않는 현실의 모습을 정신으로 승화시키고자 하는 시도가 아니던가?

그런데 사람들은 어째서 이와 같은 어리석은 요구를 유독 예술가한테만 자꾸 들이대는 것일까? 왜 정치가나 의사, 권투 선수나 수영 챔피언들한테는 맡은 직무나 종목의 과제를 완수하는 일에서 도피하기에 앞서, 일단 아무쪼록 각자 개인적 생활의 난제들부터 제대로 해결하라고 요구하지 않을까?

'삶'이 예술보다 더 어려운 것이라는 인식이 범상한 비평가들 사이에서는 일종의 명제로 자리 잡은 것 같다. 그리하여 우리는 일부 예술가들이 부단히 예술에서 삶으로 탁월하게 도피하여, 형편없는 그림을 그리고 책을 쓰는, 그러나 아주 매력적인 사람, 멋진 사교가, 훌륭한 한 가정의 아버지, 고결한 애국지사가 되는 경우를 너무나도 자주 목도하지 않는가!

혹시 어떤 사람이 스스로를 예술가라고 생각한다면, 자기 직업의 과제가 놓여있는 바로 거기에서 결판을 내고 자기 존재를 입증하는 편이 더 옳다. 한 작품이 완성되기까지 그 작가의 사적 생활의 희생이라는 대가를 치른다는 견해는 상당히 타당한 면이(정확히는 절반의 타당성) 있을지 모르겠다. 어떤 작품의 탄생도 마찬가지다. 예술이 풍요에서, 행복에서, 만족과 조화에서 잉태된다는 생각은 아둔하고 근거 없는 추측이다. 인간의 모든 업적이 오직 곤경을 통해, 혹독한 압박 하에서만 생겨나는데, 어째서 유독 예술만은 예외이겠는가?

5. 이른바 과거로의 도피에 대하여

오늘날 시사비평에서 미움받는 또 다른 '도피'가 있으니, 이른바 과거로의 도피가 그것이다. 어떤 작가가 유행이나 스포츠 등과 한참 동떨어진 것을 쓰기만 하면, 그가 눈앞의 사안들보다 인류의 문제로 나아가기만 하면, 역사의 특정 시기를 파고들거나 혹은 역사를 초월한 문학적 초시대성을 추구하거나 하면, 당장 그가 자기 시대에서 '도피한다'고 비난을 퍼붓는다.

그렇게 따지자면 괴테는 우리에게 프랑크푸르트나 바이마르의 시민가정의 문제들에 대해 소상히 일러주는 대신, 《괴츠》나 《이피게니에》로 도피했던 셈이다.

6. 얼치기 교양인의 심리학에 대하여

가장 심한 열성 돌연변이들이야말로 스스로를 세련된 진보로 가장하려는 욕구가 강하다. 그리하여 작금의 문학비평에 있어서 가장 반정신적이고 조야한 경향이 정신분석이라는 갑옷을 뒤집어쓴다.

내가 우선 프로이트와 그의 업적 앞에 깊숙이 허리 숙여 인사를 올리는 게 필요할까? 천재 프로이트가 그의 방식대로 세상의 모든 천재들을 분석할 권리가 있다고 인정하는 게 부득이 필요할까? 프로이트의 학설을 두고 논란이 분분하던 때 내가 이를 옹호하고자 애썼던 사실을 상기시켜야 할까? 얼빠진 비평가들과 탈영한 인문학자들이 프로이트의 기본개념들을 멋대로 오용하는 걸 보고 내가 어처구니없게 생각한다고 해서 천재적인 프로이트와 그의 심리학적·심리치료적 업적에 대한 공격으로 보지는 말아달라고 독자들에게 특별히 당부라도 해줘야 할까?

예나 지금이나 정신의 연구라든지 노이로제 환자의 치유 등에 있어서 혁혁한 성과를 내고 또 이미 수년 전부터 거의 모든 곳에서 그 성과를 공인받기에 이른 프로이트 학파의 학설이, 대중에게 유포되고 그 방식과 전문용어들이 다른 정신영역에까지 광범위하게 유입되면서 상당히 거슬리는, 아니 심히 역겨운 부산물이 생겨났다. 얼치기 교양인들의 사이비 심리학과 일종의 딜레탕트 문학비평이 바로 그것이다. 즉 프로이트가 꿈과 무의식의 정신세계를 분석하는 데 적용했던 방법을 문학작품 연구에 전용하는 것이다.

어쨌든 의학적으로도 인문학적으로도 훈련받지 못한 이들 얼치기 문사들이 연구하고 발견한 바에 따르면(발견이랄 것도 없지만), 시인 레나우가 정서장애로 판명 났다. 그뿐이 아니다. 그들은 레나우 외에 다른 작가들의 최고의 작품들에서도 정서장애 환자들의 꿈이나 환상과의 공통분모를 찾을 수 있다고 주장한다. 작품을 통해 작가의 콤플렉스나 작가가 즐겨 하는 상상 등을 밝혀내고, 그를 이러저러한 부류의 노이로제 환자로 분류한다.

어떤 명작도 분석해 들어가면 결국 아무개의 폐소공포증

이나 아무개 부인의 신경성 위장장애와 다를 것 없는 원인에서 비롯된 것이라고 설명한다. 이들은 모종의 복수심(타고난 재능에 대한 질투심)으로 문학작품에 향하는 관심을 호도하여, 문학을 이런저런 정신병적 증상의 발현으로 강등시키고, 작가의 전기적 사실들을 작품해석에 끌어들여 판단하고 끼워 맞추는 치졸한 오류를 범한다. 그리하여 그들은 탁월한 문학작품의 내용을 갈기갈기 찢어, 피투성이인 채로 너저분하게 널린 쓰레기 더미를 남겨놓는다. 그리고 이 모든 일은 괴테와 횔덜린도 그저 인간에 불과했음을, 《파우스트》도 《푸른 꽃》도 더없이 평범한 본능을 가진, 평범한 정신이 만들어낸 그저 멋들어지게 양식화된 가면에 불과했음을 밝히려는 노력 말고는 다른 의도가 없는 것 같다.

이러한 작품들이 이루어낸 성취에 대해서는 한마디도 없고, 인간이 만들어낸 가장 섬세한 것을 흉측한 질료 덩어리로 환원시킨다. 다 똑같은 원인이라지만 노이로제 환자 아무개 부인에게서는 신경성 복통을 유발하고 어떤 사람에게 가서는 탁월한 예술작품으로 형성된다는, 이 기이한 현상에 대해서는 굳게 입을 다문다. 이렇게 형상화된 것, 유일무이한 것, 가치 있는 것, 이 만회할 수 없는 것에는 끝내 주목하지 않고 그저 무형의 원재료 덩어리만 볼 뿐이다.

그러나 작가에게 재료로서 작용하는 경험이 여타 사람들의 것과 다르지 않다는 사실을 알아내기 위해 그토록 힘겨운 연구가 필요했던 것인지? 그리고 정작 우리가 알고 싶은 것, 즉 그 한 줌의 경험이 창조적인 개인을 만나면 때로 온 세상을 열어 보이는 드라마가 되고 흔하디흔한 일상이 빛나는 기적으로 화하는 그 놀라운 경이에 대해서는 이야기되거나 관심을 가지지 않는다.

이는 무엇보다 프로이트에게 죄를 짓는 일이다. 아닌 게 아니라 프로이트를 어떻게든 단순화하려는 그의 수많은 제자들에게 그의 독창성과 세밀함은 오늘날 눈엣가시가 되고 있다. 문학이라는 샛길로 빠져나간 이 얼치기 제자들은 프로이트가 정립한 '승화' 개념을 잊은 지 오래다.

작가에 대한 전기적이고 심리적인 분석이 조금이나마 가치가 있지 않느냐고 묻는다면(예술작품의 이해는 아니라도 이러한 보조분야들 편에서 어쨌든 뭔가 기대할 만한 것이 있을 수 있으니까), 그 가치란 극도로 사소하고 모호할 뿐이다. 살면서 정신분석을 몸소 경험해봤거나 다른 사람에게 시도해봤거나 아니면 단지 관찰자로라도 체험에 참여해본 적이 있는 사람이라면 그것이 얼마나 많은 시간과 노력과 인내를 요하는 일인지 알 것이다. 그리고 분석자가 찾으려는 최초의 원인들, 억압의 원천들이 얼마나 교묘하고 끈질기게 몸을 숨기는지를 말이다. 또한 이러한 원인들을 파고들기 위해서는 무심결에 흘러나오는 심리표현에 참을성 있게 귀 기울이고, 꿈과 실언들을 조심스럽고도 신중하게 관찰하는 일 따위가 필요하다는 것도 알 것이다.

어떤 환자가 정신분석가에게 "선생님, 저는 계속 이렇게 심리치료를 받을 시간도 없고 재미도 별로여서, 제 꿈과 희망사항들과 상상들을 글로 최대한 적어봤거든요. 뭐 일부는 마구 얽혀있기도 합니다만 어쨌든 이걸 넘겨드릴 테니 보시고 필요한 내용을 판독해주시지요"라고 말한다면 정신분석가는 실소를 금치 못하리라! 물론 노이로제 환자가 그림을 그리거나 글을 쓸 수도 있겠고 분석자도 그것을 살펴보며 활용하기도 하겠지만, 한 인간의 무의식적 정신세계와 유년기의 정신사를 그런 자료들에서 읽어내겠다는 건 어떤 정신분석가가 보더라도 극도로 순진하고 딜레탕트다운 허세로 비칠 것이다.

그러니 교양인을 자처하는 저 문학해석가들의 행위는 바로 그런 자료들을 가지고 분석할 수 있다는 듯 무지한 독자들의 눈을 속이는 짓과 다름없다. 환자는 이미 죽었겠다, 검증을 두려워할 필요도 없으니 멋대로들 꾸며대는 것이다. 누군가 노련한 전문가가 나서서 그런 사이비 분석의 작가론을 대상으로 삼아 다시 분석을 실시한다면, 그래서 이런 사이비 심리학자들을 충동하는 원천이 무엇인지 명쾌하게 밝혀내준다면, 그야말로 우스꽝스러운 결과가 나오지 않을까 싶다.

나는 프로이트가 이러한 엉터리 제자들의 글을 조금도 진지하게 받아들일 거라고 생각하지 않는다. 정신분석학파의 어떤 진지한 의사나 연구자도 이들의 글과 책을 읽지 않을 것이다. 아무튼 전문가들이라면 이런 딜레탕트적인 작업과 분명하게 거리를 두리라.

그러나 정말 고약한 건, 근대의 천재들에 대한 심층적 폭로 내지 그들의 작품에 대한 칼날같이 예리한 해석인 양 호들갑을 떠는 이런 조야한 이론과 글이 잡지나 책으로 버젓이 출판되고, 읽는 사람은 얼마 없을망정 그것이 일종의 새로운 문학 장르를 형성하여 야심가들이 판을 치고 다닌다는 그 사실이 아니다. 정작 화가 나는 건, 이런 섣부른 분석을 통해 시사비평이 그럴싸한 학문성으로 위장하며 본연의 과제를 희석하고 대충 편한 길로 가려 한다는 점이다. 내가 별로 좋아하지 않는 어떤 작가의 작품에서 콤플렉스와 노이로제가 뒤엉킨 흔적을 발견하기만 하면, 당장 그를 정신질환자로 매도하는 식으로 말이다.

당연히 언젠가는 그칠 날이 올 것이다. '병적이다'라는 단어가 지금의 의미를 잃을 때가 말이다. 질병과 건강의 영역에서도 상대성이 있음을, 오늘의 병이 내일의 건강이 될 수도 있음을, 건강한 상태라는 게 항상 확고부동한 건강의 징표일 수는 없음을 인식할 때가 올 것이다. 고귀한 정신과 예민하고 섬세한 감각을 타고난, 일체의 평가를 넘어서는 탁월한 재능을 타고난 사람에게는 선과 악 그리고 미와 추에 관한 현실의 관습들에 둘러싸여 산다는 것이 어쩌면 갑갑한, 아니 끔찍한 억압일 수 있다는 이 단순한 진리를 언젠가 깨닫게 될 것이다.

그러면 횔덜린과 니체를 정신질환자에서 다시 천재의 자리로 복귀시킬 것이고, 결국 아무것도 이룬 것도 발전한 것도 없이 다시금 정신분석이 출현하기 이전의 지점으로 돌아와 있다는 사실을, 그리고 인문학을 발전시키겠다면 인문학 본래의 방법과 체계를 가지고 추진해야만 한다는 사실을 자각하게 될 것이다.

(1930)

시에 대하여[17)]

Über Gedichte

열 살 적 어느 날 읽기 수업시간에 시를 한 편 읽었는데, 제목이 〈슈펙바흐의 아들〉Speckbachers Söhnlein이었던 것 같다. 어느 소년에 관한 시였다. 총알이 빗발치는 전장 한가운데서 같이 싸우며 어른들에게 포탄을 날라줬다나 어쨌다나, 아무튼 무슨 영웅적인 행동을 한다는 내용이었다. 우리 남자애들은 그 시에 푹 빠졌다. 나중에 선생님께서 우리에게 약간 반어적인 어투로 "이게 좋은 시냐"고 물으시자, 우리 모두 우렁차게 "네!"라고 대답했다. 그러자 선생님께서는 웃는 얼굴로 고개를 가로저으면서, "아니야, 이건 좋은 시가 아니다"라고 말씀하셨다. 선생님 말씀이 옳았다. 그 시는 우리 시대 예술의 법칙과 취향에 맞지 않았고 고상하지도 진실하지도 않은 졸작이었다. 그럼에도 우리 사내녀석들은 엄청난 감동의 물결에 사로잡혔더랬다.

10년이 지나 스무 살이 되자, 나는 그 어떤 시든지 한 번만 읽어보면 좋은 시인지 나쁜 시인지 주저 없이 말할 자신이 있었다. 그건 너무나 쉬운 일이었다. 한번 쓱 읽고 두 행쯤 읊조려보면 바로 답이 나왔다.

그 후로 다시 수십 년이 흘렀고 참으로 많은 시들이 내 눈과 손을 거쳐갔지만, 요즘 들어 누가 나에게 시를 하나 보여주며 평가를 부탁하면 전혀 갈피를 못 잡겠다. 내게 시를 보이는 사람이 많은데, 대개가 '평'을 받아 출판사 문을 두드려보려는 젊은이들이다. 이 젊은 시인들은, 나이 많은 내가 당연히 노련할 줄로 믿었다가 그러기는커녕 우유부단하게 이 시 저 시 뒤적이다 평 한마디 제대로 하지 못하는 것을 보고는 어이없어하며 실망한다. 스무 살 적이었으면 자신만만하게 2분 내로 해치웠을 일이건만 이제는 이만저만 어려운 게 아니다. 아니, 도저히 못 하겠다. 이 '노련미'란 놈도 젊었을 적엔 그냥 저절로 생기는 줄 알았다. 그런데 그렇지가 않더란 말이다. 노련미에 뛰어난 재능이 있어서, 어머니 배 속에서부터 타고난 것까지는 아니더라도 학창 시절부터 일찍이 노련미를 발휘하는 사람들이 있는가 하면, 어떤 사람들은 죽을 때가 되도록 아예 감조차 잡지 못하는 사람들도 있으니, 내가 바로 그런 부류에 든다.

스무 살 적의 내가 시를 그토록 칼같이 판단할 수 있었던 근거는, 당시 특정 시와 시인들을 거의 배타적이다시피 강하게 선호해서 어떤 책이나 시를 대하건 곧바로 이들과 비교했기 때문이다. 이들과 유사하면 좋고, 그렇지 않으면 별 볼일 없는 거였다.

물론 지금도 내가 각별히 좋아하는 시인들이 있고, 그중 몇몇은 옛날부터 쭉 좋아했다. 하지만 지금은 이런 시인들을 곧바로 떠올리게 하는 그런 시들이야말로 제일 수상쩍게 본다.

어쨌든 시와 시인 일반에 대해서가 아니라 '형편없는' 시들, 다시 말해 시를 쓴 본인 외에는 누가 보더라도 그저 그렇고 변변찮으며 없어도 그만인 그런 시들에 대해서만 얘기하겠다. 나는 오랜 세월 동안 그런 시들을 적잖이 읽어왔고, 예전에는 이 시들이 형편없다는 걸 분명히 알았으며 어째서 형편없는지 그 이유도 알았다. 그런데 이제는 더 이상 자신이 없다. 습관이나 지식이 다 그렇듯이, 이러한 확신과 지식마저도 어느 날 갑자기 아주 불확실하게 비쳐졌던 것이다. 어느 순간

인가 갑자기 진부하고 무미건조하고 공허하게 느껴졌고, 허점투성이였고 마음속에서 거부감이 일었다. 결국은 살아있는 오늘의 지식이 아닌 과거의 구태의연함일 뿐이니, 심지어 예전에 왜 거기에 가치를 두었는지 의아스러울 정도였다.

이제는 가끔 어느 정도냐 하면 의심할 여지없이 '형편없는' 시들을 인정하고 나중에는 칭찬해줄 마음이 동하고, 반면에 훌륭한, 최고의 시들이 종종 미심쩍어지곤 한다.

이는 때로 교수나 공무원 혹은 광인에 대해 느끼는 감정과 매한가지다. 일반적으로 교수나 공무원 같은 직업을 가진 사람이라 하면 흠잡을 데 없는 시민이요 확실하고 유용한 사회 구성원이라고 본다. 반면 미친 사람이라면 참으로 불쌍한 사람이고 불행한 환자여서, 인내와 동정의 대상일 뿐 아무 쓸모 없는 존재임을 의심치 않는다. 하지만 살다 보면 다만 몇 시간 정도라도, 이를테면 교수나 광인을 특별히 많이 상대했다든가 하고 나면, 불현듯 그 생각이 뒤집어질 때가 있다. 그럴 때면 광인이야말로 평화와 자족의 기쁨을 누리는 행복한 사람, 지혜로운 인간, 신의 사랑을 입은 자, 스스로를 믿고 스스로에게 만족하는 개성 만점의 존재로 느껴진다. 그에 비하면 교수나 공무원이란 그저 평범한 성격에 개성도 특색도 없는,

있어도 그만 없어도 그만인 인물 같다.

　때때로 '형편없는' 시들에 대해서도 이와 비슷한 생각이 든다. 불현듯 그 시들이 전혀 형편없어 보이지 않을 때가 있다. 그 독특한 향기가, 개성이, 천진함이 마음에 와닿고, 명백히 결점이자 약점으로 지적될 요소가 너무나도 감동적이고 독창적이며 사랑스럽고 매혹적으로 다가올 때가 있다. 그에 비하면 우리가 보통 애호하는 더없이 아름다운 시들은 오히려 좀 밋밋하고 따분해 보이는 것이다.

　특히 표현주의 사조가 널리 퍼지면서 여러 젊은 작가들의 작품을 볼 때 그렇다. 대체로 그들이 짓는 시는 전혀 '훌륭하지'도 '아름답지'도 않다. 그들은, 아름다운 시는 세상에 차고 넘치며 끊임없이 예쁜 시들을 써내면서 앞세대가 시작한 이 인내력 게임을 계속하고자 이 세상에 태어난 건 결코 아니라고 생각한다. 이 점에서 그들은 전적으로 옳은 것 같다. 그리고 때로 이들의 시는 '형편없는' 시들만이 갖고 있는 바로 그 독특한 감동을 전해주기도 한다.

　그 이유를 찾자면 사실 단순하다. 한 편의 시가 탄생하는 기원에는 너무나 명백한 뜻이 있다. 그것은 살아있는 영혼이 자신의 체험과 격동을 또렷이 의식하고자 또는 스스로를 방어하고자 내뿜는 분출이요, 외침·아우성·탄식·몸짓·반응이다. 이와 같은 일차적이고 가장 중요하고 근원적인 기능 면에서 따지자면, 어떤 시도 판단의 대상으로 삼을 수 없다. 우선 시는 시인 자신을 향한 것이기 때문이다. 시는 시인의 호흡, 그의 아우성, 그의 꿈, 그의 미소, 그의 주먹질이다. 그 어느 누가 간밤에 꾼 꿈을 두고 미학적 가치를 논하며, 우리의 손짓과 고갯짓, 몸짓과 걸음걸이를 두고 그 합목적성을 따질 수 있겠는가? 손가락 발가락을 입에 물고 사는 갓난아기를 펜대 굴리는 작가나 날개 활짝 편 공작새에 비해 어리석고 부족하다 할 수 있겠는가? 이들 중 누가 누구보다 더 낫다고, 누가 더 옳고 누구는 못하다고 할 수는 없는 일이다.

때로 어떤 시는 시인의 내면을 토로하여 이완시키는 데 그치지 않고 타인의 마음까지 움직이고 기쁨과 감동을 선사하기도 하는데, 우리가 아름답다고 하는 시란 바로 그런 것이다. 아마도 많은 사람들에게 공통되고 공감할 만한 것이 시에서 표현된 경우이리라. 하지만 이것도 결코 확실하지는 않다.

그런데 바로 여기서 악순환이 시작된다. '아름다운' 시를 쓴 시인이 사랑을 받으니까, 자꾸 그런 류의 시들이 양산되는 것이다. 즉 시의 근원적·원초적·치유적 기능과는 동떨어진 채 오로지 아름다우려고만 한다. 이런 시들은 애초부터 타인, 즉 청자와 독자를 겨냥해 쓰인다. 이들은 더 이상 한 영혼의 꿈, 춤사위, 절규가 아니며, 체험에 대한 반응도 더듬더듬 읊조리는 소망이나 마법의 주문도 아니며, 현자의 몸짓도 광인의 기행도 아니다. 다만 뚜렷한 목적하에 만들어낸 생산품, 공장에서 찍어낸 물건, 대중의 입맛에 맞춘 사탕과자에 불과하다. 유포되고 팔려나가고 구매자에게 행복감이나 기쁨을 선사하거나 심심풀이가 돼주기 위해 만들어진 상품인 것이다. 바로 이런 시들이 대중들로부터 박수갈채를 받는다. 진지하게 애정을 쏟으며 몰입할 필요도, 괴로워하거나 마음이 흔들리거나 하는 일도 없이, 그저 곱고 정연한 리듬에 몸을 맡겨 편안하고 즐겁게 어울릴 수 있는 시 말이다.

이러한 '아름다운' 시들이 가끔 너무나 지겹고 미심쩍어진다. 마치 길들여지고 다듬어진 모든 것들처럼, 교수들과 공무원들처럼 말이다. 그리고 때때로 자로 잰 듯 정확한 세상에 진절머리가 날 때면, 가로등을 박살내고 사원에 불을 놓고 싶은 충동이 인다. 그런 날이면 이 '아름다운' 시들은 저 신성한 시성詩聖들의 것에 이르기까지 죄다 어느 정도는 마치 검열을 거친 듯, 거세된 듯, 지나치게 지당하고 유순하며 고루하게 느껴진다. 그럴 땐 '형편없는' 시에 마음이 끌린다. 그때는 어떤 것도 전혀 형편없게 느껴지지 않는다.

그렇지만 여기에도 환멸은 도사리고 있다. 형편없는 시를 읽는 것은 극도로 수명이 짧은 즐거움이니, 금세 물리고 만다. 그러면 굳이 읽으라는 법 있나? 누구나 스스로 형편없는 시를 지어보면 안 될까? 그렇게 해보라. 그러면 곧 알게 되리라. 최고로 아름다운 시를 읽는 것보다 형편없는 시를 짓는 것이 훨씬 더 행복하다는 사실을 말이다.

(1918)

언어

Sprache

언어는 다른 누구보다 시인이 가장 괴롭게 느끼는 결손이
요 이승의 짐이다. 때로 시인은 이를 정말로 증오하고 비난하
며 저주를 퍼붓는다. 하필 이런 궁색한 도구를 업으로 타고난
자기 자신에게 분통을 터뜨리는 것이리라. 화가의 언어(색채)
가 북극에서 아프리카에 이르기까지 만민에게 똑같이 소통되
듯, 음악가의 언어인 선율 또한 만국의 언어를 초월한다. 단
성의 멜로디에서 백 가지 성부의 오케스트라에 이르기까지,
호른에서 클라리넷까지, 바이올린에서 하프에 이르기까지 너
무나 다양하고 독자적이며 미묘하게 구별되는 수많은 음악
의 언어들을 마음껏 주무를 수 있으니 얼마나 부러운 일인지.

시인이 특히 음악가를 날이면 날마다 진심으로 부러워할

117

수밖에 없는 이유는, 오로지 음악하는 데 쓰이는 자기만의 언어를 갖고 있다는 사실이다! 반면 시인이 사용하는 도구는 학교에 다니고 장사를 하고 전보도 치고 재판도 벌이는 바로 그 언어에 다름 아니다. 자신의 예술을 위한 독자적인 도구가 없다는 사실, 자기만의 집, 혼자만의 정원, 하늘에 뜬 달을 내다볼 나만의 다락방 창문조차 하나 없이 그 모든 것을 일상과 나누어야 하는 시인은 얼마나 가련한가!

시인이 "심장"이라고 말할 때 그는 인간 속에서 박동하는 가장 생기 있는 것, 그 가장 내밀한 능력이자 급소를 떠올리지만, 그 단어는 일개 근육덩어리를 뜻하기도 한다. 시인이 "동력"이라고 말하면 그 단어의 의미를 놓고 공학도나 전기 기술자들과 다투어야 하고, "은총"이라고 하고 나면 이 표현에서는 어딘지 종교적인 냄새가 풍겨난다. 어떤 단어를 하나 써도 곧 다른 의미가 섞여들거나 대뜸 엉뚱한 의미가 끼어들어 훼방을 놓고 막아서기 일쑤요, 수많은 장애와 제한이 수반된다. 이는 마치 사면 벽이 꽉 막힌 좁은 방 안에서 소리가 울려퍼지지 못하고 둔탁하게 되튕겨 나오듯 저 스스로의 벽에 부딪혀 그만 산산조각이 나고 만다.

자기가 실제로 가진 것보다 부풀려 내놓는 사람을 사기꾼이라 한다면, 시인은 결단코 사기꾼이 될 수 없는 사람들이다. 시인은 자기가 보여주고자 하는 것의 10분의 1, 아니 100분의 1도 제대로 전하지 못하기 때문이다. 듣는 이가 자기의 말을 아주 피상적으로나마, 그저 아련하게나마, 정말이지 대략적으로나마 이해해준다면, 아니 적어도 말하고자 하는 핵심을 황당하게 오해하지만 않는다면 더 바랄 게 없는 사람이 시인이다. 그 이상은 감히 꿈꾸지 못한다. 그리하여 시인이 찬양을 받건 비난을 사건, 영향력을 행사하건 아니면 비웃음을 사건, 사랑을 얻건 배척을 당하건, 그 어떤 경우이든지 시인의 생각과 꿈 자체는 고사하고 그저 언어라는 좁은 터널과 독자의 이해라는 더더욱 좁은 터널을 가까스로 뚫고 나온 그 100분의 1쯤만이 얘기될 따름이다.

한 예술가 또는 젊은 예술가 세대 전체가 새로운 표현과 언어를 시도하며 그 갑갑한 속박의 사슬을 풀어보려고 몸부림칠 때마다, 일반 사람들이 마치 생사가 달린 문제라도 되듯 그토록 격렬하게 저항하는 것도 결국 같은 이유다. 세인들에게 언어(단순히 낱말들이 아니라 어렵사리 습득한 그 언어)는 하나의 성역이다. 공동체가 공유하는 모든 것, 많은 사람들과 아니 모든 사람들과 함께 나누며, 그래서 굳이 근원적인 고독,

태어나고 죽는 것, 가장 내밀한 자아 따위를 상기시키지 않는 그 모든 것은 신성하다. 세인들도 시인들과 마찬가지로 만국 공통어라는 이상을 품고는 있다. 하지만 그들이 원하는 만국 공통어란 시인들이 꿈꾸듯 울창한 원시림이나 무한대의 오케스트라 같은 게 아니라, 전신부호처럼 간단한 기호체계다. 그걸 사용함으로써 수고도 덜고 말과 종이도 아끼고 돈벌이에도 도움이 되는 그런 것 말이다. 따지고 보면 문학이니 음악이니 하는 그런 게 다 돈벌이에 얼마나 방해가 되는가!

　이런 보통 사람들이 예술의 언어로 여기는 하나의 언어를 배웠다 싶으면, 그로써 만족하고 예술을 이해하고 소유한 줄로 생각한다. 그러나 자신이 이토록 어렵사리 익힌 그 언어라는 것이 실상 예술이라는 넓은 세계의 변방 한구석에 불과하다는 걸 알게 되면 그만 펄펄 뛴다. 우리 할아버지 시절의 노력과 교양인들이 모차르트와 하이든 외에 베토벤을 음악적으로 인정해주기까지는 각고의 노력이 필요했다. 거기까지는 '따라주었다'. 하지만 그다음에 쇼팽과 리스트 그리고 바그너가 등장해, 또다시 새로운 언어를 배우라고, 더욱 젊고 혁명적인 태도로 더더욱 유연하고 기꺼운 마음으로 새로운 것에 다가가라고 밀어붙이자, 그들은 심기가 몹시 불편해졌다. 그래서 그들은 예술의 몰락과 시대의 타락을 선언하며, 그러한 시대를 살아야 한다는 사실을 개탄스러워했다.

이처럼 불행한 사람들은 오늘날에도 헤아릴 수 없이 많다. 예술은 끊임없이 새로운 면모와 언어, 알아듣지 못할 생소한 소리와 몸짓을 선보인다. 모든 예술은 어제와 그제의 언어를 답습하는 데 진저리를 내며 다시 한번 춤추고자 하고, 새록새록 고삐를 끌러 던지며 모자를 비스듬히 쓴 채 삐딱 걸음을 걸으려 한다. 그러면 범속한 이들은 이에 분노를 터뜨린다. 그들은 조롱받는다고 느끼고, 자신들의 가치체계를 뿌리째 흔들려는 것이라 여겨, 험한 소리를 퍼부어대며 반듯한 교양을 마개 삼아 귀를 틀어막는다. 자존심을 조금만 건드리고 훼손해도 판사한테 달려가는 이 범속한 사람들이 그 끔찍한 모욕을 고스란히 앉아서 당할 리 만무하리라.

그러나 이러한 분노와 끈질긴 노여움이 이들을 자유롭게 해주지는 못한다. 내면을 분출시키거나 정화해주지도, 내적 불안과 불만을 진정시키지도 못한다. 반면에 예술가들, 세간에서 쏟아내는 비난 못지않게 세상에 대해 할 말이 많은 이들은 자신의 분노와 슬픔과 경멸을 표현할 새로운 언어를 궁리하고 찾아내고 또 익히기에 여념이 없다. 욕을 퍼붓는 것으로는 아무 소용이 없으며, 오히려 욕설을 입 밖에 내는 쪽이 손해라는 걸 알고 있기 때문이다. 우리 시대에는 이상으로 삼을 대상이 자신뿐이기에, 오로지 자기 자신으로서 존재하며 자기 안의 본성이 심어놓은 대로 행동하고 말하는 그것 하나밖에는 다른 어떤 뜻도 소원도 없는 예술가이기에 그들은 세간에 대한 자신의 적의를 최대한 개성적으로, 아름답게, 설득력 있게 가다듬어 내놓는다. 자신의 분노를 고스란히 독설로 내뱉는 대신 체에 거르고 고르고 매만지고 다듬는다. 그리하여 불쾌함과 혐오감을 유쾌하고 미적인 것으로 변환시키는 새로운 방법, 반어법과 희화화를 찾아내는 것이다.

자연에는 얼마나 무수한 언어들이 있으며, 인간들이 만들어내는 언어 또한 얼마나 다양한가! 산스크리트어에서 폴라퓍[18]에 이르기까지 숱한 민족들이 보유한 수천 언어의 문법 체계들은 자연의 언어에 비하면 사실 너무나 단순하고 빈약하다. 그럴 수밖에 없는 것이, 이 언어들은 늘 최소한의 필요만 채워지면 족한데 세상 사람들이 생각하는 그 최소한의 필요란 대개 돈벌이와 먹고사는 일 등이기 때문이다. 그러니 언어가 번창할 리 없다. 인간이 가진 언어(문법체계로서의 언어) 중 그 어느 것도 고양이의 긴 꼬리가 그려내는 유려한 곡

선이나 오색찬연한 날개를 펼치는 극락조가 보여주는 우아함과 재치, 광채와 명민함에 반도 따라가지 못한다.

그럼에도 인간은 개미나 꿀벌을 흉내 내려 하기보다 자기 본연일 때, 그 어떤 동물과 식물들보다 훨씬 뛰어난 존재다. 인간은 생각을 전하고 공명共鳴을 얻어내는 데 있어 독일어나 그리스어, 이탈리아어 같은 각개 언어들보다 한없이 월등한 언어들을 무수히 지어내왔다. 즉 종교와 건축, 미술과 철학의 세계를 펼쳤고 음악을 지었으니, 그 풍부한 표현력과 다채로움은 그 어떤 극락조나 오색나비들에 비할 바 아니다.

'이탈리아 회화'라는 말을 떠올리노라면 경건하면서도 감미로운 성가대의 합창소리, 갖가지 악기들이 성스럽게 울려 퍼지고 대리석 예배당 안에 들어설 때의 코끝을 스치는 그 정결한 서늘함, 무릎을 꿇고 성심으로 기도하는 수도자들, 따사로운 풍경 속을 여왕처럼 거니는 아리따운 여인네들 등 얼마나 헤아릴 수 없이 풍요로운 울림이 느껴지는지. 또 '쇼팽'을 생각하면 어떤가? 한밤의 우수가 깃든 부드러운 선율이 영롱하게 방울져 구르고, 현악의 연주를 따라 낯선 이국땅에서 느끼는 향수의 외로운 탄식이 묻어나며, 협화음과 불협화음으로 이루어진 선율들은 괴로운 이의 심경을 그 어떤 엄밀한 용어와 수치와 도표와 공식들을 동원한 것보다도 훨씬 더 진실하고 더없이 정확하고 세심하게 표현해준다.

실로 《젊은 베르테르의 슬픔》과 《빌헬름 마이스터》가 동일한 언어로 쓰였다고 누가 믿겠는가? 장 파울이 우리의 학교 선생님들이 쓰던 언어와 똑같은 언어로 말했다고 누가 믿겠는가? 이러니 시인이란 얼마나 딱한 사람들인가! 옹색하고 뻣뻣하기 짝이 없는 언어, 전혀 다른 목적을 위해 만들어진 이 도구를 가지고 분투해야 하니 말이다.

'이집트'라는 단어를 소리 내어 말해보라. 그러면 강철처럼 단단한 화음으로 신의 영광을 찬미하는, 영원에의 한없는 갈망과 유한성에의 깊은 절망으로 가득 찬 하나의 언어를 듣게 되리라. 돌처럼 굳은 왕들의 시선은 수천수만의 노예들을 무정하게 스쳐, 그 모든 사람들과 사물을 못 본 듯이 지나쳐, 다만 시커먼 죽음의 눈동자를 바라보고, 신성한 동물들은 지극히 현세적인 엄숙함으로 정면을 응시하고, 무희들의 손끝에선 은은한 연꽃 향내가 묻어난다. 이 '이집트'라는 단어 하나만 해도 광대한 하나의 세계, 온 세상을 품고 있는 별천지이니, 그대는 이 한마디로 한 달 내내 아름다운 공상에 젖을 수도 있으리라.

그러다 불현듯 또 다른 말이 떠오른다. 예컨대 '르누아르'라는 이름을 듣는다면, 그대는 부드러운 붓놀림으로 펼쳐낸 환하고 즐거운 장밋빛 천지를 보며 미소 짓게 되리라. 그러다가 '쇼펜하우어'를 입에 올려보라. 그러면 똑같은 세계가 이번에는 고뇌하는 인간들의 모습으로 그려져 있음을 보게 된다. 무수한 불면의 밤들을 지새우며 고뇌를 신神으로 삼고, 심각한 낯빛으로 한없이 고요하고 초라한 슬픈 낙원으로 인도하는, 멀고 험난한 길을 순례하는 사람을 말이다. 혹시 '발트와 불트'19)가 머릿속에 떠오른다면, 온 세상은 독일의 속물근성을 중심으로 장 파울 특유의 유연하고 두루뭉술한 모습으로 재편된다. 그 세상에서는 두 형제로 분열된 인간의 정신이 악몽처럼 짓누르는 괴팍한 유언에도 아랑곳없이, 개미집처럼 분주하게 북적대는 속물들의 계략 한가운데를 소요한다.

세인들은 공상가를 곧잘 광인狂人에 비교하곤 한다. 예술가나 수도자나 철학자들처럼 자기 내면의 깊은 심연을 파고들어 간다면, 분명 당장에 미쳐버리고 말 터이니 아주 틀린 말은 아니다. 그러나 이 심연을 우리가 영혼이라고 부르건 무의식이라 하건 아니면 또 다른 뭐라 칭하건 간에, 우리 삶의 모든 추진력은 바로 거기에서 나온다. 보통 사람들은 언제나 자신과 자신의 영혼 사이에 보초병, 즉 의식意識, 도덕률 같은 치안당국을 하나씩 세워두어, 그 영혼의 심연에서 나오는 것을 직접 대면하는 대신 늘 먼저 이런 장치들의 검열을 거친다. 반면에 예술가들은 영혼의 영역보다는 오히려 이들 경비초소에 끊임없이 불신의 눈길을 보낸다. 시인은 마치 두 집 살림 하듯 이편과 저편, 의식과 무의식 사이를 남몰래 넘나든다.

예술가가 이편, 즉 보통의 사람들이 살아가는 범속한 낮의 세계에 머무를 때면, 그 모든 빈곤한 언어들이 그를 짓눌러 시인으로 산다는 것이 그야말로 형벌처럼 느껴진다. 그러나 영혼의 세계인 저편에 들어서면 말과 말이 마치 봇물 터지듯 온 사방에서 마술처럼 흘러든다. 별들이 노래하고 산봉우리들은 미소를 지으며, 세상은 흠잡을 데 없이 완벽하여 단어 하나 철자 하나도 모자람이 없고, 모든 것이 말로써 표현되고, 전체가 조화롭게 울려퍼지며, 전부 구원받으니 이것이 바로 신의 언어가 아니랴.

(1918)

독서와 장서

Bücherlesen und
Bücherbesitzen

활자화된 모든 것은 정신적 노고의 산물이므로 경의를 표해야 마땅하다고 하면, 우리는 고리타분한 생각이라 여긴다. 깊은 산중이나 바닷가에 뚝 떨어져 사느라 아직 종이의 홍수에 휩쓸려보지 않은 사람이라면 유인물이나 달력, 신문지 한 장조차 소중하게 보관할 만한 자산일지 모르겠다. 공짜 인쇄물이 한 무더기씩 집 안에 쌓이는 데 익숙해진 우리는 글이 쓰였거나 인쇄된 종이라면 모조리 신성시하는 중국인들을 우스꽝스럽게 여긴다.

그럼에도 책에 대한 존중은 여전히 남아있다. 물론 최근 들어 무료로 나눠주는 책들이 생기면서, 이리 채이고 저리 밟히는 천덕꾸러기 신세가 되기도 했지만 어쨌든 현재 독일에서는 도서 소장의 즐거움이 점점 확산되고 있는 듯하다.

물론 진정한 의미에서의 장서藏書에 대한 이해는 아직도 한참 멀었다. 맥주를 마시거나 흥청망청하는 데는 돈을 아끼지 않으면서 책에는 그 10분의 1조차도 쓰기를 꺼려하는 사람이 수두룩한가 하면, 생각이 좀 구식인 사람들은 책을 무슨 신주단지 모시듯 호사스럽게 꾸민 방에 꽂아놓고 먼지가 뽀얗도록 놔둔다.

기본적으로 올바른 독자라면 장서가藏書家이기도 하다. 책을 가슴으로 받아들이고 아낄 줄 아는 사람이라면, 어떻게든 그것을 손에 넣어 거듭 읽고 손 뻗으면 닿을 곳에 가까이 두려고 하기 때문이다. 책을 빌려 한번 쭉 읽고 반납하면 간편하기야 하겠지만, 그렇게 읽은 책은 손을 떠나기 무섭게 잊히기 일쑤다. 특히 하루에 한 권씩 뚝딱 읽어내는 사람도 많은데, 그런 경우라면 대출도서관이 안성맞춤일 것이다. 이들에게 독서란 소중한 보물을 모으고 친구를 얻고 삶을 더욱 풍성하게 만드는 방편이라기보다는, 단지 소일거리에 불과하기 때문이다. 이러한 독자들은 일찍이 고트프리트 켈러가 탁월하게 묘사한 적이 있는 것처럼 잔소리한다고 고칠 습관이 아니니 내버려두자.

올바른 독자들에게 한 권의 책을 읽는다는 것은, 타인의 존재와 사고방식을 접해 그것을 이해하고자 노력하고 그를 친구로 삼는 것을 뜻한다. 특히나 문학작품을 읽노라면 비단 몇몇 인물과 사건들만 알게 되는 것이 아니라 세상을 바라보고 살아가는 작가의 방식과 기질, 내면의 풍경, 나아가 작풍이나 예술적 기법, 사고와 언어의 리듬까지 접하게 된다. 한 권의 책에 사로잡힐 때, 작가를 알고 이해하기 시작해 그와 모종의 관계를 맺을 때, 비로소 그 책은 진정한 영향력을 발휘하게 된다. 그런 사람이라면 책을 내던지고 잊어버리는 대신 간직하고자 한다. 즉 필요할 때마다 독서와 경험을 거듭할 수 있도록 값을 치르고 산다. 그렇게 책을 사는 사람, 그 느낌과 정신에 마음이 움직여 책을 구입하는 사람이라면, 무분별하게 이것저것 읽어내기보다는 자기 마음에 와닿는 책들, 깨달음과 기쁨을 안겨주는 작품들을 가려 찬찬히 모을 것이다. 이런 사람이야말로 손에 집히는 대로 아무거나 마구잡이로 읽어대는 독자보다 더없이 귀하다.

백 권 천 권의 '베스트 도서' 같은 것은 없다. 각자 끌리고 수긍하고 아끼고 좋아해서 특별히 선택하게 되는 책들이 있을 뿐이다. 그렇기에 훌륭한 장서란 '주문'으로 갖출 수 없으며, 각자 애착과 필요를 좇아 차츰차츰 모으게 되는 것이니, 이는 친구를 사귀는 이치와 똑같다. 그렇게 모은 장서라면 아무리 남보기에 변변치 않더라도 본인에게는 어쩌면 온 세상을 의미할 수도 있으리라. 몇 권 안 되는 책만 갖추고도 너무나 훌륭한 독자들도 얼마든지 있다. 농촌의 많은 아낙네들이 책이라고는 그저 성경밖에 모르고 그 한 권밖에 소유하지 못했어도, 그들이 그 한 권의 책에서 얼마나 많은 지식과 위로와 기쁨을 길어 올리는지는, 입맛만 까다로워진 부자가 온갖 값비싼 장서에서 얻는 것에 비할 바 아니다.

그래서 책의 작용이란 수수께끼 같다. 부모나 교사라면 누구나 자녀나 학생에게 시기에 맞게 양서를 읽히고자 애썼건만 뜻대로 되지 않았던 경험이 있을 것이다. 자상한 관리와 조언이 아이에게 많은 도움을 줄 수도 있겠지만, 나이가 많건 적건 누구나 책의 세계로 들어가는 자기만의 길을 찾아내야 한다. 누군가는 문학작품으로 독서를 시작하는 것이 수월하다고 느끼는 반면, 그런 작품을 읽는다는 것이 참으로 멋지고 감미로운 일임을 깨닫기까지 아주 오랜 세월이 걸리는 사람도 있다. 호메로스에서 시작해서 도스토예프스키로 끝나는 사람이 있는가 하면 그 반대도 있으며, 문학을 끼고 성장하여 나중에 철학으로 넘어갈 수도 있고 또 그 반대도 있으니, 길은 수백 가지다.

그러나 책을 통해 스스로를 도야하고 정신적으로 성장해 나가고자 하는 데는 오직 하나의 원칙과 길이 있다. 그것은 읽는 글에 대한 경의, 이해하고자 하는 인내, 수용하고 경청하려는 겸손함이다. 그저 시간이나 때우려고 읽는 사람은 좋은 책을 아무리 많이 읽은들 읽고 돌아서면 곧 잊어버리니, 읽기 전이나 후나 그의 정신은 여전히 빈곤할 것이다. 하지만 친구의 이야기에 귀를 기울이듯 책을 읽는 사람에게 책들은 자신을 활짝 열어 온전히 그의 것이 될 것이다. 그리하여 그가 읽는 것은 흘러가거나 소실되지 않고, 그의 곁에 남고 그의 일부가 되어, 깊은 우정만이 줄 수 있는 기쁨과 위로를 전해주리라.

(1908)

글 쓰는 밤[20]

———————————— Eine Arbeitsnacht

토요일 저녁은 정말 절실했다. 이번 주는 음악 때문에 이틀, 친구 때문에 하루, 또 하루는 아파서 이래저래 여러 날 저녁시간을 놓쳤는데, 워낙 늦은 밤 시간대에 일이 제일 잘 되다 보니 하룻밤을 날린다는 건 대개 하루를 허탕 치는 셈이어서, 마음이 급했다.

2년째 붙들고 있는 방대한 작품이 바야흐로 책의 핵심을 판가름 내는 단계에 접어들었다. 몇 해 전(계절도 딱 요맘때였다) 바로 이런 조마조마하고 긴장감 도는 국면에 들었던 《황야의 이리》 때가 아직도 기억에 생생하다.

내가 몸담고 있는 문학 장르에서는 본래 의지로 좌지우지하고 성실성으로 차근차근 밀어붙일 수 있는 합리적인 작업

132

이 거의 없다. 내 경우를 보면 나의 경험과 생각과 고민들의 매개자이자 상징이 되어줄 수 있는 하나의 인물상이 또렷해지는 순간이 바로 새로운 작품이 배태되는 때다. 이와 같은 가공의 인물(페터 카멘친트, 크눌프, 데미안, 싯다르타, 하리 할러 등등)이 모습을 드러내는 창조적인 순간, 모든 것이 단박에 결정된다.

내가 썼던 산문작품들은 거의 모두가 영혼의 전기傳記들이다. 사건과 갈등, 스토리 중심이기보다는 근본적으로 독백으로, 이들 가공의 인물이 세상과 혹은 자아와 맺는 관계들에 주목한다. 이러한 허구의 작품들을 사람들은 '소설'이라 부른다. 소설이라니, 소년 시절부터 내 가슴을 뛰게 했던 노발리스의 《푸른 꽃》이나 횔덜린의 《히페리온》Hyperion 같은 저 신성하고 위대한 소설의 전형들에 대면 실로 가당찮은 명칭이다.

어쨌거나 나는 다시금 잠깐의 아름답고 힘들고도 긴장되는 시간을 맞이한다. 이는 하나의 작품이 완성되기 위해 통과의례처럼 겪어야 할 고비이며, '가공의' 인물과 관련된 모든 생각과 느낌들이 극도로 첨예하고 명료하고 급박하게 내 눈앞에 펼쳐지는 시간이다. 바로 이 시간에는(그리 오래 지속되지 않는다!) 막 생성 중인 작품을 일정 궤도에 올려줄 경험과 생각들이 총체적인 질료이자 하나의 덩어리를 이루어 액상 상태로, 즉 가용성의 상태로 존재하므로 이 질료를 바짝 붙들어 형태를 빚어내야지, 때를 놓치면 기회는 다시 오지 않는다.

나의 작품들 하나하나마다 그런 시간이 있었으며, 끝내 미완성으로 발표하지 못한 작품들일지라도 마찬가지였다. 후자의 경우는 이런 추수기를 놓치자 어느 순간 작품의 인물과 쟁점이 내게서 멀찍이 등을 돌리고 그 절박함과 중요성이 희미해지기 시작했다. 마치 카멘친트나 크눌프, 데미안 등이 지금에 와서는 절박하게 느껴지지 않듯이 말이다. 여러 달 내내 붙들고 있던 작업을 이런 식으로 전부 날려 그만 포기해야 했던 적이 한두 번이 아니다.

아무튼 이번 토요일 밤은 온전히 나와 내 일에 전념해야 했고, 그래서 하루의 대부분을 일할 준비를 하는 데 썼던 것이다. 여덟 시쯤 옆에 딸린 찬방에서 저녁거리로 요구르트 한 그릇과 바나나를 꺼내 먹고, 글 쓸 때 쓰는 작은 스탠드를 켜고 앉아 펜을 집었다.

피할 수 없는 줄은 알지만, 썩 내키는 일은 아니었다. 오늘의 작업시간만 해도 벌써 엊그제부터 예감했지만 기대보다는 두려움이 앞섰다. 왜냐하면 쓰고 있던 이야기(골트문트에 관한 이야기다)가 고역스러운 지점, 즉 이 책에서 사건들 자체가 거의 유일하게 발언권을 가지고 그래서 흥미진진한 전개가 이루어지는 상황에 이르렀기 때문이다. 그런데 그 흥미진진한 줄거리야말로 내가 끔찍이도 혐오해 마지않는, 특히나 내 작품들에서는 가능한 한 늘 회피하는 것이었다.

하지만 이번은 마냥 피할 수가 없었다. 내가 이제 글로 풀어내야만 하는 골트문트의 경험은 불필요한 군더더기가 아닌, 골트문트라는 인물을 배태한 최초의 중요한 착상들 중 하나로서, 그 존재의 요체를 이루는 이야기였다.

세 시간 동안 책상에 붙어 앉아 씨름을 한 끝에, '흥미진진한' 줄거리 딱 한 쪽을 써냈다. 가급적 밋밋하고 짧게, 되도록 덜 흥미진진하게 기술하려고 애를 썼는데 제대로 됐는지 모르겠다. 이런 것은 대개 한참 뒤에나 알 수 있는 법이니까. 그러고 나서 나는 너무나 지치고 울적해져서, 늘 거듭하게 되는 껄끄러운 생각을 떨치지 못한 채, 지저분하게 휘갈긴 원고를 앞에 두고 한참을 우두커니 앉아있었다.

이렇듯 저녁내 몰두했던 글쓰기가, 2년 전에 환상처럼 문득 나타난 한 인물상을 끈질기게 붙들어 형상화하는 것이, 이 필사적이고 도취적이며 소모적인 작업이 진정 의미 있고 불가결한 일이었을까? 카멘친트와 크눌프, 페라구트[21]로 모자라 또 한 명의 인물상, 또 하나의 화신을 만들어내는 일, 조금씩 달리 배합하고 조금 다르게 변형시켰을 뿐 결국 나 자신의 본질을 작품 속에서 또 다른 인물로 구현하는 작업이 과연 꼭 필요한 일이었을까?

내가 방금 전까지도 했고 또 평생토록 해온 이 일을 예전만 해도 문학 창작이라고 일컬었고, 최소한 아프리카 여행이나 테니스만큼의 의미와 가치가 있음은 누구도 의심치 않았다. 그러나 오늘날은 분명히 폄하하는 투로 '낭만주의'라 부른다. 아니 도대체 어쩌다 낭만주의가 어떤 열등한 것을 가리키는 말이 되었나? 노발리스, 횔덜린, 브렌타노, 뫼리케 그리고 베토벤에서 슈베르트를 거쳐 후고 볼프에 이르기까지 독일의 최고 지성들이 추구하였던 것이 이 낭만주의 아니었던가?

심지어 작금의 여러 비평가들은 한술 더 떠 문학도 낭만주의도 아니고 아예 '비더마이어'Biedermeier라는 달갑잖은 명칭을 조롱조로 붙이기까지 한다. 뭔가 소시민적인 것, 케케묵은 것, 감상에 빠져 허우적대는 것 등, 멋들어진 현대시대 한복판에서 아둔하고 우스꽝스러운 느낌을 주며 비웃음이나 사기에 딱 좋은 그런 것임을 내비치는 표현이다. 영혼과 정신을 북돋아 일상 너머로 향하게 해주는 그 모든 것들에 대해 그렇게들 얘기한다. 한 세기 동안 독일과 유럽을 풍미한 정신세계가, 슐레겔과 쇼펜하우어와 니체의 이상과 동경이, 슈만과 베버의 꿈이, 아이헨도르프Joseph Freiherr von Eichendorff와 슈티프터가 쓴 글들이 마치 모조리 부질없는 비웃음거리요 왕년에 사라진 구닥다리여서 천만다행이라는 듯이 말이다!

하지만 이 꿈이 어찌 예쁜 것을 좇는 한때의 유행, 하찮은 양식에 불과하겠는가? 그것은 2천 년 서구문명 그리고 천 년 독일역사와의 대결이자 인간다움의 개념을 다룬 문제였다. 그런데 그것이 어쩌다가 오늘날 이토록 천시되고, 대중의 지도층이라는 사람들이 앞장서서 하찮게 취급하기에 이른 것인가? 어째서 사람들은 신체단련이나 이성의 연마에는 돈과 노력을 아끼지 않고 퍼부으면서 유독 영혼의 도야를 위한 노력에 대해서는 성마른 태도와 조소를 보낼 뿐인가?

"세상을 다 얻은들, 네 영혼을 해친다면 무슨 유익이 있겠는가?" 같은 말을 남긴 정신이 정녕 '낭만주의' 혹은 '비더마이어'였을까? 그것이 시대에 뒤떨어지고 한물간, 우스꽝스러운 구시대의 유물이란 말인가? 공장과 증권거래소, 운동경기

장과 경쟁 치열한 회사들, 대도시의 술집과 무도장에서 이루어지는 '현대의 생활', 이러한 생활이 과연 《바가바드기타》[22]를 쓰고 고딕 대성당을 축조한 그 시대 사람들의 삶보다 진정 더 우월하고 더 성숙하고 더 똑똑하고 더 바람직한 것일까?

물론 오늘날의 삶과 풍조도 타당한 점과 나은 면이 있으며, 변화이자 새로운 시도임에 분명하다. 그러나 그렇다고 해서 예수 그리스도에서 슈베르트나 코로[23]에 이르기까지 기존의 모든 것들을 아둔하고 낡아빠지고 구태의연하고 우스운 것으로 치부하는 게 진정 옳고 필요한 일일까? 새로운 시대가 앞서 있었던 일체의 것들을 향해 표명하는, 이처럼 격렬하고 조야한 마구잡이식의 증오가 정녕 이 새로운 시대의 강력함을 입증하는 증거일까? 그토록 과장된 보호기제에 경도되는 모습은 오히려 약자들, 극심한 위험에 처하여 겁에 질린 사람들의 행동양식 아니던가?

나는 이러한 질문들을 밤새 곱씹었다. 그 대답이야 내가 살아있는 한 모르는 바 아니니 답을 찾기 위해서가 아니었다. 나는 크눌프와 싯다르타, 황야의 이리 그리고 골트문트를 눈앞에 떠올리며, 그들의 아픔을 곱씹고 그 쓴잔을 다시금 맛보았다. 그들은 모두 형제요 동류이되 동어반복이 아니며, 다만 질문하고 고뇌하는 사람들이요, 삶이 내게 안겨준 최고의 선물이었다.

나는 두 팔 벌려 그들을 맞이하고 수긍하였으며, 내가 하는 일이 심히 의심스러울지언정 결코 그만두지 못하리라는 사실을 매번 새록새록 깨달았다. 다시금 깨닫노니, 나는 행복한 이들의 모든 행복, 스포츠맨들의 그 모든 신기록과 건강, 돈 많은 이들의 모든 재물, 권투선수들의 모든 명성을 다 준다 해도, 만일 그걸 얻는 대신 나 자신의 생각과 고뇌를 조금이라도 내놓아야 한다면 내겐 일말의 의미도 없으리라. 또한 비록 그 모든 역사적·사상적 논증이 나의 '낭만적' 추구의 가치를 조금도 인정해주지 않고, 모든 이성과 도덕과 지혜가 반대할지라도, 나는 내 일을 계속할 것이며 나의 주인공들을 만들어낼 것이다.

이러한 확신을 마음에 품고 나는 마치 거인처럼 당당하게 잠자리에 들었다.

(1928)

세계문학 도서관

Eine Bibliothek
der Weltliteratur

진정한 교양이란 완성을 추구하는 모든 노력이 그러하듯 어떤 목적을 갖는 것이 아니라 그 자체로 의미가 있다. 육체의 힘을 기르고 기예와 아름다움을 추구하는 것은 부자가 되거나 유명해지고 싶다거나 혹은 강해지겠다는 목표 때문이기보다는 생명력과 자신감을 고양시킴으로써, 그리고 즐겁고 행복한 생활과 건강하고 안전하다는 확신을 더욱 강화시켜줌으로써 그 자체로 보상을 받는다.

'교양', 즉 정신적·영적 완성을 향한 노력도 이렇듯 어떤 특정 목표를 향한 고생스러운 노정이 아닌, 원기왕성한 의식의 확장이요 삶을 더욱 풍요롭고 신명나게 만들어주는 가능성이다. 그러므로 진정한 교양은 진정한 신체단련과 마찬가지로 성취인 동시에 계기이며 어느 지점에 있건 목표를 이미 이룬 것이되 결코 멈추는 법이 없다. 또 무한 속을 여행하는 것이고 우주 만물 속에서 공명하는 것이며, 시대를 초월한 어우러짐이다. 교양의 목표는 특정 능력이나 기능의 향상이 아닌, 우리로 하여금 스스로의 삶에 의미를 부여하고 과거를 이해하며 준비된 자세로 두려움 없이 미래를 맞이하도록 도와주는 것이다.

그러한 교양으로 인도하는 길 중 으뜸이 되는 하나가 '세계문학의 탐구'다. 즉 여러 민족들의 작가와 사상가들의 작품을 통해 지난 세월이 우리에게 넘겨준 사상과 경험, 상징, 상상과 소망의 그 엄청난 보고를 차근차근 접하며 알아가는 것이다. 이 길은 끝이 없으니, 그 끝까지 이를 자가 아무도 없다. 어느 위대한 문화민족의 문학 하나라도 무불통지無不通知가 불가능한 마당에 더군다나 온 인류의 문학에 통달한 사람이란 있을 수 없다. 다만 수준 높은 사상가나 작가의 작품 하나라도 속 깊이 이해한다면, 이는 죽은 지식이 아니라 살아 숨 쉬는 의식과 이해를 접하는 하나의 성취이자 행복한 경험이리라.

우리에게 중요한 것은 최대한 많이 읽고 많이 아는 것이 아니다. 좋은 작품들을 자유롭게 택해 틈날 때마다 읽으면서 타인들이 생각하고 추구했던 그 깊고 넓은 세계를 감지하고 인류의 삶과 맥, 아니 그 총체와 더불어 활발하게 공명하는 관계를 맺는 일이 중요하다. 삶이 그저 최소한의 생리적 요구를 만족시키기 위한 것만은 아닐진대, 이것이야말로 인생의 진정한 의미다. 독서로 정신을 '풀어놓기'보다는 오히려 집중해야 하며, 허탄한 삶에 마음을 빼앗기거나 거짓위로에 현혹되지 말아야 한다. 독서는 우리 삶에 더 높고 풍부한 의미를 부여하는 데 일조할 수 있어야 한다.

세계문학을 접할 때 어떤 책을 선택할지는 개인마다 다를 것이다. 이는 독자가 이 고상한 취미에 얼마만큼의 돈과 시간을 바치는가의 문제가 아니라 여러 가지 사정들에 의해 좌우된다. 예컨대 어떤 이에게는 플라톤이 가장 존경스러운 현자이고 호메로스가 최고의 시인이어서, 이것이 독서의 구심점이 되어 다른 모든 것들을 정리하고 평가하게 된다. 혹자의 경우 다른 이름들이 그 자리를 채울 것이다. 어떤 사람은 아름다운 운문을 즐기며 재기발랄한 상상의 유희와 언어음악의 향연에 함께 어우러질 줄 아는가 하면, 누구는 엄격히 이성적인 것만 고집하기도 한다. 늘 모국어로 된 작품만 선호하여 다른 건 아예 읽을 생각도 하지 않는 사람이 있는가 하면, 어떤 이는 프랑스, 그리스, 러시아인의 외국문학 작품에 각별한 애정을 쏟기도 한다.

덧붙여 말하면 상당히 박학한 사람이라도 구사하는 언어는 몇 가지 정도다. 또한 다른 민족, 다른 시대의 중요 작품들이 전부 번역되어있지도 않은 데다 상당수는 도저히 번역이 불가능하다. 예컨대 조화로운 운문 속에 아름다운 내용이 담겨있을뿐더러 독창적인 언어의 음악이 세상과 인생에 대한 그윽한 상징이 되는 진정한 서정시는 그 시를 쓴 시인만의 언어에 붙들려있다. 비단 그의 모국어뿐만 아니라, 오로지 그에게만 가능한 지극히 개인적인 시어에 단단히 묶여있는 그런 시는 번역이 불가능하다.

너무나 경이롭고 귀중한 문학작품 몇몇은(프로방스 지방의 트루바두르24) 시편 등을 생각해보라) 극소수만이 진정으로 이해하고 향유할 수 있다. 왜냐하면 그 언어가 모태인 문화공동체와 더불어 사멸했고 그래서 학문적으로 공들여 연구하지 않고는 그 뉘앙스를 되살려낼 수 없기 때문이다. 그나마 우리는 외국어나 이미 사멸한 언어로 된 작품들을 훌륭한 번역본으로나마 풍성하게 갖추고 있으니 참으로 다행이다.

독자가 세계문학과 생동적인 관계를 맺는 데 무엇보다 중요한 점은, 어떤 정해진 도식이나 교육과정보다는 자신에게 특별히 와닿는 작품들을 따라가야 한다는 것이다. 이 길은 사랑으로 걸어야지, 의무로 걷는 길이 아니다. 어떤 작품이 너무나 유명하다는 이유만으로, 그래서 그걸 모른다는 게 창피해서 억지로 부득부득 읽는다는 건 잘못돼도 한참 잘못된 일이다. 그럴 것이 아니라 누구나 각자 자연스럽게 끌리는 것을 읽고 알고 사랑하도록 해야 한다. 초등학교 때부터 아름다운 시에 마음이 끌리는 이가 있는가 하면, 어떤 이는 역사나 고향마을의 민담에, 또 다른 이는 민요의 노랫말에 애착을 느낀다. 그런가 하면 우리 마음의 감정을 철저히 탐구하고 탁월한 이성으로 해석해놓은 책을 읽을 때 매료되고 뿌듯해지는 이도 있을 것이다.

길은 수천 가지다. 교과서나 동화책으로 시작할 수도 있고, 셰익스피어나 괴테 혹은 단테로 끝낼 수도 있다. 정해진 길은 없으니 각자 마음에 와닿는 작품을 읽도록 한다. 끌리지 않고 저항감이 일어나 받아들여지지 않는 작품이라면 억지로 인내하며 애써 읽으려고 하지 말고 도로 내려놓는 편이 낫다. 어린이나 청소년에게도 특정도서를 읽도록 지나치게 강권해서는 안 된다. 그러다 보면 오히려 정말 좋은 작품들과, 아니 진정한 독서와 평생 멀어질 수 있기 때문이다. 문학작품, 노래, 기행문, 관찰문 등 무엇이건 자기 마음에 드는 것으로 시작해, 유사한 다른 것들로 점점 확장하도록 하자.

서론은 이 정도면 충분하리라. 세계문학의 고귀한 전당은 노력하는 모든 이에게 활짝 열려있다. 그 풍성함에 기가 질릴 필요는 없다. 중요한 건 양이 아니기 때문이다. 평생 열댓 권의 책만 끼고 살아도 진정한 '독자'로 사는 이들이 있다. 또 온갖 것을 다 집어삼키고 모든 것에 대해 한마디씩 거들 줄 알지만 그 모두가 허사인 경우도 있다. 교양Bildung이란 무엇인가 '양성하는'bilden 것, 즉 인격과 인성의 도야를 전제로 한다. 그것이 없다면, 그래서 알맹이가 빠진 채 공허하게 이루어진 교양이라면, 거기에서 지식은 생길지 몰라도 사랑과 생명은 나오지 못한다. 애정이 결여된 독서, 경외심 없는 지식, 가슴이 텅 빈 교양이란 정신에게 저지르는 가장 고약한 범죄 중 하나다.

그럼 본격적으로 시작해보자. 무슨 학문적 이상이나 완벽함에 대한 부담감 없이, 오랜 세월 책과 벗하면서 살아온 내 개인적인 경험을 바탕으로 이상적인 세계문학 도서목록을 몇 쪽에 걸쳐 간략하게 적어볼 참이다. 그에 앞서 책을 대하는

데 실질적인 주의사항 몇 가지만 살펴보자.

　책이라는 이 불멸의 세계에 어느 정도 익숙해진 사람이라면, 곧 책의 내용뿐 아니라 책 자체와도 새로운 관계를 맺게된다. 책읽기에서 그치는 것이 아니라 구입도 해야 한다는 요구는 설교처럼 되풀이되는 말이지만, 오랜 애서가이자 적잖은 장서를 소유한 사람의 경험에 비추어보건대, 책을 사는 것은 비단 서점상이나 작가들을 먹여 살린다는 것 이상의 의미가 있다. 도서의 소장(단지 독서만이 아닌)에는 특별한 기쁨과 나름의 윤리가 있다. 예를 들어 주머니 사정이 빠듯해 제일 저렴한 대중판을 구입하고 또 온갖 카탈로그를 허구한 날 들여다보고 궁리하며 끈질기고 발 빠르게 움직인 끝에, 아담하나마 멋진 장서를 마련하는 일은 비할 데 없는 즐거움이자 매혹적인 스포츠라 하겠다. 또 교양과 부를 겸비한 사람이라면 아끼는 책의 최고로 뛰어난 판본을 찾아내고, 희귀한 고서들을 수집하고, 그렇게 모은 책들에 정성껏 자기만의 멋진 표지를 입히면서 각별한 즐거움을 맛보기도 한다. 한 푼 한 푼 아껴가며 신중하게 사용하는 것부터 호사의 극치에 이르기까지 여기에는 수많은 길, 다양한 즐거움이 열려있다.

　자신만의 서재를 만들기 시작한 사람이라면 무엇보다 좋

은 판본을 입수하도록 신경 써야 한다. 내가 생각하는 '좋은 판본'은 값이 비싸고 싸고를 떠나, 훌륭한 작품에 상응하는 경외심을 가지고 정말로 세심하게 텍스트를 다룬 책이다. 가죽으로 장정하고 금박을 입히고 멋진 그림으로 치장한 값비싼 판본이라도 성의 없이 만든 책이 있는가 하면, 저렴한 대중판이라도 편집자가 제대로 만들어 충실한 것도 있다. 출판사마다 어느 작가의 작품들 중 몇 가지를 골라놓고는 '전집'이라는 제목을 붙여서 책을 내는 건 거의 일반적으로 만연된 악습이다. 한 작가의 작품을 선정하는 것도 편집자에 따라 얼마나 달라질 수 있는가! 어떤 작가의 작품들을 수십 년간 꾸준히 읽어온 사람이 깊은 존경과 애정을 기울여 신중하게 선정하는 경우와, 문인이라는 이유로 어쩌다 우연히 작품선정을 의뢰받아 무성의하게 후닥닥 해치우는 경우는 참으로 천양지차일 것이다.

또 번듯하게 새로 나온 책이라도 텍스트를 꼼꼼하게 살펴봐야 하겠다. 잘 알려진 작품들 가운데도 출판업자들이 원본을 참고하지 않고 그대로 찍어내기를 거듭하다 보니 나중에는 텍스트의 오류와 왜곡, 기타 등등의 실수로 범벅이 되는 경우가 허다하다. 더 기가 막힌 예들도 있다. 그렇다고 해서 독자들 손에 딱 쥐어줄 만한 처방, 이를테면 어떤 출판사의 무슨 판본은 무조건 믿어도 좋다거나 아니면 흠이 많으니 조심하라고 딱 잘라 말할 수도 없으니 안타까운 노릇이다.

독일의 거의 모든 문학전문 출판사마다 제대로 된 책이 있는가 하면 별로 성공적이지 못한 책도 있다. 예컨대 모 출판사에서 하이네는 철저하게 점검한 텍스트로 완벽하게 나왔지만 그 밖의 작가들 대부분은 불만족스럽거나 하는 식이다. 게다가 이런 사정도 계속 바뀐다. 한 유명 출판사의 고전전집에서 노발리스는 수십 년간 너무 심하다 싶을 정도로 성의 없이 다루어졌는데, 최근 극도로 엄격한 요구들까지 모두 충족시킨 노발리스의 신간 하나가 바로 그 출판사에서 나왔다. 어쨌든 책을 고를 때는 종이나 표지만을 보고 선택하지 않도록 조심해야겠다.

또 외형적인 통일성에 끌려 '고전'을 시리즈로 일괄 구입하기보다는 구입하려는 작품의 가장 훌륭한 판본을 발견할 때까지 묻고 찾아야 한다. 이 작가는 완전한 전집을 구비하면 좋고, 저 작가는 선집 몇 권으로 충분한지 정도는 대다수 독자들이 스스로 결정할 만한 능력이 있다. 현재 만족스러운 완벽한 판본이 아예 없는 작가도 몇몇 있고, 수년 내지 수십 년 전부터 전집을 구상 중이지만 완성되어 나올 기미가 보이지 않는 경우도 있다. 그러면 아쉬운 대로 최근 판으로 만족하거나 아니면 헌책방의 도움을 받아 옛날 판본을 입수해야 할 것이다.

독일 작가의 경우 대부분은 괜찮은 판본이 서너 개씩은 있지만, 어떤 작가는 딱 하나뿐이기도 하고 또 아쉽게도 전혀 없는 것도 적지 않다. 장 파울은 제대로 된 것이 여전히 없고, 브렌타노도 쓸 만한 게 없다. 프리드리히 슐레겔Friedrich von Schlegel의 경우(말년에 스스로 자기 글에서 제외했지만) 그의 초기 저술은 너무나 중요한데도, 수십 년 전에 한 번 출판되었다가 절판된 지 수년이 지났고 이후로 감감무소식이다. 어떤 작가들의 경우는(예를 들어 하인제Wilhelm Heinse, 횔덜린, 드로스테휠스호프) 수십 년 동안 소홀했다가 근년에야 비로소 멋진 책이 탄생되기도 했다.

독일 최고 작가들의 작품들의 사정이 이러한데, 번역문학의 경우는 한층 더 열악할 수밖에 없다. 진정 번역의 고전이라 할 만한 작품의 수는 사실 얼마 되지 않는다. 마르틴 루터의 독일어 성경, 슐레겔-티크의 독역 셰익스피어 작품 등을 꼽을 수 있는데, 이 탁월한 번역 작품들은 독일어로 외국어 작품을 완전히 소화해낸 예다. 오랜 세월 공인되었지만 영원히는 아니다! 이 '오랜 세월'도 언젠가는 끝이 있게 마련이다. 예를 들어 루터의 성경은 시대에 맞게 다시 손을 보지 않으면 대중 대부분이 이해하지 못할 것이다. 루터의 독일어 성경은 언어 작품으로서 버틸 수 있는 연령의 한계치에 육박했다. 1500년 대의 독일어는 오늘날 너무 생소할 수밖에 없다. 최근 새로운 독일어 성경이 출현했는데, 마르틴 부버Martin Buber가 진두지휘한 번역본이다. 그 번역본은 우리가 유년 시절에 읽던 책과 같은 것이라고 생각하지 못할 정도로 상당히 달라졌다.

다만 단테의 시편들은 오늘날에도 여전히 수많은 이탈리아인들이 줄줄 외우고 있으니, 이탈리아 민족과 단테는 특이하게 예외적인 경우라 하겠다. 그렇게 고스란히, 아니 그야말로 전혀 새로운 언어로 바꿔 쓰지 않고도 그처럼 장수를 누린 작가는 유럽을 통틀어 전무후무하다. 그러나 우리가 단테를 읽을 때 과연 어떤 번역본을 택해야 할지는 좀처럼 해결하기 어려운 난제다. 어떤 번역도 그저 근사치에 불과하기에, 번역 서로 읽다가 몇몇 군데에서 감동적이다 싶으면 우리는 갈급한 마음에 원전을 뒤져 어떻게든 이 멋진 시구를 중세 이탈리아어로 생생하게 느껴보려 하는 것이다.

이제 우리의 과제인 조촐하나마 훌륭한 세계문고를 갖추는 일을 본격화하려고 한다. 제일 먼저 확인하게 되는 모든 정신사의 원칙이 하나 있는데 가장 오래된 작품들이 가장 오래 간다는 것이다. 오늘 유행하며 주목을 끄는 것이 내일이면 배척받을 수 있고, 오늘은 참신하고 흥미롭다가도 내일모레면 시들해지기도 한다. 하지만 수백 년 세월을 버티면서 잊히거나 사라지지 않고 살아남은 것이라면, 그에 대한 평가는 아마 우리 평생 큰 변동이 없을 것이다. 그러니 인류정신의 가장 오래되고 신성한 증언들, 즉 종교와 신화의 책들로 시작해보자.

성경과 더불어 우리의 총서 첫머리를 고대 인도의 지혜로 시작하고자 한다. 즉 우파니샤드를 간추린 형식으로서 '베다의 결론'이라 일컫는 《베단타》Vedanta이다. 불경도 있어야겠고 바빌로니아에서 유래한 《길가메시》Gilgamesch, 즉 죽음과 더불어 싸운 이 위대한 영웅의 서사시도 빼놓을 수 없다. 고대 중국에서는 공자의 《논어》, 노자의 《도덕경》 그리고 장자의 기막힌 우화들을 골라보자.

이로써 우리는 인류가 보유한 문헌의 기본화음은 갖춘 셈이다. 즉 구약성경과 공자 등에서 명시적으로 거론된 규범과 법칙을 향한 추구, 신약성경과 인도사상에서 선포된 현세의 불만족스러운 삶으로부터 구원을 바라는 갈망, 불안하고 복잡한 이 현상계 저편의 영원한 조화에 대한 비밀의 지식, 신의 형상을 입은 자연과 영혼의 힘에 대한 경외 그리고 이와 거의 동시에 신은 표상에 불과하며 강함과 약함과 삶의 환희와 고통은 모두 인간의 손에 달려있다는 깨달음 혹은 추측이 그것이다. 또 추상적인 사상의 그 모든 사변들, 문학의 온갖 이야기들, 우리 존재의 무상함에 대한 모든 고뇌와 위로와 해학이 이 몇 권의 책 속에 이미 전부 표현되어있다. 중국 고시 선집도 그런 책에 든다.

좀 더 후대의 동양권 작품들 중 《천일야화》는 무한한 향유의 원천이요, 세계에서 가장 화려한 그림책이니 빼놓을 수 없다. 아름다운 동화들이라면 어느 민족에나 다 있지만 우리의 목록에서는 일단 이 마법의 고전으로 족하고 그림형제가 수집한 민담집 하나만 더하면 되겠다. 페르시아 명시선을 하나쯤 갖추면 좋겠는데, 유감스럽게도 독일어로 번역된 것이 없고 하페즈와 카얌(우마르 하이얌)만 여러 차례 번역되었다.

유럽문학으로 가보자. 풍성하고 장려한 고대문학 세계에서 호메로스의 대서사시 두 권이면 고대 그리스의 공기와 분위기를 한껏 만끽할 수 있겠지만, 여기에 3대 비극작가 아이

스킬로스, 소포클레스, 에우리피데스를 추가하자. 그리고 그 옆에 고전운문의 명작선집인 《그리스 시화집》Anthologia Graeca 을 놓자.

철학의 세계로 향하면 또 다른 아쉬움에 한탄이 절로 나온 다. 그리스의 가장 유력하고 아마도 가장 중요한 철학자인 소 크라테스를 플라톤과 크세노폰 등 여러 철학자들의 저작에 서 조각조각 모아 읽어야 하기 때문이다. 소크라테스의 생애 와 가르침에 관한 소중한 증언들을 일목요연하게 모아둔 책 이 있으면 너무나 고맙겠다. 문헌학자들이 접근할 엄두를 못 내는 이 일은 워낙 까다로운 작업이긴 하다. 본격 철학서들은 우리 총서에서 다루지 않을 생각이다.

반면에 유럽의 여러 해학작가들이 깍듯이 모시는 아리스 토파네스의 희극은 빼놓을 수 없다. 《영웅전》의 대가인 플루 타르코스의 작품도 최소한 한두 권은 넣고, 풍자문학의 대가 루키아노스 역시 빠뜨릴 수 없다.

이쯤에서 중요한 것이 또 하나 빠져있다. 그리스의 신과 영웅들에 대해 얘기해주는 책 말이다. 대중적인 신화학 책 들로는 충분하지 않다. 달리 마땅한 책이 없으니 상당수의 아름다운 신화를 차분하게 들려주는 구스타프 슈바프Gustav

Benjamin Schwab의 《고대 대표 설화》를 집도록 하자. 슈바프의 뒤를 잇는 착실한 후계자가 우리 시대 들어와서 나타났으니, 바로 알브레히트 셰퍼Albrecht Schäffer다. 그가 쓰기 시작한 그리스 설화집은 이제 초반부가 출판되었는데 꽤 기대가 된다.

로마 시대에 들어오면 나는 늘 문학보다도 역사서들에 끌린다. 호라티우스, 베르길리우스, 오비디우스 등과 함께 타키투스도 있어야 하고, 이와 더불어 수에토니우스라든지 네로 황제 시대의 익살맞은 풍속소설인 페트로니우스의 《사티리콘》 그리고 아풀레이우스의 《황금당나귀》 등도 갖추면 좋겠다. 뒤의 두 작품에서는 로마제정 시대에 고대가 내적으로 붕괴하는 모습을 볼 수 있다. 그리고 몰락해가는 로마에서 나온 세속적이고 약간은 장난기 어린 이 책들과 나란히 이와 정반대되는 걸출한 역작들을 꽂아둘 생각이다. 바로 같은 라틴어로 쓰였지만 신생 그리스도교라는 전혀 다른 세계에서 유래한 성 아우구스티누스의 《참회록》이다. 서늘한 기온의 고대 로마가 서서히 물러나는 가운데, 팽팽하게 긴장된 열띤 분위기로 중세가 시작된다.

최근까지도 주로 '암흑 시대'로 일컬어졌던 중세의 정신세계는 우리 앞세대들에 의해 상당히 홀대받았다. 그 결과 라틴어로 쓰인 중세 시대의 문헌들 중에는 현대판이나 번역이 드물다. 고맙게도 파울 폰 빈터펠트Paul von Winterfeld의 수작 《독일의 중세 라틴어 작가들》Deutsche Dichter des lateinischen Mittelalters은 예외로서 우리 총서에 대환영이다. 장중한 중세정신의 진수이자 극치를 보여주는 단테의 《신곡》은 이탈리아의 학식층을 제외하면 제대로 읽는 이가 극소수에 불과하겠지만 여전히 깊은 영향력을 발휘하고 있는, 수천 년 인류 역사에 길이 남을 보물에 속한다.

시간적으로 고대 이탈리아의 뒤를 잇는 책으로 보카치오의 《데카메론》을 고르자. 점잖은 척하면서 외설스럽기로 악명 높은 이 유명한 단편집은 유럽소설 최초의 역작으로, 놀랍도록 생동감 있는 이탈리아 고어로 쓰였고 전 세계 거의 모든 언어로 수없이 번역되었다. 조야한 번역본이 하도 많아 주의해야 할 정도다. 보카치오의 뒤를 이어 수많은 후배작가들이 삼백 년에 걸쳐 유수한 단편들을 양산하였지만 누구도 이에 필적하지 못한다. 그래도 어쨌든 그들의 작품선집 한 권쯤은 갖춰야겠다.

르네상스 시대의 이탈리아 운문작가들 중 아리오스토를 빼놓을 수 없다. 그의 《광란의 오를란도》Orlando Furioso는 매혹적인 영상과 특출한 착상들로 가득한 낭만적인 마법의 미궁으로서 수많은 계승자들의 모범이 되었는데, 그 최고이자 최후의 후계자는 빌란트Christoph Martin Wieland였다. 페트라르카Francesco Petrarca의 소네트도 그 근처에 놓으면 좋겠고 그의 시대 가운데서 고독하나 당당하게 서 있는, 얇지만 진지한 미켈란젤로의 시집도 잊지 말자. 또한 이탈리아 르네상스의 전반적인 분위기와 생활상을 증언해주는 벤베누토 첼리니Benvenuto Cellini의 자서전도 넣자. 이후의 이탈리아 문학에선 우리가 꼭 취할 만한 것이 그다지 많지 않은데 골도니Carlo Goldoni의 희극 두세 편, 고치Carlo Gozzi의 낭만적인 동화작품 그리고 19세기의 뛰어난 시인 레오파르디Giacomo Leopardi와 카르두치Giosuè Carducci 정도다.

중세가 낳은 가장 아름다운 것으로 프랑스, 영국, 독일의 기독교 영웅전이 있다. 특히 아서왕과 원탁의 기사 이야기가 그러하다. 이처럼 유럽 전역에 유포된 전설들의 일부를 싣고 있는 《독일 민담집》은 우리 총서 중에서도 상석을 차지해 마땅하다. 현재 나와 있는 것 중에는 리하르트 벤츠의 것이 제일 낫다. 이런 것들은 《니벨룽겐의 노래》와 《쿠드룬》처럼 원작이 아니라 다양한 언어로 쓰인 널리 알려진 이야기들을 번역한 것이긴 하지만 다 있어야 하겠다. 프로방스 지방의 트루바두르의 시들은 앞에서 이미 언급했다. 그다음으로 발터 폰 데어 포겔바이데Walther von der Vogelweide, 고트프리트 폰 슈트라스부르크Gottfried von Strabburg, 볼프람 폰 에셴바흐Wolfram von Eschenbach 등의 작품들(즉 발터의 시집, 고트프리트의 《트리스탄과 이졸데》 그리고 볼프람의 《파르치발》Parzival)을 고마운 마음으로 우리 장서에 들여놓아야겠다. 기사계급 음유시인 미네젱거25)들의 시선집도 마찬가지다.

이리하여 어느덧 중세의 끝자락에 이른다. 차츰 라틴어-기독교 문학이 이울고 전설의 샘이 마르면서 당시 유럽의 일상과 문학에서 새로운 면모가 일었다. 즉 각 민족의 언어가 서서히 라틴어를 대체해 나가면서 익명의 수도원 문학이 아닌, 도시적이고 개성적인 방식의 문학이(이탈리아에서 보카치오로 시작되었듯이) 나타나기 시작한 것이다.

그즈음 프랑스에서 고독하고 황량한 가운데 꽃피어난 비범한 시인이 있으니, 바로 비용François Villon이다. 그의 모질고 섬뜩한 시들은 가히 전례를 찾을 수 없다. 프랑스문학을 더 깊이 들여다보면 우리가 꼭 갖추어야 할 것들이 꽤 있다. 최소한 몽테뉴의 《수상록》 한 권은 있어야 하고 그다음엔 꿋꿋

한 유머의 달인이자 속물비판의 대가인 라블레François Rabelais의 《가르강튀아》Gargantua와 《팡타그뤼엘》Pantagruel 그리고 고독한 신앙인이자 수도자적 사상가인 파스칼의 《팡세》와 《예수회 서한문》Les Provinciales도 있어야 한다. 코르네유Corneille의 《르시드》Le Cid와 《오라스》Horace도 꼭 있어야 하고 라신Jean-Baptiste Racine의 《페드르》Phèdre와 《아탈리》Atalie, 《베레니스》Bérénice를 넣으면, 프랑스 희곡의 원조이자 고전들을 두루 갖춘 셈이다. 여기에 제3의 별인 희극작가 몰리에르Molière의 작품선집 한 권쯤을 추가하자. 《타르튀프》Tartüffe를 지은 이 풍자의 명수를 가끔씩 읽고 싶어질 테니까. 라퐁텐Jean de La Fontaine의 우화와 우아한 페늘롱François de Salignac de La Mothe Fénelon의 《텔레마크》Telemach 또한 빼놓을 수 없다. 볼테르의 희곡이라든지 운문작품들은 없어도 괜찮지만 그래도 그의 번뜩이는 산문 한두 권쯤은 꼭 있어야 한다. 특히 《캉디드》Candide와 《자디그》Zadig의 풍자와 유쾌함은 오랜 세월 프랑스 정신의 전형으로 간주되었다.

그러나 프랑스는 다양한 면모를 지니고 있어 혁명의 프랑스이기도 하니, 볼테르 외에 보마르셰Pierre-Augustin Caron de Beaumarchais의 《피가로》라든지 루소의 《고백록》도 필요하다.

르사주Alain-René Le sage의 근사한 피카레스크 소설26) 《질 블라스》Gil Blas와 아베 프레보Abbé Prévost의 감동적인 러브스토리 《마농 레스코》도 놓칠 수 없다.

그다음은 프랑스 낭만주의인데 그 직계가 위대한 소설가들이니 수백 개라도 열거할 수 있으리라! 하지만 정말로 특별하고 둘도 없는 것들만 추려보자. 우선 스탕달(본명 마리 앙리 벨Marie Henri Beyle)은 《적과 흑》, 《파르마의 수도원》에서 회의적으로 깨어있는 압도적 이성과 열정적 영혼이 벌이는 투쟁을 보여주는 새로운 방식의 문학을 탄생시켰다. 보들레르의 시집 《악의 꽃》 또한 비할 데 없이 독창적이다. 이 두 사람에 비하면 뮈세Louis-Charles-Alfred de Musset의 사랑스러운 시어와 매력적인 낭만주의 소설가 고티에Théophile Gautier, 뮈르제Henri Murger 등은 사소해 보인다. 뒤이어 발자크의 소설 중에 적어도 《고리오 영감》, 《외제니 그랑데》Eugénie Grandet, 《들나귀 가죽》La Peau de chagrin, 《삼십 세 여인》La femme de trente ans은 꼭 있어야겠다. 무궁무진한 소재, 욕망으로 파멸하는 인생이 격정적으로 펼쳐지는 이 책들 옆에다 메리메Prosper Méimée의 단정하고 고상한 단편집 그리고 프랑스 최고의 섬세한 소설가 플로베르의 대표작 《보바리 부인》과 《감정 교육》도 나란히 놓자. 여기서 졸라에게 길을 잡으면 몇 계단 후퇴이긴 하나, 그래도 어쨌든 그의 《목로주점》이나 《모레신부의 죄》La faute de l'Abbé Mouret 정도는 있어야 한다. 모파상의 음울하면서도 아름다운 몇몇 단편들도 마찬가지다.

이로써 우리는 어느덧 현대의 문턱에 와 닿게 되는데, 워낙 거론해야 할 훌륭한 작품들이 많으니 이 문턱은 넘지 말기로 하자. 하지만 폴 베를렌Paul Verlaine의 시, 아마도 프랑스의 시 중에서도 가장 감수성이 풍부하고 여린 그의 시들은 잊지 말아야겠다.

영국문학은 14세기 말 초서Geoffrey Chaucer의 《캔터베리 이야기》로 시작하자. 부분적으로 보카치오를 차용했지만 색다른 면모를 보여주는 그는 최초의 진정한 영국작가다. 그의 책 옆에 셰익스피어의 작품을 놓되, 낱권 말고 전집으로 갖추자. 우리 학교 선생님들은 밀턴의 《실락원》을 이야기하며 상당한 경의를 표했지만, 우리 중 그 책을 읽은 이가 있었던가? 없다. 그러니 부당한 처사일지 몰라도 그건 관두자. 체스터필드Chesterfield의 《아들에게 띄우는 편지들》은 덕망 높은 책이라고 할 순 없지만 그것도 집어넣자. 《걸리버 여행기》의 작가 스위프트Jonathan Swift, 이 아일랜드 천재의 작품이라면 입수

할 수 있는 대로 최대한 모을 것. 별종에 꽤나 괴팍한 구석이 있지만 그의 대범함, 지독히도 통렬한 해학, 그의 외로운 천재성으로 족히 상쇄하고도 남는다. 대니얼 디포Daniel Defoe의 많은 작품들 중에서 특히 주목할 만한 것은 《로빈슨 크루소》와 《몰 플랜더스》이며, 이 작품들과 함께 상당수 영국소설의 고전이 줄줄이 이어진다. 필딩Henry Fielding의 《톰 존스》Tom Jones, 스몰릿Tobias George Smollet의 《페러그린 피클의 모험》The Adventures of Peregrine Pickle도 가급적 넣도록 하고 특히 스턴Laurence Sterne의 《신사 트리스트럼 샌디의 생애와 의견》The Life and Opinion of Tristram Shandy, Gentleman과 《풍류 여정기》A Sentimental Journey through France and Italy 이 두 권은 감상성에서 기발한 해학으로 훌쩍 도약하며 진정으로 영국적인 태도를 잘 보여준다.

낭만주의 시인 오시언Ossian의 경우는 괴테의 《젊은 베르테르의 슬픔》에서 읽는 것으로 충분하겠다. 셸리Percy Bysshe Shelley와 키츠는 세상에서 가장 아름다운 시들을 남겼으니 놓칠 수 없다. 반면 바이런의 경우는 낭만주의의 초인으로 나 역시 늘 감탄을 금치 못하긴 하나, 그의 위대한 시집들 중 하나 정도로 만족해도 될 듯하다. 《차일드 해럴드의 편력》Childe Harold's Pilgrimage쯤이 제일 좋겠다.

월터 스콧Walter Scott의 역사소설 중 《아이반호》Ivanhoe는 경외심을 느끼며 수용하게 된다. 불우했던 드퀸시Thomas De Quincey의 작품들은 너무 병적이긴 하지만 《어느 아편중독자의 고백》Confessions of an English Opium-Eater을 집어넣자. 매콜리Dame Emilie Rose Macaulay의 에세이 한 권도 그냥 지나칠 수 없고, 신랄한 칼라일의 작품으로는 《영웅숭배론》외에 《의상철학》Sartor Resartus도 매우 영국적인 위트를 담고 있는 작품으로서 빠뜨리면 안 되겠다.

이제 소설의 큰 별들이 등장할 차례다. 우선 새커리William Make-peace Thackeray의 《허영의 시장》Vanity Fair과 《속물 이야기》Book of Snobs가 있어야겠다. 디킨스는 때로 감상적인 면이 꽤 있긴 하나 어디까지나 선량한 인간미와 뛰어난 유머를 갖춘 당당한 영국의 소설가로서, 그의 작품들 중 적어도 《피크윅 페이퍼스》The Pickwick Papers와 《데이비드 코퍼필드》David Copperfield는 갖춰야 한다.

그의 뒤를 잇는 작가들 중에서는 메러디스George Meredith의 작품, 특히 《에고이스트》가 중요할 것 같고, 되도록 《리처드 페버럴의 시련》The Ordeal of Richard Feverel도 구하도록 하자. 스윈번Algernon Charles Swinburne의 아름다운 시편들(당연히 극도로 번역 불가의!) 또한 없어서는 안 될 것이며, 오스카 와일드의 작품 한두 권, 특히 《도리언 그레이의 초상》The Picture of Dorian Gray과 에세이집도 마찬가지다.

미국문학을 대표하는 작가로는 불안과 공포의 시인 애드거 앨런 포Edger Allan Poe의 단편집 하나쯤과 월트 휘트먼Walt Whitman의 거침없고 비장한 시집이면 되겠다.

스페인이라면 제일 먼저 세르반테스의 《돈키호테》가 있어야겠다. 불멸의 두 주인공, 즉 망상에 사로잡혀 상상의 악당들과 싸움을 벌이는 기사와 그의 뚱보하인 산초의 좌충우돌 이야기는 온 시대를 통틀어 가장 장려하고도 매혹적인 작품들에 속한다. 그의 단편들도 뛰어난 서사예술을 보여주는 주옥과도 같은 작품들이니 역시 포기할 수 없다. 《질 블라스》의 선구자 격인 그 유명한 스페인의 피카레스크 소설들도 하나쯤 있어야겠다. 고르기가 힘들지만 나 같으면 케베도 이 비예가스Quevedo y Villegas의 짜릿한 모험과 기막힌 재치로 가득한 흥미진진한 작품 《악당왕 파블로 세고비아》Historia de la vida del Buscón llamado don Pablos로 하겠다. 스페인에는 뛰어난 희곡작가들이 엄청나게 많지만, 그중에서 바로크의 대문호 칼데론은 화려하고 세속적인 면과 종교적이고 교훈적인 면을 반반씩 갖춘 무대의 귀재로서 반드시 갖춰야겠다.

살펴봐야 할 여러 문화권의 작품들이 한참 더 남아있다. 네덜란드와 플랑드르의 문학에서 드 코스테de Coste의 《틸 울렌스페겔》Tyl Ulenspegel과 물타툴리Multatuli(본명이 에드아르드 도워스 데커Eduard Douwes Dekker인 네덜란드 작가)의 《막스 하벨라르》Max Havelaar를 고르자. 돈키호테 동생뻘 되는 코스테의 소설은 플랑드르 민족의 서사시라 하겠다. 또 《막스 하벨라르》는 네덜란드의 식민지배로 착취당하는 말레이인들의 권리를 위한 투쟁에 수십 년 성상星霜을 바쳤던 물타툴리의 대표작이다.

흩어진 민족 유대인들은 세계 각국에서 여러 언어로 작품을 남겼는데, 그중 지나칠 수 없는 작품이 몇 있다. 스페인의 유대인 예후다 할레비Jehuda Halevy의 히브리어 시와 송가를 꼽을 수 있고, 유대 하시디즘의 너무나 멋진 전설들은 마르틴 부버의 저서 《바알 전기》Die Legende des Baalschem 및 《위대한 설교자》Der grobe Maggid에 실린 명번역으로 읽어볼 수 있다.

북유럽권에서는 그림형제가 번역한 《구 에다의 노래》Songs from the elder edda, 아이슬란드 사가 중 스칼데27)들이 쓴 《에길의 사가》Egils Saga 같은 것 한 권, 또는 보누스Arthur Bonus의 《아이슬란드 책》Islän-derbuch 같은 번안 선집 한 권 정도를 갖추자. 근대의 스칸디나비아 문학 중에서는 안데르센의 동화와 야콥센28)의 단편집 그리고 입센의 대표작들과 스트린드베리의 작품집(비록 뒤의 두 사람은 시간이 지나면 비중이 좀 떨어지겠지만)등을 고를 수 있겠다.

지난 세기의 러시아 문학은 넘치도록 풍성하다. 러시아의 거장 푸시킨은 번역 불가능한 작가에 든다. 고골리의 《죽은 넋》과 단편집으로 시작하여, 오늘날 벌써 약간 잊힌 감이 있는 투르게네프Ivan Sergeevich Turgenev의 역작 《아버지와 아들》, 곤차로프Ivan Aleksandrovich Goncharov의 《오블로모프》Oblomov를 택하자. 톨스토이라면 그의 설교와 개혁적 시도들의 무게로 인해 작가로서의 위대함이 묻히는 감이 있긴 하나, 최소한 《전쟁과 평화》(아마도 가장 아름다운 러시아 소설이 아닐까)와 《안나 카레니나》는 꼭 필요하고, 그의 창작 민화民話들도 놓칠 수 없다. 도스토예프스키의 작품으로는 《카라마조프의 형제들》과 《죄와 벌》 그리고 그의 참으로 감성적인 작품 《백치》 등을 잊지 말고 챙기자.

지금까지 우리는 중국에서 러시아에 이르기까지, 먼 고대로부터 현대의 문턱에 이르기까지, 여러 민족의 문학세계를 두루 살펴보며 감탄스럽고 소중한 작품들을 골라냈다. 그런

데 정작 우리가 가진 엄청난 보물, 즉 독일문학은 아직 둘러보지 않았다. 《니벨룽겐의 노래》와 중세 후기의 걸작 몇 가지만 얘기했을 뿐이다. 이제부터 대략 1500년 이후의 독일문학을 집중적으로 고찰하면서, 이 중에서 우리가 가장 아끼는 작품들, 결코 빼놓을 수 없는 작품들을 골라보기로 하자.

루터의 대표작은 첫머리에서 이미 거론한 독일어 성경이다. 그 외에도 루터가 쓴 짧은 글들을 모은 책이 한 권쯤 있으면 좋겠다. 그의 아주 대중적인 팸플릿이나 연설모음집 또는 1871년에 출간된 《독일 고전주의자 루터》 같은 책 말이다. 반종교개혁 시대에 브레슬라우 지방에서 괴짜 시인이 하나 출현했다. 그의 작품이라곤 운문으로 이루어진 얇은 책자 하나뿐인데 그야말로 독일 경건주의와 문학의 섬세한 수작이라 하겠으니, 앙겔루스 질레지우스Angelus Silesius의 《방랑자 케루빔》Der Cherubinische Wandersmann이다. 그 밖에 괴테 이전 시대의 시 작품들에 대해서는 시중에 나와 있는 선집들 중 하나면 충분하겠다.

루터 시대에서 또 한 사람을 들자면 뉘른베르크의 대중시인 한스 작스Hans Sachs를 꼽을 만하다. 그 옆에다가는 그림멜스하우젠Hans Jakob Christoph Grimmelshausen의 《모험가 짐플리치시

무스》Der Abenteuerlicher Simplicissimus를 놓자. 30년 전쟁의 시대를 신랄하게 묘사한 참신성과 독창성이 돋보이는 걸작이다. 그리고 그보다는 좀 떨어져도 충분히 사랑을 받을 만한 대단한 유머작가 로이터Christian Reuter의 《셸무프스키의 진실하고 진기하고 모험적인 수륙 여행기》Schelmuffskys kuriose und sehr gefährliche Reisebeschreibung zu Wasser und zu Land도 옆에 나란히 두자. 이 칸에다가는 18세기에 쓰인 《뮌히하우젠 남작의 모험》Die Abenteuer des Baron Münchhausen도 꽂아둔다.

이쯤이면 근대 독일문학이라는 위대한 시대의 문지방을 넘게 된다. 즐거운 마음으로 레싱의 책들을 꽂되, 전집까지 갖출 필요는 없어도 그의 서한문들은 반드시 들어가야 한다. 클롭슈토크Friedrich Gottieb Klopstock의 송시 중 최고로 아름다운 것들은 명시선집에서 찾아볼 수 있으니 그것으로 충분하다. 헤르더는 많이 잊혔다지만 그래도 아직 역할을 하고 있어서 좀 난감한데, 그의 방대한 저작을 전부 갖출 것까진 없어도 가끔은 들춰보며 읽어야 할 것이다. 괜찮은 선집 하나 갖추도록 하자.

빌란트의 경우도 전집은 굳이 필요 없지만 《오베론》Oberon은 꼭 있어야 하고, 《압데라의 사람들》Die Geschichte der Abderiten

도 빠뜨릴 수 없을 것이다. 명랑하고 유쾌하고 장난스러운 형식의 달인, 고대와 프랑스인들을 모범으로 삼았고 계몽주의의 신봉자이되 환상을 잃지 않았던 빌란트는 매우 특별한 작가임에도 너무 심하게 잊혀졌다.

괴테라면 형편 닿는 대로 최대한 멋지고 완벽한 전집을 들여놓도록 하자. 즉흥극이나 이런저런 논고나 비평문 등은 제외하더라도, 제대로 된 작품들은 빠짐없이 갖춰야겠다. 그의 책들 속에는 우리 영혼의 운명 일체가 표현되어있으며 또 그 대부분은 근본적인 규명까지 이루어진다. 또한 《젊은 베르테르의 슬픔》에서 《노벨레》에 이르는 과정, 초기의 시들에서 《파우스트》 2부에 이르는 그 길은 어떠한가! 작품들뿐 아니라 에커만과의 대화나 편지, 특히 실러나 슈타인 부인과 주고받은 서한 등 주요 전기 자료들도 갖춰야겠다. 청년 괴테의 교우관계에서 많은 것들을 유추할 수 있는데, 그중 으뜸으로 멋진 것은 아마 융슈틸링Johann Heinrich Jung-Stilling의 《하인리히 슈틸링의 청년 시대》Heinrich Stillings Jugend일 것이다. 이 기분 좋은 책을 괴테 근처에 꽂아두고 아울러 《반츠베커의 사자使者》Wandsbecker Bote의 작가 마티아스 클라우디우스의 글모음집도 함께 갖추어두자.

실러라면 나는 무조건적인 수용으로 기운다. 지금은 그의 저작을 전처럼 자주 읽진 않지만 그의 정신과 삶, 아니 그의 모든 것이 너무나도 위대하고 압도적으로 느껴진다. 그의 산문들(역사와 미학에 관한 글)과 1800년경에 쏟아져 나온 그의 탁월한 시들을 확보하자. 또 페터젠의 《실러의 대화》 Schillers Gespräche도 나란히 두자. 그 시대의 것이라면 몇 가지 더 추가하고 싶지만 냉정해져야겠다. 뮈세와 빅토르 위고마저 포기했는데 마음에 든다고 그보다 못한 것을 슬금슬금 끼워 넣어서야 안 될 일이다.

사실 독일이 정신적으로 가장 풍요로웠던 시절인 1800년 경이라면 최고의 작가들을 줄줄이 댈 수 있는데, 그중 일부는 시대조류나 매우 제한된 방식의 문학사 서술 탓에 완전히 잊혔거나 터무니없이 과소평가된 작가들도 꽤 있다. 독일의 가장 위대한 정신 중 한 사람인 장 파울도 그런 경우다. 지금도 수천의 대학생들이 교재로 쓰는 일반적인 문학사 책들은 얼토당토않은 비평을 그대로 답습하고 있으니, 그런 데서는 이 시인의 진면목을 전혀 찾아볼 수 없는 게 당연하다. 이런 부당함에 항의하기 위해서라도 장 파울의 책이라면 찾을 수 있는 대로 빠짐없이 들여놓자. 그게 좀 과하다 싶으면 최소한

《반항기》Flegeljahre, 《지벤케스》Siebenkäs, 《티탄》[29] 등의 대표작만큼은 반드시 갖추도록 하자. 탁월한 일화작가 헤벨의 《보석상자》Schatzkästlein와 시집 《알레만 시》Alemannische Gedichte도 잊지 말아야겠다.

횔덜린은 최근 괜찮은 전집이 여럿 나와 있으니 경외하는 마음으로 그중 하나를 들여놓자. 가끔씩 그 그윽한 환영에 매혹되고 때로 그 마법의 목소리에 귀를 기울이게 될 것이다. 그 양옆으로는 노발리스와 브렌타노가 이웃해야 할 텐데, 유감스럽게도 브렌타노는 만족할 만한 판본이 아직까지 없는 실정이다. 그의 단편과 동화들도 절대 잊힐 수 없지만 탁월한 음악성을 보여주는 그의 시는 요즘 들어서야 소수에게나마 진가가 알려지는 것 같다. 《클레멘스 브렌타노의 봄의 화환》Clemens Brentanos Frühlingskranz은 그와 여동생 베티나Bettina 공동의 기념비다. 브렌타노가 매제인 아르님과 함께 펴낸 독일 민요집 《소년의 마술피리》Des Knaben Wunderhorn는 가장 아름답고 독창적인 독일어 작품 중 하나이니 당연히 옆에 같이 두자.

아르님의 책으로는 《세습 신사들》Majoratsherren, 《이집트의 이자벨라》Isabella von Ägypten 같은 주옥같은 작품이 담긴 알찬 단편집 한 권이 있어야겠다. 이어서 티크Ludwig Tieck의 단편들(특히 《금발의 에크베르트》Der blonde Eckbert, 《삶에 불필요》 Des Lebens Überfluß, 《세벤의 폭동》Aufruhr in den Cevennen)과 아마도 독일 낭만주의의 가장 유쾌한 작품일 《장화 신은 고양이》Der gestiefelte Kater를 챙기자. 괴레스는 쓸 만한 책이 없으니 유감이다. 하긴 프리드리히 슐레겔의 《메를린 이야기》Geschichte Merlins 같은 걸작도 절판된 지 수십 년이니! 푸케[30]의 작품으로는 매력적인 《운디네》하나 정도 고려할 만하다.

클라이스트Heinrich von Kleist의 작품들은 희곡이나 단편, 논문, 일화 할 것 없이 몽땅 다 갖춰야 한다. 그 역시 뒤늦게야 대중에게 알려진 작가다. 샤미소Adelbert von Chamisso는 《페터 슐레밀의 이상한 이야기》Peter Schlemihls wundersame Geschichte이면 충분하나, 다만 이 얇은 책자에 상석을 내어주도록 하자. 아이헨도르프라면 가급적 전집을 구비하도록 하자. 잘 알려진 《어느 건달의 생활》Aus dem Leben eines Taugenichts과 시집 외에 자잘한 단편까지 모두 갖추되, 희곡이나 이론적인 글들은 꼭 필요하진 않다. 낭만주의의 대표적 소설가 호프만이라면 반드시 여러 권이 필요하니, 잘 알려진 중단편들뿐 아니라 장편 《악마의 영약》Elixiere des Teufels도 구비하자.

하우프의 동화와 울란트의 시가 선택사항이라면, 레나우

와 드로스테의 시집은 독특한 언어음악을 보여주는 것으로서 훨씬 더 중요하다. 헵벨은 희곡 한두 권, 일기는 최소한 선집으로라도 필요하고, 하이네 작품도 인색하지 않게 넉넉히 갖춰야 한다. 뫼리케는 내용이 넉넉하고 아름다운 판본의 시집이 우선이고, 《모차르트》Mozart와 《슈투트가르트의 난쟁이》Das stuttgarter Hutzelmuännlein, 가능하면 《화가 놀텐》Maler Nolten까지 갖추자. 그 옆에 놓을 작품이라면 독일산문 최후의 고전주의자 슈티프터의 《늦여름》Nachsommer, 《비티코》Witiko, 《습작집》Studien 그리고 《가지각색 돌》Bunte Steine 등이겠다.

지난 세기 스위스 출신의 독일작가로는 세 명의 소설가를 주목할 만하다. 베른 출신으로 농민의 대서사시인 예레미아스 고트헬프Jeremias Gotthelf, 취리히의 고트프리트 켈러와 C. F. 마이어Conrad Ferdinand Meyer다. 고트헬프는 울리Uli를 주인공으로 하는 두 편의 장편소설을, 켈러의 작품 중에서는 《녹색의 하인리히》, 《젤트빌라의 사람들》Die Leute von Seldwyla, 《격언시》Sinngedicht를 고르자. 마이어는 《위르크 예나취》Jürg Jenatsch를 택하자. 뒤의 두 사람의 경우는 수준급의 시들도 있지만, 지면 관계상 일일이 거론하지 못하는 다른 많은 시인들처럼 근대시를 잘 골라놓은 명시선집이 여러 권 있으니 그걸로 만족하

자. 원하는 사람은 셰펠의 《에케하르트》Ekkehard를 추가할 수도 있겠다. 나라면 라베의 소설 《아부 텔판》Abu Telfan, 《쉬데룸프》Der Schüdderump를 놓치지 말라고 한마디 거들고 싶다. 하지만 이쯤으로 마무리하자.

물론 요즘의 도서계를 외면하자는 뜻은 아니다. 당연히 그쪽도 항상 염두에 두고 서재에 자리를 마련해야겠지만, 다만 이 영역은 우리가 다루는 주제에서 벗어난다. 과연 어떤 것이 여러 세대를 딛고 존속하게 될지는 당대에 판단할 수 있는 문제가 아니기 때문이다.

이제 한 바퀴 순례를 마치고 지금까지의 작업을 돌아보려니, 아무래도 그 허점과 불공평함을 못 본 척 넘어갈 수가 없다. 명색이 세계문고라면서 《뮌히하우젠 남작의 모험》은 넣고, 인도의 《바가바드기타》는 빼놓는 게 옳은가? 제대로 하려면 스페인의 뛰어난 희극작가들과 세르비아의 민요, 아일랜드의 요정동화 등도 언급해야 마땅하지 않았을까? 켈러의 단편집이 진정 투키디데스에 버금가며, 《화가 놀텐》이 인도의 《판차탄트라》Pancatantra나 중국의 경전 《주역》에 맞먹는 책인가?

아니다, 당연히 아니다! 그러니 나의 세계문학 선정목록은 극도로 주관적이고 가변적인 것이라는 지적을 당하기 십상이다. 하지만 철저히 객관적이고 정당한 목록을 만들기란 어려운, 아니 어쩌면 불가능한 일일 것이다. 그러려면 우리가 어린 시절부터 문학사에서 으레 보아온 모든 작가와 작품들을 다 넣어야 할 것이다. 그리고 어떤 문학사건 늘 다른 문학사에서 내용을 베껴오기 마련이니, 그 모든 걸 다 읽기엔 인생이 너무 짧지 않은가?

고백하건대 어쩌면, 도무지 읽기 힘든 어설픈 번역문으로밖에 접할 수 없는 산스크리트 문학 최고의 작품보다는 제 나라 시인의 아름다운, 전체 가락에서부터 미세한 파동에 이르기까지 속속들이 음미되는 좋은 시 한 편이 훨씬 더 나을 수도 있다. 또한 작가나 그의 작품에 대한 지식과 평가도 종종 상황에 따라 매우 달라지게 마련이다. 오늘의 우리가 우러르는 작가들 중에는 20년 전의 문학사에서는 찾아볼 수 없었던 이들도 있다. (맙소사, 그러고 보니 심각한 실수를 저질렀다. 작가 게오르크 뷔히너Georg Büchner를 깜빡했다. 《보이체크》Woyzeck, 《당통의 죽음》Dantons Tod, 《레온체와 레나》Leonce und Lena의 작가를 말이다! 그를 빼놓는 건 있을 수 없는 일이다!)

오늘날 우리가 독일문학 고전에서 중요하고 생명력 있다

고 생각하는 것과 25년 전의 문학 전문가가 불후의 명작으로 꼽은 것이 꼭 일치하지는 않을 것이다. 독일 대중이 셰펠의 《제킹겐의 나팔수》를 읽고 있을 때 학자들이 쓴 참고서적에는 테오도르 쾨르너Theodor Körner를 고전으로 추천해놓았다. 뷔히너는 이름도 없었으며, 브렌타노는 완전히 잊힌 작가였고, 장 파울은 영락한 천재로 블랙리스트에 올라있었다! 마찬가지로 우리 자식과 손자 대에 이르면 지금 우리의 견해와 평가는 너무나도 뒤떨어진 것이 될지도 모른다. 아무리 박학다식하다 한들 여기에는 대책이 없다.

하지만 이렇게 끝없이 변동되는 평가, 즉 까맣게 잊기도 하고 몇십 년이 흐른 뒤 재발견하여 높이 칭송하기도 하는 정신세계는 절대 인간이 약하고 변덕스러운 탓만이 아니다. 우리가 정확하게 규명하지는 못하나마 대략 짐작할 수 있는 어떤 법칙의 지배를 받기 때문이다. 말하자면 일정 기간에 걸쳐 인정을 받고 영향력을 끼쳤던 정신적 유산이라면 모두 인류의 자산으로, 각 세대의 경향과 정신적 욕구에 따라 언제라도 다시 끄집어내고 재검토하며 새로이 생명을 불어넣을 수 있다는 것이다.

우리 할아버지 세대는 괴테에 대해 우리와 견해가 완전히 달랐다. 또 브렌타노를 잊어버리고 티트게Tiedge나 레트비츠Redwitz 혹은 다른 유행작가들을 과대평가했을 뿐만 아니라, 인류의 위대한 책 중 하나인 노자의 《도덕경》은 아예 알지도 못했다. 고대 중국과 그 지혜를 재발견한 것은 우리 시대에 들어서의 일이지 우리 할아버지 때가 아니었기 때문이다. 대신 오늘날 우리는 우리 선조들이 익히 알고 있었던 소중하고 멋진 정신세계의 여러 영역들을 분명 놓쳤으며, 이는 또다시 우리 손자들에 의해 재발견될 것이다.

그렇다, 분명 우리는 이 가상의 작은 도서관을 구축함에 있어서 너무나도 엉성했다. 몇몇 보물단지들을 간과했고 대단한 문화권을 통째로 빼먹기도 하였다. 예컨대 이집트가 그렇지 않겠는가? 수천 년간 지속된 그들의 수준 높은 문화, 그 찬란한 왕조, 그 종교가 가진 정연한 질서와 장엄한 죽음숭배……. 이 모두가 우리에게는 아무것도 아니어서 우리 도서관에 아무 흔적이 없는 것일까? 도리가 없다. 나에게 이집트 역사는 우리의 고찰과 전혀 동떨어진 범주에 해당된다. 말하자면 화보집 범주다. 나는 슈타인도르프Steindorff와 페크하이머Fechheimer가 낸 이집트 예술에 관한 책 등, 근사한 삽화가 들어있는 책들을 다수 구해 보았고 이집트에 대한 지식은 모두 그 책들을 통해 얻었다. 하지만 이집트 문학에 대해 알려주는 책은 모르겠다. 몇 년 전에 이집트 종교에 관한 책을 관심 있게 읽은 적이 있다. 이집트의 문서, 법률, 묘비명, 송가와 기도문 등에 대해서도 부분적으로 적혀있었고 전체적으로 흥미로운 내용이었지만, 그다지 남는 게 없었다. 무난하고 괜찮은 책이었지만 고전이랄 순 없었다. 그래서 이집트는 우리의 목록에서 빠진 것이다.

아차, 그러고 보니 깜빡한 것이 또 하나 떠오른다. 어떻게 이걸 잊을 수 있었을까 도무지 이해할 수가 없지만! 곰곰이 생각해보면 나의 이집트관은 비단 저 화보집이나 종교사 서적뿐 아니라 내가 정말 좋아하는 그리스의 역사가 헤로도토스의 저작들을 읽으면서 상당 부분 형성되었다. 헤로도토스는 자기 나라 이오니아 사람들보다 이집트인들을 더 중시할 정도로 이집트에 애정이 깊었던 사람이다. 그런데 이 헤로도토스를 까맣게 잊고 있었던 것이다. 이 실수를 확실하게 만회하려면 그리스 칸 중에서 응당 상석을 내주어야 하리라.

자, 이렇게 해서 만들어진 상상의 도서관 목록을 들여다보자니 아직도 부족한 점이 한두 가지가 아니긴 하지만, 정작 가장 거슬리는 것은 다른 데 있다. 과시성이 없고 주관적이긴 해도 어쨌거나 잡다한 지식과 경험에 따라 모은 이 도서목록을 전체적으로 눈앞에 그려보면, 문제는 그 주관성과 우연성이 아니라 오히려 그 반대라는 데 있다. 우리의 조촐한 상상 도서관은 많은 결점에도 불구하고 내가 보기엔 근본적으로 너무 이상적이고 너무 정연하고 마치 예쁜 보석상자 같다. 이런저런 좋은 작품들이 누락되긴 했어도, 모든 시대 문학의 주옥같은 보배들이 어쨌든 다 들어있어 함량이나 객관성 면에서 어디 내놔도 그다지 처지지는 않을 것이다.

하지만 이 도서관이 실제로 내 앞에 있다고 상상하면, 이런 장서를 보유한 주인이 과연 어떤 사람일지 도무지 가늠하기 어렵다. 움푹 꺼진 두 눈에 수도승처럼 밤을 새워 까칠한 낯빛의 옹고집 노학자일 리도 없고, 멋진 신식저택에 사는 사교가도 아닐 테고, 시골의사나 성직자도 아니요, 부인네도 아닐 터. 즉 우리 도서관은 상당히 근사하고 아주 이상적으로 보이지만, 개성이 하나도 없다는 얘기다. 경험 많은 애서가라면 누구나 비슷비슷하게 작성할 만한 목록이다. 만약 이런 도서관이 실제로 존재한다면 나는 아마 이런 생각이 들 것 같다. '진짜 괜찮은 장서이고 하나같이 확실한 작품들이군. 하지만 이 장서 주인의 가슴속에는 무엇이 들어있지? 그저 문학사만 들어앉아 있고 도대체 취향도, 특별한 관심사도, 정열도 없어 보이지 않나 말이야'라고 말이다. 예를 들어 디킨스와 발자크의 소설을 똑같이 두 권씩 갖고 있다면 이것만으로도 얼마든지 도마 위에 오를 수 있다. 정말 개인적인 취향이 있다면 둘 다 좋아해서 둘 다 꽤 많은 작품을 모았든지 아니면 어느 한 작가를 더 선호할 경우, 예컨대 좀 냉혹한 발자크보다 깔끔하고 상냥하고 매력적인 디킨스가 훨씬 더 좋다면 디킨스의 작품이 훨씬 많고, 발자크가 더 좋아서 그의 책을 전부 모은 사람이라면 디킨스는 너무 부드럽고 얌전하고 서민적으로 느껴져서 서재에서 몽땅 들어냈든지 했을 것이다. 어떤 식으로든 개인적인 특징이 없는 장서라면 너무 밋밋하고 석연치 않을 것이다.

이제 나는 너무나 정확하고 중립적인 우리의 도서목록을 다시 좀 헝클어뜨려, 책과의 사귐을 개인적이고 열정적이며 살아있는 것으로 만드는 법을 얘기하고 싶다. 그러기 위해서는 내가 직접 경험한 열정적인 독서체험들을 고백하는 것 외에 다른 길이 없을 것 같다.

내 경우는 어릴 적부터 책에 익숙한 편이었고, 세계문학을 제대로 골라 읽고자 부지런히 노력했다. 꽤 많은 양의 독서를 했고 새로운 지식을 습득하고 이해하는 것을 당연한 의무로 여겨왔다. 그러나 이러한 공부로서의 독서, 교양과 당위의 차원에서 생소한 문헌을 접하는 것은 내 생리에 전혀 맞지 않았다. 갈수록 책의 세계 내에서 어떤 특별한 애착이 나를 사로잡았고 특이한 발견이 나를 끌어당겼으며, 새로운 열정이 일어나곤 했다. 그런 열정들은 때로 또 다른 열정에 밀려나기도 했고, 어떤 건 일정한 간격으로 되풀이되거나 또 단 1회로 끝나 사라져버리기도 했다. 그러하기에 내 개인장서도 앞서 제시한 목록의 도서들이 거의 대부분 들어있긴 하지만 실제 모습은 전연 딴판이다. 나의 장서는 이런저런 부분에서 확장과 팽창이 이루어졌다. 진정한 욕구에 의해 모은 장서라면 다 비슷하겠지만, 의무감으로 간신히 골격만 갖춘 부분이 있는가 하면 어떤 부분은 애지중지 키운 금쪽같은 자식처럼 사랑을 듬뿍 받아 반짝반짝 빛이 난다.

정성껏 가꿔진 특별 칸들이 나의 장서에도 꽤 있는데, 일일이 다 열거하지는 못해도 제일 중요한 몇 가지만큼은 거론해야겠다. 세계문학이 나 개인에게 어떤 모습으로 투영되었는지, 시시때때로 어떤 면들에 어떻게 마음이 이끌렸는지, 독서가 성격 형성에 어떤 식으로 작용하고 영향을 끼쳤는지, 또 때로는 책에 얼마나 휘둘리고 억눌리기도 했는지, 그런 모습들에 대해 조금 얘기하려 한다.

애서와 독서열은 나의 경우 퍽 일찌감치 시작되었는데, 소년 시절 초기의 내가 맘껏 드나들 수 있었던 유일한 도서관은 할아버지의 서재였다. 수천 권의 책들이 서재를 차지하고 있었지만 그 대부분의 책들에는 전혀 관심이 가지 않았다. 어떻게 이런 종류의 책들을 이렇게 엄청나게 쌓아둘 수 있는지 도무지 이해할 수가 없었다. 길게 줄이어 선 역사·지리 연감, 영어와 프랑스어로 쓰인 신학서적, 영어판 청소년문학과 금박 표지의 종교서적들, 판지로 깔끔하게 철하거나 연도별로 묶어둔 학술지들로 가득 찬 책장이 끝도 없이 이어졌다.

나한테는 죄다 지루하고 고리타분해 보였고 보관해둘 가치도 별로 없어 보였다. 그러다 서서히 다른 종류의 책들이 눈에 들어왔다. 처음 내 마음을 끈 책은 단 몇 권뿐이었지만 그것이 계기가 되어, 그렇게나 신통찮아 보이던 할아버지의 서재를 점점 샅샅이 뒤지면서 흥미로운 것들을 낚아 올리게 되었다.

그 몇 권의 책들은 바로 그랑빌Grandville의 매혹적인 삽화가 곁들여진 《로빈슨 크루소》와, 마찬가지로 삽화와 함께 1830

년대에 4절판으로 나온 두 권짜리 《천일야화》의 번역본이었다. 이 두 책은 탁한 바다에서도 진주를 건질 수 있음을 가르쳐주었다. 그때부터 나는 종종 사다리 꼭대기에 올라가 앉은 채 또는 책들이 수북이 쌓인 방바닥에 배를 깔고 엎드린 채 몇 시간씩을 보내면서, 그 방의 높다란 책장들을 샅샅이 탐색하였다.

바로 그곳, 수수께끼 같은 먼지투성이 서재에서 내가 해낸 최초의 소중한 문학적 발견은 바로 18세기 독일문학이었다! 그것은 그 묘한 서재에서 드물게 완벽하게 갖추어진 부분으로서, 그저 《젊은 베르테르의 슬픔》과 《메시아》[31], 코도비에츠키Chodowiecki의 동판화가 곁들여진 연감 몇 권 정도가 아니었다. 아홉 권짜리 하만Johann Georg Hamann 총서, 융슈틸링과 레싱의 저작 전부, 바이세Weibe·라베너Rabenere·라믈러Ramlere·겔레르트의 시라든지, 여섯 권짜리 《메멜에서 작센까지 소피의 여행》[32], 몇 종의 문학지와 장 파울의 책 같은 숨겨진 보물들도 있었다.

그러고 보니 그때 파란색 하드커버의 16절판 책이 몇 권 있었고, 거기서 처음으로 발자크라는 이름을 읽었던 일이 기억이 난다. 발자크 생존 당시 독일어로 나온 책이었다. 이 작가의 작품을 처음으로 집어들었던 순간과 당시 내가 그를 얼마나 이해하지 못했던가가 아직도 생생하다. 나는 그 책들 중 하나를 읽기 시작했는데, 거기에는 주인공 남자의 재산현황이 상세히 적혀있었다. 다달이 자산에서 얻는 수입이 얼마이며, 모친의 유산이 어느 정도인지, 앞으로 상속받게 될 유산의 전망이 어떠하며, 채무는 얼마나 있는지 등 말이다. 얼마나 실망스러웠던지! 나는 열정과 함정, 거친 땅들을 여행하는 모험이나 금지된 사랑의 달콤한 경험 따위를 기대했다. 그런데 그런 얘기는커녕 생판 알지도 못하는 웬 젊은 남자의 주머니 사정에 관심을 가져야 한다니! 나는 어처구니가 없어서 그 작은 파란색 책을 도로 제자리에 꽂아놓았고, 몇 년이 지나도록 발자크의 책이라면 아예 손도 대지 않았다. 그러다 한참 세월이 흐른 뒤에야 그를 새로이 발견하면서 비로소 진지하고 항구적인 관심을 갖게 되었다.

아무튼 나에게 할아버지의 서재는 18세기 독일문학과의 만남의 장이었다. 거기서 나는 보드머Johann Jakob Bodmer의 《노아의 언약》Noachide, 게스너Salomon Gebner의 목가시, 게오르크 포르스터Georg Forster의 여행기, 마티아스 클라우디우스의 모든 작품, 에카르츠하우젠Eckartshausen의 《벵갈의 호랑이》Tiger von

Bengalen, 수도원 이야기인 《지크바르트》Siegwart, 히펠Hippel의
《종횡무진》Kreuz-und Querzüge 등 기막힌 옛 작품들을 무수히 알
게 되었다.

당연한 얘기지만 이 구닥다리 책더미 중에는 불필요한 것
들도 꽤 많고, 잊혀 마땅한 잡동사니도 많았다. 하지만 클롭
슈토크의 기막힌 송가도 있었고, 게스너와 빌란트의 부드럽
고 우아한 산문, 놀랍도록 감동적인 하만의 번뜩이는 정신도
있었다. 수준미달의 작품까지 읽었다고 후회할 필요는 전혀
없다. 오히려 역사의 특정 시기를 아주 넉넉하고 풍성하게 알
고 있다는 건 나름의 장점이 있다 하겠다.

요컨대 나는 한 세기의 독일 저작을 웬만한 전문가 못지않
게 속속들이 알게 되었으며, 간혹 일부 괴상하고 희한한 작품
들에서도 내가 사랑하는 모국어의 숨결을 느낄 수 있었다. 18
세기 백 년간은 바로 고전주의의 화려한 개화를 준비한 시기
가 아니었던가? 나는 바로 그 서재에서, 그 연감들과 케케묵
은 소설과 영웅서사시들 속에서 독일어를 배웠으며, 곧이어
괴테와 근대독일문학의 활짝 핀 전성기를 접하면서 나의 귀
와 언어감각을 단련하고 연마하였다. 그러면서 괴테와 독일
고전주의를 낳은 그 독특한 정신세계를 자연스럽게 익혔던

것이다. 지금까지도 나는 그 시대의 문학에 특별한 애착을 느끼고, 그래서 이미 자취를 감춰버린 이 시기의 문학작품들이 내 서재에는 아직도 꽤 많다.

많은 것을 경험하고 읽으면서 여러 해가 지난 뒤, 정신사의 또 다른 영역이 나를 끌어당기기 시작했다. 그것은 고대 인도였다. 우연한 경로로 어떤 책들을 알게 되었는데, 그 당시 신비한 지혜가 쓰여있다고 해서 신지학神智學이라고 불리던 책이었다. 그 책들 중 일부는 엄청 크고 두꺼웠고 일부는 아주 얄팍하고 허술한 유인물도 있었는데 하나같이 좀 불쾌한 면이 있었다. 언짢을 만큼 교훈적이고 고리타분한 설교조였다. 거기에는 세상과 동떨어진 어떤 이상이 담겨있었는데, 공감이 가면서도 일종의 빈혈증이랄까 나이 많은 처녀의 신앙 같은 데가 있어서 질색을 하게 되었다.

그럼에도 나는 한동안 여기에 붙들려있었다. 그러다 이 매력의 정체를 알아차리게 되었다. 각 종파마다 보이지 않는 영적 지도자의 은밀한 음성을 듣고 기록했다는 그 모든 비밀의 교의들은 한결같이 같은 뿌리를 드러내고 있었으니, 바로 인도였다. 그때부터 나는 계속 찾아들어가던 끝에 오래잖아 첫 발굴에 이르렀다. 두근거리는 가슴으로 《바가바드기타》의 번역본을 읽었다. 끔찍한 번역이었고 지금껏 여러 종류를 읽어봐도 여전히 성에 차는 건 없지만, 그래도 어쨌든 그토록 찾아 헤매면서 기대했던 금덩어리를 처음으로 대면한 셈이었다. 즉 인도의 옷을 입은 동양의 합일사상을 발견했던 것이다.

그때부터 나는 카르마와 윤회에 관해 거들먹거리는 책자들에서 손을 뗐고, 그 편협함과 훈계조에 짜증 내는 일도 그만두었다. 그 대신 참된 원천에 닿게 해줄 무언가를 붙잡고자 애썼다. 나는 올덴베르크Hermann Oldenberg와 도이센Paul Deussen의 저서 그리고 그들이 산스크리트어에서 번역해놓은 책과 레오폴트 슈뢰더Leopold Schröder의 저서 《인도의 문학과 문화》, 오래전에 번역된 인도문학 작품 등을 찾아냈다.

그 시절 쇼펜하우어의 사상세계와 더불어 이 고대 인도의 지혜와 사고방식은 수년간 나의 사고와 삶에 강한 영향을 끼쳤다. 그러면서도 한구석에는 불만족과 실망이 항상 따라다녔다. 우선은 내가 구할 수 있었던 인도 원전의 번역이 거의 다 너무나 결함투성이였기 때문이다. 유일하게 도이센의 《60개의 우파니샤드》Sechzig Upanischaden와 노이만Neumann의 《석가설법》Reden Buddhas만은 순전하고 충만하게 인도 세계를 맛보고 향유하게 해주었다. 하지만 문제는 번역만이 아니었다. 내가 인도의 세계에서 구하였으되 거기서 찾을 수 없었던 것이 있었으니, 분명히 존재하리라고 믿었던 어떤 종류의 지혜가 아무리 뒤져도 구체화된 언명으로 찾아지지 않았던 것이다.

그러다 다시 몇 년이 지난 뒤, 새로운 독서체험이 나에게 성취를(이런 일에 성취라는 말을 쓸 수 있을지 몰라도) 안겨 주었다. 오래전에 아버지에게서 들었던 《도덕경》을 그릴Grill 의 번역으로 만났던 것이다. 이때 출판되기 시작한 중국서적 시리즈는 지금의 독일 정신세계에서 일대 사건이라고 생각된 다. 바로 리하르트 빌헬름의 중국 고전 번역이었다. 고도로 발전된 소중한 인류문화가 이제껏 독일어권 독자들에게는 그 저 뭔지 모를 희한하고 재미있는 것 정도로 존재해오다가 비 로소 우리 손에 덥석 쥐어졌다. 더구나 늘 그래왔듯 라틴어나 영어를 경유해 서너 다리 건넌 중역이 아니라, 인생의 절반을 중국에서 살았기에 중국어와 독일어에 모두 능했고 중국 정 신에 너무나 정통해서 오늘날의 유럽에 있어 중국의 정신이 갖는 의미를 몸소 체험한 독일인에 의한 번역이었다. 예나의 디데리히스 출판사에서 나온 이 시리즈는 공자의 대화편 《논 어》로 시작되는데, 나는 이 책을 손에 넣었을 때 꿈인가 생시 인가 싶을 정도로 어찌나 감격했는지 모른다. 얼마나 생소하고 그렇지만 얼마나 옳으며, 예감하고 기대하던 대로 모든 것이 구구절절 어찌나 기막히게 다가왔던지, 그 벅차오르던 심정은 아마 평생 잊지 못할 것이다. 이후로 이 시리즈는 공자에 이어 노자, 장자, 맹자, 여불위, 중국의 전래동화로 이어지면서 위용을 갖추게 되었다.

이와 아울러 여러 번역자들이 새로이 중국 시에 노력을 기울여 상당한 성공을 거두었다. 중국의 전래설화문학을 둘러싸고도 마르틴 부버, 루델스베르거H. Rudelsberger, 파울 퀴넬Paul Kühnel, 레오 그라이너Leo Greiner 등이 이루어낸 멋진 성과는 리하르트 빌헬름의 저작을 기분 좋게 보충해준다.

이 중국서적들을 접한 지 벌써 수십 년이 흘렀지만 기쁨은 나날이 커져 그중 한 권씩은 대개 내 침대 머리맡에 둔다. 저 인도인들에게 결여되었던 것, 즉 삶에의 밀착, 최상의 도덕적 요구에 맞추기로 결단한 고결한 정신적 경지와 구체적이고 일상적인 삶의 즐거움과 매력이 이루는 조화, 고상한 정신세계와 소박한 삶의 기쁨 사이를 폭넓게 오가는 것 등 이 모든 것이 여기에는 넘치게 들어있었다. 인도가 고행과 금욕으로 세상을 버림으로써 고귀하고 감동적인 경지에 이르렀다면, 중국은 본성과 정신, 종교와 일상이 대립이 아닌 상호 보완의 관계로 양자 모두 긍정되는 그러한 정신세계를 일구어 냄으로써 인도 못지않게 비범한 경지에 도달했다. 극단적인 요구를 내세우는 인도의 금욕적 지혜가 청교도적인 젊은이라면, 옛 중국의 지혜는 분별력과 유머를 겸비한 노회한 어른이었다. 경험 때문에 좌절하지도 잘 안다고 무례히 굴지도 않는 그런 어른 말이다.

최근 두 세기 동안 독일어권 최고의 지성들이 이런 유익한 흐름을 잘 타고 왔는데, 대부분의 정신적 운동이 불처럼 일어나다가 금세 꺼지고 말았던 반면, 리하르트 빌헬름의 중국 관련 저서들은 잔잔한 가운데 지속적으로 영향력과 비중이 커졌다.

18세기 독일문학에 대한 편애, 인도사상에 대한 탐색 그리고 중국의 사상과 문학을 점차 알아가는 과정을 따라 내 서재의 모습도 그때마다 변화하며 풍성해졌다. 또 다른 여러 가지 경험들과 정신적인 탐닉도 마찬가지로 작용했다. 예를 들면 한때는 위대한 이탈리아 단편작가들, 즉 반델로Matteo Bandello, 마수초Masuccio, 바질레Basile, 포조Poggio 등의 작품을 원본으로 거의 총망라하다시피 소장했던 시절이 있었다. 또 외국의 전래동화를 하나라도 더 수집하고 싶어서 안달하던 때도 있었다. 이런 관심들은 서서히 사그라졌다.

하지만 다른 애착들은 예나 지금이나 여전하고, 나이 들면서 오히려 더 강해지는 것 같다. 내게 강력하게 각인된 인물들의 전기나 편지, 비망록들을 읽으면서 느끼는 기쁨도 그중 하나다. 꽤 어렸을 적인데, 괴테의 삶과 인물에 대해 조금이라도 건질 게 있다 싶으면 모조리 긁어모아 읽었더랬다. 모차르트에 대한 애정은 그의 거의 모든 편지와 그에 대한 글이라면 샅샅이 뒤져 읽게 했다. 한때는 쇼팽에, 《켄타우로스》Centaur를 쓴 프랑스의 시인 게랭Guérin에, 베네치아의 화가 조르조네Giorgione에, 레오나르도 다 빈치에 그랬다. 그런 인물들에 관해 내가 찾아 읽었던 책들이 전부 다 중요하거나 가치 있지는 않았지만, 그래도 나는 그 책들로부터 많은 것을 얻었다. 사랑이 있었기 때문이다.

요즘 세상은 책을 약간 과소평가하는 경향이 있다. 많은 젊은이들이 이 무궁한 생명의 책들을 사랑하기는커녕 우습고 하찮게 여기는 것 같다. 책을 사랑하기에는 우리 삶이 너무 짧고 소중하다고 생각하는 것 같다. 그러면서도 하루가 멀다 하고 카페에 가서 음악을 듣고 춤을 추면서 몇 시간씩 보낸다. 학교나 공장, 증권거래소나 위락시설 등지에서 이루어지는 '실제' 세상은 참으로 활발하게 돌아가지만, 그 속에 몸 담고 있다고 과연 진정한 삶에 더 가까운 것일까? 날마다 한 두 시간씩 옛 현자와 작가들에게 할애하는 것 이상으로? 물 론 다독이 해가 될 수도, 책이 삶과 골치 아픈 충돌을 일으킬 수도 있다. 하지만 그렇다고 해서 누구한테도 책에 탐닉하지 말라는 경고는 않겠다.

하고 싶은 얘기가 아직도 너무나 많다. 앞에서 언급한 책 과의 연애담에 덧붙일 것이 있다면, 기독교적 중세의 내밀한 삶에의 이끌림이었다. 나야 그 정치사의 세세한 사항에는 관 심이 없다. 나에게 중요한 것은 그저 교회와 황제라는 양대 거대권력 간의 긴장이었다. 그리고 특별히 나의 관심을 끈 것 은 수도사의 삶이었다. 그 고행과 금욕적인 면 때문이 아니라 수도사들의 예술과 문학에서 기막힌 보물을 발견했기 때문이 다. 내게는 수도원과 기사단이 문화와 교양의 장으로서 더없 이 이상적이라 여겨지고, 또 경건한 관조의 삶을 가능케 하는 은둔처로서 한없이 부러운 까닭이었다.

중세 수도원의 자취를 찾아 더듬는 노정에서 발견한 이런 저런 책들은 우리의 상상 도서관 목록에 넣을 수는 없겠지만, 나 개인에게는 너무나 소중하다. 그중 몇 권, 예를 들어 《타울러의 설교집》Die Predigten Taulers, 《주조의 생애》Das Leben Susos, 《에크하르트의 설교집》Die Pre-digten Eckharts쯤은 목록에 넣어도 손색이 없으리라고 본다.

오늘 내가 세계문학의 진수라고 여기는 것을 아마 내 아버지나 할아버지가 보셨다면 코웃음을 치셨을 테고, 언젠가 내 아들들이 봐도 마찬가지로 편협하고 불충분하다고 느낄 것이다. 피할 수 없는 일이라면 승복해야 하리라. 우리 아버지들보다 우리가 더 현명해졌으리라는 착각은 절대금물이다. 객관성과 정당성을 추구하는 것은 멋진 일이지만 이러한 이상은 언제나 실현불가능했음도 반드시 기억해두도록 하자.

우리는 우리의 이 멋진 세계문고를 읽음으로써 돌연 학자나 재판관이 되고자 하는 것이 아니다. 다만 우리에게 주어진 작은 문들을 하나씩 통과하여 정신이라는 성역 안으로 들어가고자 할 뿐이다. 누구든 자기가 이해하고 사랑할 수 있는 것부터 시작하자! 수준 높은 '독서훈련'은 신문이나 떠도는 유행문학들이 아닌, 오직 양서들을 통해서만 가능하다. 이런 작품들은 대개 일시적으로 유행하는 책들만큼 달콤하지도 맛깔스럽지도 않다. 진지하게 받아들이고, 힘겹게 익혀나가는 과정이 필요하다. 물론 편하기로 따지면 동작 하나하나마다 절도 있고 강철처럼 힘 있는 라신의 연극이나 섬세한 뉘앙스를 풍성하게 구사하는 스턴 혹은 장 파울의 유머 등을 이해하는 것보다 마음 내키는 대로 움직이는 미국식 춤을 받아들이는 쪽이 한결 쉬울 것이다.

걸작들의 가치를 검증하기 전에, 먼저 우리 스스로가 자격을 갖추어야 마땅하리라.

(1927)

책과의 교제

Der Umgang mit Büchern

1. 독서에 대해

책이 유럽 문화계에서 가장 독특하고 강력한 요소의 하나로 자리 잡은 지 근 오백 년이다. 다른 예술에 비해 책 인쇄술은 역사가 짧지만, 오늘날 책이 없는 생활은 거의 상상조차 하기 어렵다. 여기서 독일은 또다시 희비극의 1인 2역을 맡았다. 즉 인쇄술의 발명과 더불어 최고의 고귀한 인쇄물을 세상에 선사했으면서도 그 영광스러운 월계관을 계속 지켜내지 못하고 삼백여 년 전부터 인쇄나 양서판매에서 다른 나라, 특히 영국과 프랑스 등에 한참 뒤처져 있다는 것이다. 그런데 한동안 황폐했던 이 분야에 최근 들어 강한 움직임이 새로이

일고 있으니, 그 밑바탕에 대중들의 절실한 필요와 욕구가 있음은 두말할 나위 없다. '책 없는 집'이 보통이었는데 점차 달라지고 있다. 바라건대 이 일들은 조만간 매우 예외적인 현상이 되지 않을까 싶다.

물론 독일에서 글이 쓰이고 인쇄되어 읽히는 일은 다른 나라 못지않게 어느 시대에나 늘 활발하게 이루어져 왔다. 우리에게는 체계적인 서점과 세계적으로 가장 신뢰할 만한 서지목록이 있다. 그러나 책의 관리라든지 개인 취향에 따라 선정된 개인장서의 수집과 소장의 즐거움은 전문학자들에게 국한될 뿐 아직까지 일반적이고 당연한 일로 간주되지 못하는 실정이다. 이는 교양 있는 생활을 영위하는 데 필수불가결하고 중요한 부분이므로, 이에 대해 약간 언급할 필요가 있다. 책과의 교제, 독서의 기술은 다른 여러 가지 삶의 기술과 마찬가지로 공들여 제대로 배울 가치가 있다.

교육을 많이 받지 못한 사람들은 유행에 떠밀리기 전에는 책에 관해 흔히 미술작품들을 대할 때와 같은 그런 터무니없는 두려움을 느낀다. '아무것도 이해하지 못할 것' 같은 생각에 본인 나름대로 판단할 엄두를 못 내고, 책을 사거나 읽겠다고 책방 문을 밀고 들어갈 자신이 없다. 그러다가 더러 그렇듯, 어느 날 끈덕진 방문판매인의 손에 딱 걸리면 거금을 들여 멋진 금박 외장의 호화판 전집을 사들이게 되고, 그걸 어찌해야 할지 몰라 우왕좌왕하다가, 나중엔 쳐다보기만 해도 울화가 치미는 지경에 이르기도 한다.

워낙 책과 더불어 성장한 사람이라면 모를까, 누구나 약간의 교육과 지도는 필요하겠다. 그러나 항상 그렇듯이 중요한 것은 지식이 아니라 의지이며 완전무결한 판단이 아닌 수용성과 진솔함, 선입견 없는 마음자세이다. 노력에 따라 얼마든지 도달할 수 있는 일정한 수준에서 보면 예술과 학문 영역의 경계는 허물어진다. 거기서 보면 역사화나 풍속화, 비극이나 희극 같은 구별은 중요하지 않고 다만 예술작품들일 뿐이다.

그 경지에 이르면 흔히 듣게 되는 게으른 상투어, "전 원래 현대소설은 읽지 않습니다"라든지 "저는 원칙적으로 팬터마임은 보러 가지 않습니다"라는 식의 말은 하지 않게 된다. 오히려 좁은 의미에서의 예술에 대한 안목이 있건 없건, 아무런 편견 없이 모든 것을 오직 하나의 관점에서 보게 된다. 즉 그것이 자신에게 뭔가 아름다운 것을 이야기해주고 보여주는지, 자기 삶과 정서와 사고를 윤택하게 해주는지, 힘과 풍요와 기쁨과 인식의 새로운 원천을 열어주는지에 주목할 따름이다. 그런 사람이라면 책을 읽을 때나 음악을 들을 때나 아니면 풍경을 바라볼 때 거기에서 뭔가 새로운 것, 기쁨을 주는 것, 잊히지 않을 특별한 것을 취함으로써 조금이라도 더 풍성해지고 더 기쁘고 더 현명해지고자 하는 마음일 뿐이다. 그러기에 그는 이 새로운 것, 이 풍요와 깊이를 선사해준 이가 시인인지 철학자인지 비극작가인지 혹은 재치 있는 한담가인지를 굳이 따지고 구별하려 들지 않는다.

이러한 관점을 확보하는 것은 사실 사람들이 생각하는 것보다 훨씬 수월하다. 아무짝에도 쓸모없고 황당하고 어이없는 그 두려움을 벗어던지기만 하면 된다. 거만한 단정과 독선이 있다면 그것도 내려놓아야 한다. 그것만으로도 진정한 '자기 판단'으로 향하는 발걸음을 내디딘 셈이다. 반드시 읽어야만 하는 책, 행복과 교양을 위한 필독 도서목록 따위는 없다. 단지 각자 나름대로 만족과 기쁨을 맛볼 수 있는 일정량의 책이 있을 뿐이다. 이러한 책들을 서서히 찾아가는 것, 이 책들과 지속적인 관계를 맺어가는 것, 가급적 이 책들을 외적으로나 내적으로 늘 소유하여 조금씩 완전히 제 것으로 삼는 것, 그것이 각자에게 주어진 과제다. 이 일을 소홀히 한다면 교양과 기쁨은 물론 자기 존재의 가치까지도 손실이 막심하리라.

그렇다면 어떻게 각자 거기까지 도달할 수 있을까? 산더미 같은 도서들 중에서 자신에게 특별히 기쁨이 되는 작품과 작가들을 어떻게 골라낼 것인가? 바로 이 문제, 늘 되풀이되는 이 질문이 우리를 불안하고 두렵게 만든다. 그래서 숱한 이들이 애당초 전의를 상실해버리고, 도무지 접근하기 힘들어 보이는 이 교양이란 놈을 아예 포기해버리고 만다.

그러나 그런 사람들이라도 날마다 한두 가지 신문을 읽는 시간과 노력은 들이지 않는가! 게다가 그 신문기사들 중 90퍼센트는 필요나 애착이 있다거나 기쁨을 얻고자 읽는 게 아니다. "그래도 사람이 신문은 읽어야지!" 하면서 단순히 오랜 습관으로 읽는다. 나는 학창 시절부터 신문하고는 담을 쌓고 살면서 기껏해야 여행 중에나 어쩌다 한 부씩 읽을 뿐이다. 하지만 그렇다고 더 초라해지지도 우둔해지지도 않았으며, 오히려 더 나은 일에 쓸 수천수만의 시간을 벌었다. 날마다 신문을 읽는 이들은 그렇게 매일 신문을 읽는 데 들이는 시간의 절반만으로도 여러 책 속에 담겨있는 삶과 지혜의 보물을 제 것으로 삼을 수 있다는 사실을 정녕 모르는 것인지.

당신이 특별히 좋아하는 꽃과 나무를 식물학 도감을 통해 알게 되었던가? 그렇지 않았듯이, 당신이 사랑하는 책들 역시

문학사나 이론적인 연구를 통해 찾아내는 것이 아니다. 우선 일상의 모든 일에서 그 본연의 목적을 명확히 의식하는 습관만 들이면(이는 모든 교양의 기초다), 비록 처음에는 신문과 잡지만 보더라도, 얼마 지나지 않아 독서에 대해서도 중요한 원칙을 적용할 줄 알게 되고 분별력을 갖추게 될 것이다.

책 속에 담긴 모든 시대 작가들의 사고와 본질은 결코 죽은 것이 아닌 살아 움직이는 유기적인 세계다. 어쩌면 문학지식이 전혀 없더라도 민감하고 주의 깊은 독자라면, 매일 읽는 신문을 통해 얼마든지 괴테에 이르는 길을 스스로 찾을 수 있다. 아는 사람 이백 명 중 신통하게도 마음의 친구로 삼을 만한 몇 사람은 꼭 있듯이, 신문이나 잡지의 온갖 뒤죽박죽 어중이떠중이 속에서 당신에게 뭔가를 들려주는 목소리를 분명 발견할 수 있으며, 그 목소리를 따라가다 보면 더 많은 이름과 작품들을 만나게 될 것이다.

《요른 울》33)을 읽은 수천의 독자들 중 대부분은 분명 이 책의 정수를 발견했을 것이고, 한 걸음 더 나아가 이와 동일한 본질이 빌헬름 라베Wilhelm Raabe 같은 출중한 여타 작가들에 의해 더욱 정제되고 탁월하게 표현되어있음을 보게 될 것이다. 라베라고 하면 대개들 그저 상당히 광범위하다거나 간혹 읽어내기 힘든 작가로만 알고 있다. 하지만 사실 프렌센에 비해 라베가 딱히 더 광범위하거나 읽기 힘든 건 아닌데, 단지 유행이 되지 않은 탓이다. 유행하는 도서들에 가려서 빛을 발하지 못하고 있을 뿐 사실 더 훌륭하고 귀중한 작품들이 많이 있다. 이러한 작품들을 쫓아가다 보면 점차 문학 전반에 해당되는, 좀 더 상위의 원칙에 대한 감각을 갖추게 될 것이다.

내가 아는 어떤 평범한 기술자는 책장 가득 책을 모았는데, 그 가운데는 라베, 켈러, 뫼리케, 울란트 등의 작품이 다수 있었다. 그는 어떻게 이런 작가들을 알게 되었으며, 그 작품들을 소장하여 거듭 읽게 된 것일까? 어느 날 우연히 물건 포장지 대용으로 쓰인 베를린 일간지의 문예란 기사에서 어느 현대작가의 시 몇 줄과 짤막한 산문을 읽게 되었다고 한다. 이 글이 그의 마음에 와닿아, 그때부터 신문의 문예란을 주의 깊게 탐독하기 시작했고 이렇게 문득 일깨워진 재미와 동경에 힘입어 해를 거듭하면서 순전히 혼자 힘으로 울란트와 켈러에게까지 인도되어갔던 것이다.

이것은 예외적인 경우이지만 어쨌든 그의 일례는 신문읽기에서 출발하더라도 더 높은 차원으로 이르는 길이 있음을 일러준다. 물론 일반적으로 볼 때 신문은 책의 가장 위험한 훼

방꾼 중 하나다. 적은 돈으로 일견 많은 것을 제공해주는 듯
하면서 시간과 정력을 과다하게 잡아먹는다는 사실도 그렇
지만, 그 주체성 없는 잡다함으로 수많은 사람들의 고상한 독
서능력과 취향을 망가뜨린다는 점은 더 큰 폐해다. 특히 신문
때문에 생긴, 비난받아 마땅한 현대의 악습 중 하나는 논문
이나 소설을 '연재' 형식으로 읽는다는 것이다. 모름지기 존
경하는 작가의 글이라면 절대 그런 식으로 읽어서는 안 된다.
출판된 것을 사거나 아니면 그의 작업이 어지간히 이루어지
기를 기다려 글 전체를 중단 없이 읽을 수 있어야 한다.

자기가 어떤 사람과 어울리든 아무 상관없다는 사람이 아
니라면, 좀 더 마음이 잘 맞는 이를 찾는 사람이라면, 나아가
그가 사는 방식이며 옷 입고 살림 사는 방식에서 생활습관과
성격까지도 따지는 사람이라면, 당연히 책의 세계에 대해서
도 친밀하고 독자적인 관계를 맺고, 주체적이고 개인적인 취
향과 필요에 따라 독서물을 골라야 마땅하다. 그런데 이 부분
만큼은 유독 타의와 태만이 너무 심하다. 그렇지 않고서야 어
찌 대등한 두 권의 책 중 하나는 전혀 주목을 받지 못하는 반
면, 다른 한 권은 유행을 타고 수십만 권씩 팔리는 일이 해마
다 되풀이될 수 있겠는가?

어떤 책의 가치를 따질 때, 나는 그 책의 유명세나 인기도에 별로 개의치 않는다. 에밀 슈트라우스의 역작 《친구 하인》 Freund Hein은 너무나 유명해 모르는 사람이 없지만, 같은 작가의 그 못지않게 뛰어난 작품 《천사장 주인》Engelwirt은 초판에 그치고 말았다. 완곡하게 표현하자면 이건 창피스러운 일이다. 말하자면 사람들이 《친구 하인》을 읽는 이유는 슈트라우스가 자신에게 의미 있는 작가여서가 아니라, 이 책이 유명하기 때문이라는 얘기다.

책이란 무엇을 위해 존재하는가? 마치 스포츠뉴스나 강도 살인사건처럼 한동안 너도나도 읽어 대화의 소재가 되었다가 이내 잊혀지기 위해서인가? 아니다. 책은 진지하고 고요히 음미하고 아껴야 할 존재다. 그럴 때에야 비로소 책은 그 내면의 아름다움과 힘을 활짝 열어 보여준다.

어떤 책들은 소리 내어 읽을 때 더 깊은 감동을 준다. 물론 이는 시나 간단한 단편, 형식미 뛰어난 짧은 산문에나 해당되는 얘기다. 예컨대 고트프리트 켈러의 《일곱 가지의 전설》 Sieben Legenden, 프라이타크Gustav Freytag의 《독일의 과거상》Bildern aus der deutschen Vergangenheit, 슈토름의 노벨레34)들이나 아니면 현대 단편집 중 최고봉인 링코이스35)의 《어느 현실주의자의 공상》Phantasien eines Realisten과 파울 에른스트Paul Karl Friedrich Ernst의 《동방의 공주》Prinzessin des Ostens 등에 시도해볼 만하다. 분량이 꽤 되는 작품들, 특히 장편소설을 낭독하면 너무 자주 끊어지는 탓에 득보다 실이 많고 피로해질 것이다. 적당한 문학작품을 잘 낭독하다 보면 굉장히 많은 것을 배우게 되며, 특히 개인적인 문체의 기본이라 할 산문의 내재적 리듬에 대한 감각이 상당히 예민해진다.

의무감이나 호기심으로 딱 한 번 읽은 것만으로는 결코 진정한 기쁨과 깊은 만족을 맛볼 수 없으며, 기껏해야 일시적인 흥분을 야기할 뿐 금세 잊히고 만다. 하지만 혹시 어떤 책을 처음 읽으면서 깊은 인상을 받았거든 얼마쯤 지난 후에 꼭 다시 읽어보라. 두 번째 읽을 때 비로소 그 책의 진수를 발견하게 되고, 표면적인 것에 불과했던 긴장감이 사라지면서 글 고유의 힘과 아름다움이라 할 내면의 가치가 모습을 드러내는데, 얼마나 경이로운 경험인지 모른다. 그리고 이렇게 두 번을 즐겁게 읽은 책이라면, 비록 책값이 만만치 않을지라도 반드시 구입하도록 한다.

한 친구는 한두 차례 읽어 만족스러웠던 책만 구입하는데, 그러고도 벽면 가득 책을 소장하고 있고, 그 많은 책들을 전부 혹은 부분적으로 수차례 거듭하여 읽는다. 그가 특히 좋아하는 피렌체 사람 사케티Sacchetti의 단편집은 열 번 넘게 읽었다고 한다. 나의 경우는 고트프리트 켈러의 《녹색의 하인리히》를 지금까지 네 번, 뫼리케의 《보물》Schatz을 일곱 번, 케르너36)의 《여행의 그림자》Reiseschatten 세 번, 아이헨도르프의 《백수건달》Taugenichts 여섯 번, 터키의 《앵무새책》Papageienbuch에 실린 대부분의 단편을 네다섯 차례씩 읽었다. 모두 내가 무척 좋아해서 서가에 꽂아두고 어느 날 문득 다시 꺼내어 읽게 되는 책들이다.

그런 책들이라면 반드시 소장해야만 하는데, 그럼 이제 도서구입에 대한 얘기로 넘어가기로 하자. 다행히도 요즘은 이를 쓸데없는 사치나 별종 스포츠로 취급하지 않는다. 책을 소장하는 것이 즐겁고 고귀한 일임을, 어떤 작품을 몇 시간 혹은 며칠 빌리는 것보다 소장하여 아무 때건 펼쳐볼 수 있다는 게 얼마나 큰 기쁨인지를 깨닫는 이들이 점점 많아지고 있다. 그래도 상속재산 목록에 은그릇은 천 마르크 상당인데 책은 이십 마르크어치로 기록되는 경우가 아직 허다하다. 여유계층에서 소장도서가 전혀 없다면 도자기나 양탄자가 없는 것과 똑같이 부끄러워할 일이다. 나는 부잣집 구경을 하게 되면

"그런데 책은 어디 두셨나요?"라고 묻곤 한다. 그리고 나보다 더 잘사는 사람들한테는 절대 책을 빌려주지 않는다.

수입이 그리 넉넉지 못한 사람이라면 가까운 주변 사람들이 꼭 사서 보라고 권해준 책이라든지 아니면 너무 좋아서 또다시 읽고 싶은 책들을 주로 구입하게 될 것이다. 처음 읽어볼 때는 공공도서관을 이용하면 되고, 신간들의 경우 대개 서점에 가면 살펴볼 수 있다. 또 책을 그다지 많이 사지 않더라도 바지런한 서적상과 정기적으로 연락을 주고받기를 권한다. 서적상들을 폄하하여 헐뜯는 이들이 왕왕 있는데 이는 부당한 처사다. 그들은 책에 관한 조언과 안내, 추천 도서목록, 부정확하거나 잘못 알려진 책제목의 확인, 기타 등등의 크고 작은 일들을 통해 독자들은 물론이고 우리의 정신생활 전반에 실로 지대한 공헌을 하고 있다.

어떤 책을 읽고 구입해야 할지에 대해 정해진 조언이란 없다. 각자 자신의 생각과 취향에 따르면 된다. 백 권 혹은 천 권의 '최우수 도서목록'을 작성하려는 시도가 끊이지 않지만, 이는 개인소장 도서와는 전혀 무관하다. 다시 한번 강조하지만, 독자가 꼭 갖추어야 할 가장 중요한 덕목은 편견이나 선입견에 얽매이지 않는 것이다. 간혹 총명한 이들이 말하길, 시를 읽는 것은 시간낭비요 사춘기 청소년들한테나 어울리는 일이라고 한다. 그런 이들은 대개 교훈적이고 학문적인 도서만 읽어야 한다는 쪽이다. 그러나 어느 시대 어느 민족을 막론하고 결국은 교훈과 학문의 보고를 운문의 형식으로 담아두지 않았던가! 수많은 시와 동화와 희곡들에는 무수한 교훈서들보다도 훨씬 심오하고 가치 있고 일상의 삶에 도움이 되는 내용이 얼마나 많은가? 한편 학문적 저작들 가운데에도 그 내용과 문체가 최고의 문학작품 못지않게 독특하고 참신하고 생생한 것들이 있다. 단테와 괴테의 작품을 마치 철학서처럼 읽을 수도 있고, 디드로의 철학 에세이를 완결된 형식의 시로 읽을 수도 있는 것이다.

전문적인 학술성에 대한 과도한 숭배나 순수 시문학작품에 대한 배타적인 찬양, 둘 다 공허하고 무의미하긴 마찬가지다. 해마다 보게 되듯, 몇몇 뛰어난 재능의 소유자들이 더 영향력이 크고 자유로운 문학에 한껏 투신하고자 학문과 교수직을 버리는 경우도 있으며, 반대로 타고난 시인이 순수학문적 작업에 온 열정을 기울여 전력하는 모습도 왕왕 보게 된다. 뭔가 좋은 이야기를 해줄 수 있고 내용에 상응하는 새롭고 멋지고 독특한 형식을 만들어낼 줄 아는 사람이라면, 그가 《빌

헬름 마이스터》를 쓰면 어떻고 《이탈리아 르네상스 문화》[37)]
를 쓰면 어떤가? 우리는 모두 감사한 마음으로 반기리라.

부지런히 교양을 쌓은 사람들조차도 자신의 문학적 취향
만큼은 얼마나 내놓고 밝히기를 수줍어하고 부끄러워하는지
참 이상할 정도다. 내가 아는 어떤 이는 다른 문제에 있어서
는 굉장히 솔직하게 얘기하는데, 내가 빌려준 C. F. 마이어의
소설이 자기한테는 전혀 와닿지 않더라는 말 한마디는 망설
이던 끝에 간신히 꺼냈다. 마이어가 워낙 유명작가라는 걸 아
니까, 망신거리가 되지 않을까 두려웠던 것이다. 독서에서 정
작 중요한 것은 세간의 평가와 합치되는지 여부가 아니라, 오
직 기쁨을 맛보고 자기 내면의 재산에 또 하나의 소중한 보물
을 새로이 추가한다는 바로 그 점이 아니겠는가!

또 어떤 이는 엄청난 범죄사실을 털어놓기라도 하듯 너무
나도 조심스럽게 내게 고백하기를, 자기는 이제 완전히 퇴물
취급을 받는 장 파울의 저작들이 제일로 좋다는 것이다. 비록
아무도 그의 편에 서 있지 않을지언정, 그가 장 파울을 읽을
때 마음속 깊이 기쁨을 맛본다는 사실이야말로 장 파울이 죽
지도 낡지도 않고 여전히 생생하게 살아 작용하고 있다는 증
거 아닌가?

자신의 취향에 대한 불안과 불신, 소위 전문가와 권위자들이 내리는 판단에 대한 터무니없는 존중은 대개 잘못된 것이다. 최우수 도서나 최우수 작가 100선 같은 건 세상에 없다. 절대적으로 정확한 비평이란 것도 없다. 경박하고 피상적인 독자라면 어떤 책에 흠뻑 빠져 침이 마르도록 칭찬을 하다가, 나중에 다시 보면 그랬던 자신을 이해할 수 없어서 부끄러운 침묵을 지키기도 할 것이다.

　하지만 어떤 책과 친밀한 관계를 맺은 사람이라면, 그래서 그 책을 거듭 읽으면서 그때마다 새로운 기쁨과 만족을 느낀다면, 그는 오롯이 자신의 느낌을 믿을 것이며 어떤 비평으로도 자신의 그 기쁨을 망치지 않을 것이다. 평생 동화책만 즐겨 읽는 사람들이 있는가 하면, 어린 자녀들에게까지 동화책을 못 읽게 하는 사람들도 있다. 정해진 규범이나 틀에 따르기보다 마음의 요구와 느낌을 따르는 사람이 늘 옳다. 온갖 것을 가리지 않고 다 읽는 사람들을 옹호하려는 것이 아니다. 실제로 신문 쪼가리라도 읽지 않고는 손에서 그냥 내려놓는 법이 없고, 마치 체에다 대고 물을 붓듯 종류를 가리지 않고 끊임없이 읽어대면서도 도무지 만족할 줄 모르는 사람들이 있다. 그런 병적인 탐독가들에게는 어떠한 조언도 소용이 없다. 그들의 경우 독서하는 방식이 잘못되었을 뿐 아니라 더 깊은 오류, 즉 전반적인 성격에 문제가 있어서 인간으로서도 격이 떨어진다. 아무리 기막힌 독서법이라 해도 그런 사람을 쓸모 있고 매력적인 인간으로 만들지 못한다.

반면에 문학과 예술 방면에 그다지 조예가 깊지 못한 평범한 사람일지라도 소박하되 넘치는 애정으로 독서생활을 가꾸어 나가며 삶의 기쁨과 내면의 가치를 키울 줄 아는 진지함이 있다면, 그것으로 충분하다. 그리하여 별별 멋들어진 비평에 신경을 곤두세워 귀 기울이기보다 흔들림 없이 내면의 요구를 따르고, 유행풍조에 동요하기보다 자기 마음에 맞는 것을 충실히 지켜낸다면, 더 빠르고 확실하게 진정한 문학적 교양을 성취해낼 수 있을 것이다. 혹 미숙한 서생이나 아류의 작품을 읽을지라도 마음에 와닿는 점이 있을 테고, 계속해서 다른 작품을 찾아 읽으며 점점 예민해지는 감수성으로 더욱 순전하고 풍부하게 울리는 방향으로 따라가다 보면 마침내 대가들의 작품에 이르게 되는 것이다. 그리고 아마 그때쯤 되면 진정한 대가를 제대로 아는 이가 의외로 드물고, 그 대가들의 후계자 중 보잘것없는 아류에 불과한 작가가 어쩌다가 이름이 알려져 모든 이들의 손에 들려있구나 싶어 놀라움을 금

치 못하리라. 켈러나 뫼리케, 슈토름, 야콥센, 베르하렌38), 휘
트먼 등의 독창적인 대가들을 이렇듯 스스로 발견해낸 사람
이라면, 그 어떤 박식한 전문가보다도 이 작가들을 더 잘 알
고 깊이 향유할 것이다. 그런 발견은 스스로 찾아낸 길과 자
기 판단력에 대한 신뢰를 더욱 공고히 해줄 뿐 아니라, 그 자
체로 근사하고 순수한 기쁨이다.

독서도 다른 취미와 마찬가지여서, 우리가 애정을 기울여
몰두할수록 점점 더 깊어지고 오래간다. 책을 대할 때는 친구
나 연인을 대할 때처럼 각각의 고유성을 존중해주어야 하며,
그의 본성에 맞지 않는 다른 어떤 것도 요구하지 말아야 한
다. 또한 무분별하게 후닥닥 해치우듯 읽어서도 안 되며, 받
아들이기 좋은 시간에 여유를 갖고 천천히 읽어야 한다. 섬세
하고 감동적인 언어로 쓰여서 무척 아끼는 책들이라면 때때
로 낭독하도록 한다.

외국문학 작품이라면 가급적 원어로 음미하면 좋겠지만,
그렇다고 도에 지나치거나 너무 엄격하게 굴어서도 안 되겠다.
해당 언어에 능통하여 술술 읽지 못할 바에는 굳이 원전을 붙
들고 씨름하느니 좋은 번역으로 읽는 편이 훨씬 낫다. 단테나
셰익스피어, 세르반테스를 원어로 읽을 줄 아는 사람은 극히

드물지만 수많은 사람들이 그들의 작품에 매료되지 않는가?

끊임없이 새로운 자극을 찾아 온갖 문학작품을 기웃거리며 오늘은 페르시아의 동화, 내일은 북유럽의 전설, 모레는 미국의 그로테스크 현대문학을 탐욕스럽게 전전하는 것은 실속 없고 위험할 따름이다. 인내심도 안정감도 없이 사방팔방 입맛을 다시면서 제일 맛있고 최고로 향긋하고 특별한 것만 취하려고 하는 사람은 묘사의 아취나 문체에 대한 감각을 망쳐버리게 된다. 그런 독서자는 종종 세련되고 성숙한 예술애호가처럼 보이지만 거의 대부분이 소재적인 측면 아니면 주변적인 특징을 집어내는 데에 그친다. 이런 성급함과 끝없는 사냥질을 하느니 차라리 정반대로 한 작가, 한 시대, 한 사조의 작품들을 오랜 시간을 두고 섭렵하라. 철저히 알아야 진정으로 소유하게 된다. 들썩이는 호기심으로 온갖 시대 온 나라 문학의 별별 습작과 수준미달의 작품들을 꿀꺽꿀꺽 집어삼킨 이보다, 우수한 제 나라 작가 서너 명을 반복하여 완벽하게 읽은 사람이 훨씬 더 풍요로우며 많은 것을 깨치게 된다. 머릿속 가득 수천 권의 책제목과 작가의 이름을 공허하게 떠올리는 것보다 몇 권 안 되는 책일망정 속속들이 알아 그 책들을 손에 집어드는 순간 그것을 읽던 수많은 시간들의 감동을 생생하게 느낄 수 있는 편이 더 귀하고 만족스러우리라.

물론 문학적 교양이라고 할 때는, 양서에 대한 이해 그리고 판단의 기초를 일컫기도 하는데, 이 판단의 기초란 유기적인 전체로서의 문학 전반을 이해할 때에야 건전하게 확보될 수 있다. 이는 사실 노력 여하에 따라 누구나 얻을 수 있다. 하지만 이 역시 세계문학사를 통독한다고 얻어지는 것이 아니라, 유수한 옛 작가들을 설령 번역이나 간략한 선집으로라도 직접 알아감으로써만 가능하다.

그리스와 로마의 수많은 작품을 모두 읽을 필요는 없겠지만, 몇 작품은 반드시 제대로 읽어야 하겠다. 호메로스의 시편 중에 적어도 한 편, 소포클레스의 저서 한 권 정도를 세심히 읽었다면 우선 기초로서 족하다. 호라츠, 로마 시대의 비가시인과 풍자시인들의 작품을 모아둔 작은 선집도 한 권쯤 꼭 읽어야 하고(그런 책으로는 가이벨이 엮은 《고전 시가집》을 추천할 만하다) 라틴어로 쓰인 서간문과 연설문도 어느 정도 알아야 하겠다.

중세문학으로는 우선 《니벨룽겐의 노래》와 《쿠드룬》, 우화와 전설과 민중문학 모음집 몇 권과 연대기 한두 권쯤이 적당하다. 그다음 볼프람 폰 에셴바흐의 《파르치발》, 고트프리트 폰 슈트라스부르크의 《트리스탄》Tristan, 발터 폰 데어 포겔바이데 정도다. 프랑스의 고대전설은 아델베르트 폰 켈러 A. v. Keller가 모아 번역해두었다. 단테의 《신곡》을 제대로 향유할 수 있는 사람은 소수에 불과한 데 반해, 베아트리체에 대한 사랑을 이야기하는 《신생》Vita Nuova은 분량이 짧고 읽기가 그다지 어렵지 않아 한결 접근하기 쉽다. 이탈리아의 옛 단편들은 아름답고 재미있어서 이후의 모든 서사예술의 모범이자 토대로서 매우 중요한데, 파울 에른스트의 《옛 이탈리아 단편선》은 작품선정과 번역이 매우 훌륭하다.

이른바 '고전'에 대해서는 워낙에 온갖 허세와 피상적인 예찬이 많다. 그러나 어쨌든 진정한 대문호들은 제대로 알아야만 하는데 그 선두는 셰익스피어와 괴테다. 요즈음 실러에 대해 약간 폄하조로 언급되는 경향이 있고 레싱도 어쩐 일인지 좀 뒷전으로 밀려난 듯하지만, 이는 어리석은 유행병이니 신경 쓰지 말도록 하자. 최근 이러한 대작가들은 별로 혹은 전혀 읽히지 않는 것 같다. 적어도 원작을 직접 읽기 전에는 읽었다고 할 수 없다. 위대한 한 인간의 본질을 그의 작품들 속에서 읽어내며 그의 이미지를 스스로 구축해보는 경험은 그야말로 환희에 가까운 즐거움을 안겨준다. 하지만 전기나 연구서 등을 지나치게 많이 읽으면 그 맛을 망치기 쉬우니 조심하자. 또한 작품들과 더불어 괴테 같은 경우는 편지나 일기, 대화 등도 놓치지 말아야겠다. 이렇게 쉽게 접근할 수 있는 원전을 가까이 놔두고 괜히 다른 사람의 손을 빌릴 까닭이 없다. 함량미달의 전기도 헤아릴 수 없이 많으니, 그중 최고만 택해 읽도록 하자. 그러면서 우리는 '인생서'의 영역으로 나아가게 된다.

넓은 의미로 볼 때 인생서는 명망 있고 뛰어나고 모범적인 사람이 우리에게 인생의 기술 및 중요하고 영속적인 문제들에 대한 개인적인 답변을 직접 피력해둔 책들이다. 이는 논리 정연한 교훈형식일 수도 있고 자신의 체험과 생각을 그대로 기록해둔 것일 수도 있다. 후자에 속하는 것들로는 명석하고 훌륭한 유명인사들의 편지, 일기, 회고를 담은 책들이 있다. 아마 시대를 통틀어 가장 귀중한 작품들의 3분의 1 가까이가 이에 해당할 것이다. 이 분야라면 비스마르크의 《가족 서신》, 러스킨John Ruskin의 자서전 《과거》Praeterita, 고트프리트 켈러의 서간집, 헤르츠펠트Herzfeld가 펴낸 레오나르도 다 빈치의 글 모음집, 니체의 서간집, 로버트 브라우닝Robert Browning과 엘리자베스 배럿Elizabeth Barrett이 주고받은 편지글 등을 꼽아볼 만하다. 일단 시작하여 계속 찾다 보면, 주옥같은 글들을 꽤 많이 발견하게 될 것이다.

여기에 이어지는 유명작가들의 학문적 에세이는 견해와 서술의 독창성과 함께 작가의 성격이 드러나 흥미를 배가시킨다. 이런 글들에는 주제뿐 아니라 저자 자신의 중요하고 매력적인 특성까지 고스란히 배어있기 때문이다. 이런 종류의 작품으로는 부르크하르트의 《이탈리아 르네상스 문화》, 러스킨의 《베니스의 돌》과 《참깨와 백합》, 《르네상스》, 토머스 칼라일Thomas Carlyle의 《영웅숭배론》, 텐Hippolyte-Adolphe Taine의 《예술철학》, 로데39)의 《프시케》, 브란데스40)의 《주류》主流 등이 있다.

드물지만 진정으로 심오하고 뛰어난 전기들도 결국은 이 범주에 속하는 특별한 보물이다. 전기의 주인공과 전기작가가 기질적으로 잘 맞아, 글로 가공되는 과정을 통해 내밀한 개성과 생생함이 묻히기보다 오히려 더욱 강렬하게 빛나는 전기들이 몇 있다. 이는 마치 유능한 보석세공사가 보석을 공들여 갈고 다듬듯 전기작가의 깊은 이해와 체계적인 정리를 통해 오직 진실하고 명료하며 품격 있게 인물을 조명하는 그런 책들이다. 유스티41)의 《벨라스케스》, 사바티에Paul Sabatier의

《아시시의 성자》, 뵐플린Wölflin의 《뒤러》, 헨42)의 《괴테에 대한 사색》 등이 있으며, 그 외에도 리카르다 후흐43)의 《낭만주의의 전성기》와 헤트너44)의 《18세기 문학사》에 담긴 개별작가론 등을 꼽을 만하다.

작가들 중에는 작품의 양식화나 개인적 경험의 객관화에 대한 욕구보다도 본인의 개성이 워낙 강하고 정열적이어서, 작품마다 하나같이 개인적인 이야기 혹은 대화나 고백처럼 느껴지는 경우가 있다. 이런 저작들은 예술작품으로서는 이론의 여지가 있을지 몰라도 독특한 매력과 가치를 지니며, 그 저자들에게 세련된 예술가적 객관성을 기대하긴 어렵지만 이들은 대개 온갖 모나고 매듭진 것을 그대로 보여주는 개성 있는 성격들이다. 빌헬름 라베, 페터 로제거45), 프리츠 린하르트Fritz Lienhard 같은 작가들에게는 뭐랄까, 청량제 같은 면이 있다. 특히 피셔46)의 대담하고 퉁명스러우며 지독히도 풍자적인 《또 한 사람》Auch Einer과 물타퉅리의 소설 《막스 하벨라르》가 그 전형적인 예다. 이 책들은 뛰어난 예술작품인 동시에, 어떤 틀에도 매이지 않는 독창적이고 강렬한 성격을 지닌 기록물이다.

이 모든 인생서들은 대개 일반적으로 말하는 문학에서 비껴있어, 열렬한 애정으로 뒤쫓아야만 찾을 수 있는 책들이다. 하지만 지적인 독서가들에게는 너무나 귀중한 기쁨이자 과제임에 분명하다. 이러한 책들의 구비상태를 보면 서재와 그 주인의 개인적인 성격을 가장 확실하게 판단할 수 있다.

2. 책에 대해

본격적인 의미의 '도서수집'은 이제까지 고찰했던 선을 훨씬 뛰어넘는 것인데, 여기서는 다만 극도로 섬세한 스포츠 정도로 얘기해둘 수 있겠다. 이는 해박한 지식과 특별한 재능을 전제로 한다. 대부분의 장서가와 수집가는 특정 작가 또는 엄밀히 규정된 시대와 사조의 책들을 최대한 완벽하게 모은다거나 아니면 특정 주제에 대해 쓴 수백 년간의 글을 모두 수집한다는 식이어서, 황당한 별종 취미나 유치한 공명심과 경쟁심 따위도 있게 마련이다.

독특한 수집의 예로는 인쇄술 발명 초기 제작물(약 1500년까지), 특정 화가나 동판·목판 화가의 표지그림이나 삽화가 들어있는 도서, 초소형(현미경판) 도서, 골동품의 가치를 지닌 장정의 도서 등이 있다. 더러는 작가의 친필헌사가 적힌 책들을 모으기도 한다. 이와 같은 개별영역 중 어느 하나에 유난히 끌린다면 모를까, 세계적으로 이름난 수집가들과 쟁쟁한 고서적상들에 의해 세련되다 못해 거의 예술의 경지에 이른 이 고난도 스포츠에 어설프게 뛰어드는 일은 아무래도 자제하는 편이 좋을 것이다.

좋아하는 작가의 작품 초기본, 가능하면 초판본을 모으는 것은 엄밀한 의미의 도서수집 범위에 국한되지 않는 고상한 취미다. 극도로 섬세한 감각을 지닌 진정한 애서가라면 아끼는 책을 초판본으로 소장하여 읽을 때 마음속 깊이 뿌듯한 만족을 느끼게 된다. 종이와 활자와 표지에서 정감 어린 세월의 향내가 풍겨, 외양만으로도 그 작품이 탄생한 시대를 연상시킬 뿐만 아니라 바로 이 책을 과거의 한 세대가 손에 손마다 펼쳐들고 아끼며 읽었다고 생각하면 각별한 기쁨을 맛보게 된다.

이 밖에도 고서의 소장이 갖는 근사한 매력이라면, 소장자가 자기 집안이나 친척에게서 물려받았다거나 혹은 이름이나 메모 등이 적혀있어 옛 주인에 대해 일러주는 책들은 한 권 한 권이 나름의 역사를 고스란히 간직한 채 오늘의 소장자에게 말을 건네며 전통과 과거 문화의 한 조각을 전해준다는 점이다. 할아버지가 사서 할머니가 읽고 그다음엔 어머니가 아껴 본 책, 그리고 이제는 고인이 된 그들이 좋아하는 구절에 손수 밑줄을 긋거나 서표를 끼워 누렇게 바랜 자국이 남은 오래된 책을 우리가 읽는 것이다. 만약 아이헨도르프나 호프만의 초기 판본이나 옛날 연감 같은 것을 그렇게 물려받은 사람이라면, 아무리 값비싼 현대판을 내민들 맞바꾸지 않으리라.

이쯤 해두자. 장서와 도서수집 스포츠는 몇 마디로 간단히 설명할 수 없으며 독자적인 연구가 필요한 분야다. 여기에 더 관심이 있다면 밀브레히트Mühlbrecht의 역작 《장서의 역사》 Geschichte der Bücherliebhaberei를 추천하겠다.

자, 이제 책을 어떻게 다루고 관리해야 할지에 대해 얘기해 보자. 소유하여 늘 가까이 둘 만하다고 평가해 책을 구입하면서 점차 개인서재가 만들어지면, 소장자는 대개 도서의 외관에 대해서도 약간 까다로워지고 신중해진다. 사실 한 번 읽기에는 어떤 판본이건 상관없다. 하지만 여러 차례 되풀이해서 읽을 책이라면 예쁘고 깔끔하면서도 내구성 있고 실용적인 판본으로 소장하고 싶게 마련이다. 그래서 여러 가지 판본이 나와 있는 작품이라면 그중 어떤 걸 택할까 고민하게 된다.

일단 텍스트 자체에 손상이나 특히 누락이 없어야겠고, 다

음은 인쇄상태가 읽기 좋게 선명하고 아름다운지를 보게 된
다. 재질이 견고한지도 눈여겨볼 일이다. 최근 수십 년간 독일
에서 나온 아주 저렴한 고전전집의 경우 너무도 무책임하게
저질종이를 썼다. 그런 책은 빛과 공기에 노출되어 사용자의
손에 들어오면 금세 색이 바래 못 쓰게 된다. 옛날 작가들의
작품의 경우 제대로 된 최신판이 없어서 고서점을 뒤져 보존
상태가 괜찮은 예전 판본을 구하면, 대개 재질이나 인쇄 상태
가 한결 낫다.

　다음으로 판형이나 장정에 유의하자. 허풍스러운 거대판
형이나 장난감처럼 조그마한 소형판은 모두 실용성이 떨어
진다. 책의 분량을 억지로 늘려 손에 들고 읽기가 힘든 지경인
경우도 있다. 특히 부담 없이 즐기고 싶은 시문학 작품이라
면, 가볍고 손에 잡기 쉽고 들기 편하며 잘 펼쳐지는지 살피도
록 한다. 필요하다면 약간의 비용을 들여 두세 권이나 그 이
상으로 나눠 새로 제본하도록 한다. 내 경우를 들자면 그리제
바흐가 두꺼운 네 권짜리로 펴낸 호프만 작품집을 한동안 꽂
아만 두고 제대로 읽지 못했는데, 열두 권으로 얇게 분철하고
나서야 손이 갔다.

　책마다 특별한 글이나 도안을 넣는다든지 색상과 색지 등

을 개인적으로 선택하여 나름대로 개성을 표현하고 최대한 예쁘고 편하고 독특하게 제본을 함으로써 애정과 경의를 표할 수 있다. 책제목을 원하는 활자로 모양을 잡아 표지를 새로 입힐 수도 있다. 고민하고 애정을 쏟아 직접 장정을 다루면서 소장도서 한 권 한 권을 함께 만들어간다. 그리하여 세상의 다른 모든 책들과 확연히 구별되는 자신만의 책이 탄생한다. 낙관을 찍어두거나 소장자 표시를 붙여두는 것(장서표)보다 한결 세련되고 매력 넘치는 식별방식이리라. 이렇게 자기만의 책을 만들면 소장의 즐거움이 훌쩍 커진다. 소장도서를 전부 새로 제본해두는 수집가라면, 혹시 분실하더라도 당장 한눈에 알아볼 수 있다.

이제 소장도서의 본격적인 관리가 시작된다. 사랑하는 것은 손 뻗으면 닿을 곳에 가까이 두되, 손상되지 않도록 조심하여 아끼는 법이다. 책을 보관하는 제일 좋은 방법은 벽면에 세움대를 설치하여 선반을 달고, 강한 햇빛을 막아줄 얇은 커튼 정도를 갖추는 것이 좋다. 세움대나 칸은 맨 밑을 일정한 높이와 깊이로 든든하게 설치하고, 그 위로는 원하는 높이로 조정할 수 있도록 선반판을 꽂는다. 방 한 칸을 서재나 연구실로 쓸 수 있다면 벽면 장식은 굳이 필요 없고 책이 나란히 꽂혀있는 모습이 중심으로 가게끔 한다.

방은 최대한 먼지가 없도록 유지해야겠다. 사실 먼지보다 책에 더 해로운 것은 환기가 잘 되지 않아서 생기는 곰팡이와 습기다. 먼지의 해를 피하려면 가끔씩 가볍게 털어주고 책이 서로 눌릴 정도로 너무 빽빽해도 안 되지만 책 사이에 틈이 벌어지지 않도록 적당히 촘촘하게 꽂아야 한다.

독서를 할 때 주의와 청결은 두말할 필요도 없지만, 특히 독서하다 잠시 멈출 때 책을 덮지 않고 펼쳐놓은 채로 두는 습관은 좋지 않다. 읽던 곳을 표시할 때도 두께 있는 물체(두 꺼운 판지, 자, 연필 등) 말고 종이나 천 등으로 만든 서표를 끼워둔다. 표지장정이 워낙 귀해서 보호하고 싶다면 얇은 마분지로 간단히 싸개를 만들어 입히기도 하는데, 그 위에 색지 나 캔버스 천, 자수, 비단 등으로 취향에 따라 다양하게 장식 해도 좋겠다.

소장도서의 정리와 이러한 체계를 유지하고 손보는 일은 독특한 즐거움을 선사한다. 예컨대 학술서와 문예도서, 고문 학과 현대문학 등으로 나누고 각각 언어나 지식 분야에 따라 세분한 뒤, 칸칸마다 체계적으로 일목요연하게 정리한다. 대 개 저자 이름의 알파벳순으로 정리하는 방법이 간단하고 편리하다. 이보다 한 수 위라면 내용에 따라 분류하는 방식으로, 예컨대 연대나 역사 혹은 나름의 원칙이나 개인적 취향에 따른 분류법이다. 내가 아는 어떤 사람은 수천 권의 책을 알파벳순도 연대순도 아닌, 순전히 자신의 개인적인 평가에 근거하여 전체 도서의 연관성과 서열을 정해 정리한다. 그런데도 누가 어떤 책을 얘기하면 눈 감고도 척척 집어낼 만큼 그 많은 소장도서를 정확히 파악하고 있다. 책을 사 들고 와 처음 펼쳐들던 순간들의 자잘하고 소중한 추억을 고스란히 담은 채 한 권씩 모은 책이 어느덧 사방 벽면을 빼곡히 채우노라면, 아마 누구라도 가슴 뿌듯한 소장의 기쁨과 함께 예전에는 책을 모으는 즐거움 없이 어떻게 살았을까 싶을 것이다.

바닥에 아무리 멋진 카펫이 깔려있고 호화로운 벽지와 명화가 온 벽을 뒤덮고 있다 한들, 책이 없다면 가난한 집이다. 또한 책을 알고 소유하고 아끼는 사람만이 자라나는 자녀들에게 독서의 즐거움을 깨닫도록 도와줄 수 있다. 자녀들이 엉터리에 탐닉하거나 최고의 것을 너무 성급히 맛보아 실패하는 일이 없도록 지켜줄 수 있으며, 이들 젊은 영혼들 앞에 미와 정신의 나라가 활짝 열리는 그 잔잔한 과정을 함께 경험할 수도 있다. 그런 이라면 《파우스트》나 《녹색의 하인리히》,

《햄릿》 등을 처음으로 자녀의 손에 건네고 서재의 공동주인
이자 가장 환영하는 손님으로 아이를 청하면서, 이 작품들을
새롭게 그리고 몇 곱절 멋지게 향유하게 될 것이다.

(1907)

독서에 대하여 2

Vom Bücher lesen

유형을 정하고 그에 따라 사람들을 분류하고자 하는 것은 우리 정신의 타고난 욕구다. 그리스 철학자 테오프라스토스의 《성격론》과 우리 할아버지 시절의 4대 기질론에서 최신 심리학에 이르기까지, 유형화에 대한 욕구는 끊임없이 감지된다. 누구나 무의식적으로 주변 사람들을 이러저러한 유형들로 분류하게 된다. 그러한 분류가 순전히 개인적인 경험에서 나온 것이든 아니면 과학적인 유형론에 따른 것이든 간에 꽤 유용하고 도움이 되지만, 때로는 그 경험영역에 대해 색다른 방식으로 결론을 도출해보는 것도 매우 유익하고 좋다. 그러면 한 개인이 각 유형별 특성들을 두루 갖추고 있으며, 한 개인에게서도 여러 상이한 특질과 기질들이 나타날 수 있다는 사실을 확인하게 된다.

이제부터 독서의 세 가지 유형이랄까 단계를 말할 텐데, 그렇다고 해서 독자층을 세 등급으로 나눈다거나 어떤 사람은 어느 단계에 또 누구는 다른 단계에 속한다는 의미는 아니다. 그보다는 우리 각자가 어떤 때는 이쪽에, 또 어떤 때는 저쪽에 속한다는 얘기다.

먼저 순진한 독자가 있다. 마치 음식을 먹듯이 책을 대하는 독자로, 배불리 먹고 마시듯 그대로 받아들인다. 인디언 이야기 책에 빠지는 소년, 공주소설을 읽는 하녀, 쇼펜하우어에 탐닉하는 대학생 등이 모두 그러하다. 이러한 독자가 책과 맺는 관계는 동등한 개체 대 개체가 아닌, 마치 말과 여물통 아니 말과 마부의 관계와 같다. 즉 책은 이끌고 독자는 따라가는 것이다. 책의 소재는 있는 그대로 수용되고 객관적 실재로 받아들여진다. 어디 소재뿐이랴! 꽤 교양 있는 세련된 독자들, 특히 순수문학 애호가들 중에도 완전 순진파들이 있다. 이들은 물론 소재에 매달리지는 않아서, 예컨대 소설을 거기 등장하는 죽음이나 결혼 등의 사건에 따라 평가하지야 않지만 작가의 관점이나 책에 나타난 미학적인 관점을 고스란히 받아들인다. 그리고 작가의 파동을 함께 타고 그의 세계관에 온전히 동화되며, 작가가 자기 인물들에 부여한 해석 일체를 가감 없이 수용한다는 점에서는 마찬가지다.

소박한 독자들이 소재나 배경이나 줄거리 쪽이라면 이들 교양계층 독자들은 예술성, 언어, 작가의 소양과 정신성 등에 치중하는 것일뿐, 이런 것들을 객관시하여 문학작품 최고 최종의 가치로 받아들인다는 점에서는, 카를 마이Karl Friedrich May를 읽는 어린 독자들이 주인공 올드 셰터핸드의 행동들을 실제 현실로 받아들이는 것과 다를 바 없다.

이런 순진한 독자는 책과의 관계에 있어서 독자적인 개인, 온전한 자기 자신이라 할 수 없다. 그런 사람은 소설을 읽을 때 팽팽한 긴장이나 위험, 에로티시즘, 장대함이나 참담함 등에 따라 소설 속 사건을 평가하거나 혹은 관습에 불과한 미학의 잣대로 작품세계를 재단하며 작가를 평가한다. 이들에게 책이란 응당 충실하고 주의 깊게 읽으면서 그 내용 혹은 형식을 음미하라고 있는 것이지 다른 목적은 없다고 확고히 믿는다. 마치 빵은 먹으라고 있는 것이고 침대는 잠자라고 있듯이 말이다.

그렇지만 세상 모든 것들에 대해서 그렇듯이, 책에 대해서도 전혀 다른 입장을 취할 수가 있다. 우리가 교양이 아닌 본성을 따르기로 하면, 곧바로 어린아이가 되어 사물을 갖고 유희하기 시작할 것이다. 그러면 빵을 산이라 하여 터널을 뚫을 수도 있고, 침대는 동굴도 되고 정원도 되고 설원이 되기도 한다. 바로 이러한 천진난만함과 탁월한 유희본능을 보여주는 경우가 둘째 유형의 독자들이다.

이들은 어떤 책이 지닌 가장 중요하고 독특한 가치를 꼽을 때 책의 소재나 형식 따위는 전혀 문제 삼지 않는다. 무엇이든 열 가지, 백 가지의 의미를 가질 수 있음을 어린아이들은 본능적으로 알고 있듯이, 이 독자들 역시 그러하다. 이런 독자가 어떤 작가나 철학자의 저작을 읽는다면, 그가 여러 가지 해석과 평가를 설득력 있게 제시하고자 노력하는 모습을 관망하며 미소 지을 줄 안다. 겉보기에는 작가의 재량이나 자유로 보이는 것들이 실은 불가피한 필연이요, 수동성임을 알아보는 눈이 있다. 나아가 이러한 독자는 문학교수나 비평가들조차 모르는 사실을 터득하고 있으니, 소재나 형식의 자유로운 선택이란 어불성설이라는 점이다.

문학사를 연구하는 사람이 실러가 몇 년도에 이러저러한 소재를 선택해 5운각 단장격의 운문으로 짓기로 결정했다고 말할지라도, 이 유형의 독자는 주제도 단장격의 형식도 작가가 자유롭게 선택한 것이 아님을 알고 있다. 작가가 소재를 좌지우지하는 게 아니라, 오히려 소재에 꼼짝 없이 붙들린 작가의 모습을 확인하며 재미있어 한다. 이러한 입장에서 보자면 소위 미학적 가치 따위는 별 의미가 없고, 작가의 바로 이런 동요와 불안정성이야말로 무엇보다도 큰 매력과 가치를 지닌다.

둘째 유형의 독자는 마부를 따르는 말이 아니라 마치 사냥꾼이 짐승의 자취를 더듬듯 작가를 추적한다. 그러다가 불현듯 작가의 자유처럼 보이는 것의 이면, 작가의 강박관념과 수동성을 들여다보게 되는 그 순간, 탁월한 기교와 세련된 언어예술이 보여주는 그 어떤 매력들보다도 훨씬 더 강하게 매료된다.

여기서 한 걸음 더 나아가면 셋째 유형의 독자가 있다. 다시 한번 강조하지만 사람들을 세 유형 중 어느 한 부류로 반드시 분류할 필요는 없다. 누구나 오늘은 둘째 유형에, 내일은 셋째 유형에 속했다가 모레는 다시 첫째 유형에 속할 수도 있는 것이다. 아무튼 마지막으로 셋째 유형을 살펴보자.

언뜻 보면 이것은 통상 말하는 '훌륭한' 독자와 정반대 모습이다. 이 유형의 독자는 너무나 개성적이고 자신에게 충실해서, 무엇을 읽든 완전히 자유로운 태도로 대한다. 그가 책을 읽는 이유는 교양을 쌓기 위함도, 재미를 얻기 위함도 아니다. 책은 세상의 모든 대상들과 다름없이 다만 출발점이요 단초일 뿐이다. 무슨 책을 읽건 근본적으로 마찬가지다. 철학 책이라면 그 철학자를 따르거나 그 이론을 수용하려고 또는 그 이론을 공격하거나 비판하려고 읽는 것이 아니다. 또 문학도 마찬가지다. 작가의 눈을 빌려 세상을 해석하기 위해서가 아니다. 해석은 독자의 몫이다. 어찌 보면 완전히 어린아이다.

그는 모든 것과 더불어 유희하는데, 어떤 관점에서 보면 모든 것과 더불어 유희하는 것이야말로 더없이 생산적이고 창조적이다. 이러한 독자는 어떤 책에 나온 멋진 구절이나 지혜와 진실이 담긴 말을 보면, 시험 삼아 한 번쯤 뒤집어본다. 모든 진리는 역도 참임을 이미 터득한 사람이다. 모든 정신적 입장이란 하나의 극極이며, 거기에는 등가의 반대극이 항상 존재한다는 사실을 그는 알고 있다. 연상적 사고를 높이 쳐준다는 점에서는 어린아이와 똑같지만 물론 그게 전부는 아니다. 그리하여 이런 독자는 소설이건 문법책이건, 하다못해 열차시각표나 인쇄소의 활자견본에서조차 원하는 것을 읽어낼 줄 아는 것이다. 상상력과 연상능력이 최고조에 이를 때 우리는 종이 위에 인쇄된 것을 읽는 것이 아니라, 우리가 읽은 것을 타고 떠오르는 충동과 영감의 물결 속을 헤엄쳐 다니게 된다. 텍스트에서 나오는, 어쩌면 오로지 활자화된 모습을 통해서만 나올 수 있는 그런 충동과 영감이다.

신문에 실린 광고 하나가 천계天啓가 될 수도 있다. 대수롭지 않은 단어 하나를 뒤집어보고, 마치 퍼즐 맞추듯 그 철자들을 갖고 유희하던 중에 너무나도 행복하고 아주 그럴듯한 생각이 떠오를 수 있는 것이다. 이런 순간에는 동화《빨간 모자》가 하나의 우주론이나 철학 혹은 눈부신 관능문학으로 읽힐 수도 있다. 시가 상자에 인쇄된 '콜로라도 마두로'라는 글자를 읽으면서 그 단어와 철자들과 진동과 더불어 유희하며, 마음속으로 온갖 지식과 기억과 사념의 나라를 한없이 떠돌아다닐 수도 있는 것이다.

아마 이쯤이면 나에게 반론이 쏟아질 것이다. "그것도 독서라 할 수 있는가?"라고 말이다. '괴테의 책을 펼쳐놓고, 괴테의 의도나 생각은 아랑곳없이 마치 마구 뒤섞인 철자의 나열이나 한 줄 광고를 대하듯 읽는 것을 과연 독서라 말할 수 있는가? 당신이 마지막 유형의 독서가라고 부른 것은 사실 가장 수준 낮고 유치하고 조야한 단계가 아닌가? 그런 독자들에게 횔덜린의 음악성, 레나우의 열정, 스탕달의 의지와 셰익스피어의 폭넓음이 다 무슨 의미가 있겠는가?'라고 말이다. 옳은 지적이다.

셋째 단계의 독자는 더 이상 독자가 아니다. 만약 지속적으로 이 단계에만 머무는 사람이 있다면, 그는 곧 아예 아무것도 읽지 않을 것이다. 그에게는 양탄자의 문양이나 담벼락 돌멩이들의 배치도 가지런히 정렬된 철자들로 가득한 멋진 책 한 쪽과 똑같이 소중할 수 있기 때문이다. 그에게는 알파벳 철자들로 채워진 종이 한 장이 다시없이 귀중한 책일 수도 있다.

그렇다, 이 마지막 단계의 독자란 실로 더 이상 독서하는 사람이 아니다. 그는 괴테가 없어도 아쉬울 게 없다. 셰익스피어가 꼭 필요하지도 않다. 한마디로 말해 그는 더 이상 아무것도 읽지 않는다. 온 세계가 자기 내면에 들어와 있는데 무엇 때문에 책을 읽겠는가?

계속 이 단계에 머물러있는 사람이라면 아마 아무것도 읽지 않을 것이다. 하지만 지속적으로 이 단계에 머물러있는 사람은 없다. 반면 이 단계를 전혀 모르는 사람 또한 불충분하고 미숙한 독자다. 그는 세상 모든 문학과 철학이 자기 내면에도 들어있음을, 그 어떤 위대한 시인 못지않게 우리 각자에게 창조의 원천이 하나씩 내재되어있음을 모르는 사람이다.

일생에 단 한 번만이라도, 단 하루 단 한 시간만이라도 이런 단계를 경험해본다면(원상복귀는 너무나 쉽다!) 당신은 훨씬 더 훌륭한 독자, 좀 더 훌륭한 청자가 될 것이며, 글로 쓰인 모든 것들을 좀 더 훌륭하게 해석하게 될 것이다. 길가의 돌멩이 하나가 괴테나 톨스토이 못지않게 중요한 의미로 다가오는 이 단계에 단 한 번만이라도 머물러 보라. 그러고 나면 그대는 괴테와 톨스토이와 다른 모든 시인들에게서 그전과는 비교할 수 없이 더욱 무궁무진한 가치를, 풍성한 젖과 꿀을, 자신과 인생에 대한 더 큰 긍정을 이끌어내게 될 것이다. 왜냐하면 괴테의 작품은 괴테가, 도스토예프스키의 책들은 도스토예프스키가 아니며, 그것들은 다만 이 다성다의의 세계 한가운데에서 세상을 담아보고자 했던 그들 나름의 시도, 그러나 단 한 번도 온전히 목표를 이루지 못했던 미망의 시도들이기 때문이다.

산책길에 자잘한 생각들이 꼬리를 물고 이어진다면 딱 한 번만 글로 써보라. 아니면 간밤에 꾸었던 짧은 꿈이라도 좋다. 꿈에서 웬 남자가 지팡이를 들고 처음에는 당신을 위협하더니 나중에 훈장을 수여하는 거다. 그 남자는 누구였을까? 곰곰이 생각해보니 그 남자에게서 당신의 친구, 당신 아버지의 모습이 보인다. 아니면 그에게는 어딘지 모르게 여성적인 느낌이, 뭐라고 콕 집어 말할 수는 없지만 사랑했던 여인 혹은 누이를 떠올리게 하는 뭔가가 있다. 그리고 그대를 위협하던 울퉁불퉁한 지팡이는 옛날 초등학교 시절 첫 소풍을 나갔을 때 짚고 다녔던 지팡이를 연상시키고, 그러자 갑자기 봇물 터지듯 수만 가지 기억이 밀려온다. 이 짧은 꿈의 내용을 붙들고 글로 써내려가노라면 그저 중요한 단어들만 간추려 쓴다 하더라도, 어느새 책 한 권 아니 두 권, 아니 열 권이 될지도 모른다. 왜냐하면 꿈이란 우리 영혼의 내용을 들여다볼 수 있는 작은 구멍이며 그 내용은 바로 세계이니, 거기에는 우리의 탄생에서 오늘에 이르기까지의 세상 전체, 호메로스에서 하인리히 만까지, 일본에서 지브롤터까지, 시리우스 성좌에서 지구별까지, 빨간 모자에서 베르그송까지의 온 세상이 들어 있기 때문이다. 그리하여 당신이 이 꿈을 적어보고자 해도 꿈을 둘러싼 온 세상을 다 그려보일 수 없듯, 작가의 작품은 그가 말하고자 했던 것의 지극히 작은 일부분에 불과할 뿐이다.

괴테의 《파우스트》 제2부의 의미를 밝히고자 수많은 학자들과 애독자들이 고심한 지 벌써 근 백 년이다. 그들이 내놓은 해석들은 놀랍도록 멋진 것에서 너무나 황당무계한 것에 이르기까지, 심오한 것에서 진부한 것까지 참으로 분분하다. 그러나 모든 문학작품마다 겉으로 드러난 표면 밑에는 뭐라 이름 붙일 수 없는 다의성이 알게 모르게 은밀히 감추어져 있다. 현대 심리학은 이를 가리켜 '상징의 중층 결정성'이라 하지 않던가? 당신이 이것을, 말로 다 풀어낼 수 없는 무한한 충만함을 단 한 번만이라도 맛보지 않고서는, 어떤 작가와 사상가를 대한들 편협한 이해에 그칠 것이다. 일부분에 불과한 것을 전체로 받아들일 것이며, 앞을 못 보는 사람이 코끼리를 만지듯 턱없이 부족한 해석을 곧이곧대로 믿을 것이다.

독자가 이 세 유형 사이를 오가는 건 당연하며, 또 이는 누구에게나 어떤 영역에서나 있을 수 있는 일이다. 사이사이 수많은 중간 단계가 있겠지만 결국 이와 같은 세 단계가 건축과 회화, 동물학이나 역사 등등을 대할 때도 똑같이 적용된다. 무엇을 대하건 이 셋째 단계에 있을 때 당신은 독자이기를 멈추고 문학도 예술도 세계사도 해체되고, 오직 당신 자신으로서 존재하게 될 것이다. 하지만 이러한 단계를 짐작으로라도 알지 못하는 한은 어떠한 책, 어떠한 학문과 예술을 대한들 마치 어린 학생이 문법책 읽듯이나 하리라.

(1920)

신사조들에 관한 대화

Gespräch über die
Neutöner

전쟁 중에 엄청난 갑부가 된 시민 케베스Kebes는 학자 테오필로스Theophilos를 스승으로 삼아 정신과 취향의 문제에 대해 가르침을 받고자 하였다.

케베스 오, 테오필, 오늘만큼은 나한테서 빠져나갈 생각을 하지 마시오! 오랫동안 나를 요리조리 피하면서 충분히 고문했소이다. 이제 그만 이리 나와 속 시원히 얘기 좀 해주시지요. 시문학이 예전과는 너무나 판이하니 이 모든 변화와 젊은이들이 도대체 어찌 된 일인지, 과연 이 모두를 진지하게 받아들여야 하는 건지, 좀 알고 싶소.

테오필로스 친애하는 케베스여, 하여간 재미있는 질문만

하시는군요. 당신이 늘 내게 요구하는 건 당신을 나무랄 데 없는 시민, 박식한 앵무새로 만들어줄 약방문입니다. 당신은 모든 걸 배우고 모든 걸 참고 모든 걸 실행할 자세를 갖춘 훌륭한 사람인데, 딱 하나 '케베스이기!'만은 겁을 내지요. 이왕에 당신에게 고용된 몸이니, 내가 아는 유일한 길로 당신을 인도하는 일이 내 의무겠지요. 바로 당신 자신으로 향하는 길 말이오. 그런데 당신은 날마다 자신을 회피하는 새로운 에움길들을 가르쳐달라 하는군요.

케베스 웬 동문서답이오? 나와 내 삶이 아니라 젊은 작가들에 관해 묻고 있질 않소.

테오필로스 아닙니다. 당신이 알고 싶은 것은, 이 작가들에 대해 당신이 어떻게 처신해야 하는가, 당신이 이들을 진지하게 받아들여야 하는가의 여부이지요. 아니, 그걸 왜 나한테 물으십니까? 세상만사를 진지하게 수용할지 장난처럼 받아들일지는 각자 알아서 할 일인데요. 친구여, 당신은 말하자면 자기 자신만 **빼고**는 세상의 모든 걸 너무나 진지하게 받아들이는 경향이 다분합니다. 그러면서 다른 이들이 당신을 진지하게 생각해주지 않을까 봐 두려워하지요. 하지만 생각해보세요, 정말로 우리 모두가 당신을 진지하게 생각하려 든다면 어떻게 되겠습니까? 하지만 어쨌거나 나야 케베스 당신에게서 월급을 받아 사는 몸, 전장에 나 갔던 나와 내 형제들을 빈털터리로 만들고 자기 재산을 몇 갑절로 불린 케베스에게 의탁하여 사는 신세! 그대를 섬길 터이니. 자, 분부만 내리시지요, 케베스 나리!

케베스 나를 자극해봐야 소용없습니다, 테오필로스. 첫째, 내가 휑하니 자리를 떠버려 당신 혼자 남게 되길 바라는 속셈을 모르지 않소. 둘째, 내가 당신의 탁월함을 못 알아 보는 것도 아니고 정신으로 따지자면 당신이 나보다 한참 위에 있으니, 날 실컷 놀려먹을 권리가 있다는 걸 깨끗이 인정한다오. 아니, 그런 일로는 화를 내지 않을 것이오. 그 래봤자 재미 보는 쪽은 어차피 당신뿐일 테니. 어쨌든 계속 합시다!

당신도 알다시피 내가 정신적 교양을 연마하는 까닭은 교 양시민층에게 호감 가는 존재가 되고, 그들의 대화를 더 잘 이해하고, 대중집회 같은 데 가더라도 제법 그럴듯한 발언을 하고 싶다는 속물적인 이유도 있소. 비웃어도 어쩔 수 없지요. 그러긴 해도 내가 아름다운 것에 대해 사심 없 는 애정을 타고났다는 점도 분명 모르지 않을 거요. 소년 시절 실러의 시를 읽으며 진정한 통분에 사로잡혔고, 얼마 전에도 몸이 아파 누워있는 동안 짬짬이 거장 에마누엘 가이벨의 시를 여러 편 읽으면서 너무나 감동하여 적잖이 눈물을 글썽거렸다오.

요컨대 나는 감정이 메마른 사람이 아니고, 감정이라면 오히려 세상만사에 시니컬한 당신보다 내가 훨씬 풍부할 겁니다. 시는 엄연히 내가 신성시하는 것들 중 하나이지요.

테오필로스 아주 좋습니다. 당신이 나보다, 아니 그 어떤 시인들보다도 더 감상적이라는 점은 익히 알고 있는 바요. 감상과 감정을 혼동해서 그렇지. 다시 한번 충고하지만 제발 정신분석을 한번 받아보시지요. 아마 그게 당신을 구해줄 유일한 방편입니다.

케베스 농담 마시오, 테오필로스. 무슨 엉뚱한 소리! 시에 관해서 얘기하자니까요. 천지가 생긴 이래 시는 항상 인간을 기쁘게 하고 순화한다는 동일한 목표를 추구해왔소. 시는 우리 일상의 인간에게 숭고하고 아름다운 것을 일깨워주었소. 간단히 말해 시가 끊임없이 일깨워준 그 정서와 이상이 없다면 우리 삶은 너무나 초라하고 하찮을 것이오. 하지만 오늘날은 어떻소? 요즘의 젊은 시인들은 무엇을 하고 있습니까? 그들은 비단 미와 이상뿐 아니라 독일어까지 망가뜨려서, 그들이 써놓은 글을 보면 정신이상한 신비주의자나 유치한 악동 같잖소. 그걸 어떻게 봐야 합니까? 다는 아니더라도 상당수 비평가들은 이런 끔찍한 행동을 단칼에 쳐낼 생각이 없는 것 같소. 도리어 너무나 조심스러운 태도를 취하는 걸 보면 아마 오늘의 광기가 내일의 규범이 될 가능성이 크다고, 그러니 시대와 발맞추는 편이 안전하리라고 생각하는 속내마저 읽혀진다 이 말입니다. 테오필, 당신 생각은 어떠신지요?

테오필로스 내 의견이야 당신이 익히 아는 바죠. 나는 당신이 이런 문제에 상관하는 건 현명하지 못한 처사이고, 마음만 언짢아질 뿐이라고 생각합니다. 꼭 뭘 배우고 싶거든 테니스를 배우든지 아니면 페르시아 산과 시리아 산 카펫을 구별하는 법이나 배우시죠! 뭣 때문에 시인들 갖고 씨름을 하십니까? 그들은 이러는 당신을 비웃는단 말입니다.

케베스 그런 느낌은 나 또한 종종 받습니다. 이 젊은 시인들은 언어에 대해, 역사에 대해, 국가와 이상에 대해서만 불경스러운 게 아니라 독자들까지도 무시하더군요. 독자들이 있기에 존재하고 그들 덕분에 살면서도 말입니다.

테오필로스 그래요, 바로 그겁니다! 보세요, 다시 그 얘기 잖아요. 당신은 타인들을 지나치게 진지하게 생각해요. 그러면서 부당하게도 그들 또한 당신을 진지하게 생각해주기를 요구하며, 그들이 그렇게 하지 않으면 성을 내는 겁니다. 아니, 젊은 시인들이 도대체 왜 당신을 진지하게 생각해야 한단 말입니까? 당신이 아주 부자라서요? 그들이 전쟁터에 있을 동안 당신은 여기서 엄청난 재산을 긁어모았기 때문에요? 도대체 무엇 때문인가요?

케베스 공연히 날 모욕하지 마시오. 그런 게 아니라는 걸 잘 알잖소. 작가가 독자를 진지하게 생각하기를 바라는 것은 독자가 작가의 글이 담긴 책이나 잡지의 값을 지불한다는 이유에서가 아니오. 독자가 진지하게 깊은 신뢰로 작가에게 향하기에 하는 말이오. 또 기꺼이 그에게 귀 기울여 가르침을 받고 감동을 받고 고양되기를 원하기 때문이지요. 만약 작가가 독자의 이 모든 신뢰와 선의를 외면하고 게다가 외려 비웃는다면, 그러고도 그가 작가인가, 하도 어처구니가 없어서 묻는 겁니다.

테오필로스 당신이 작가로 인정하는 사람들의 목록에서 그런 어처구니없는 작가의 이름을 지워버리든 말든 그것은 완전히 당신 자유입니다. 그럼에도 그가 작가라면, 그는 당신의 목록에 야유를 보낼 겁니다. 아니, 아예 당신에게 야유를 보내겠지요.

케베스 그러게 말입니다! 왜죠? 그는 왜 나에게 야유를 보내는 걸까요? 신뢰로 다가서는 나에게?

테오필로스 당신을 경멸하기 때문이지요. 그런 거예요. 말하자면 그는 당신의 많은 돈과 돈으로 교양을 사려는 노력을 경멸하지요. 그뿐 아니라 당신이 신뢰와 선의라고 잘못 일컫는 바로 그것을 경멸하지요.

케베스 도무지 수수께끼로군요. 그가 나를 경멸하는 걸 이해 못 해서가 아닙니다. 작가란 흔히 가난하고 그래서 부를 경멸하지요. 그거야 그의 권리겠지요. 그렇지만 왜 내가 자기에게 바치는 신뢰를 경멸하며, 어째서 나를 비웃는 거요? 그리고 당신은 이 신뢰를 부정하면서, 내가 신뢰와 선의라고 말하는 것조차 잘못이라는 거요?

테오필로스 친애하는 케베스여. 만약에 당신이 이발사에게 신발을 닦아달라고 부탁한다면, 그가 당신을 비웃지 않겠습니까? 생각해보세요. 당신이 작가한테 하는 게 바로 그 짝 아닙니까? 당신은 작가에게 가서 이렇게 말합니다.

"나를 가르쳐주시오. 나를 고양시키고 깨우쳐주시오. 나를 감동시켜 눈물 흘리게 해주고, 나의 이상이라고 일컫는 것에 대한 내 믿음을 강화시켜주시오!"

도대체 그게 그 작가의 목표와 뜻인지 아닌지 어떻게 압니까? 장담하건대, 이 젊은 작가들 중 당신을 가르치고 위로하고 감동시키겠다는 의도를 품은 사람은 아무도 없소이다! 혹 당신을 염두에 두고 있다면, 기껏해야 당신을 비방하고 조롱할 의도겠지요.

오, 케베스여, 작가는 당신의 이상에 야유를 보낼 겁니다. 굶어 죽는 사람이 지천인 와중에도 날로 부유해지고 윤택해지는 당신을 끝내 가로막지 않은 그 이상에 말입니다. 당신의 감동에 콧방귀를 뀔 겁니다. 작가를 자기 목적에 따라 멋대로 이용하고 그의 힘과 이상을 제 것으로 삼기 위한 올가미와 다름없는 당신의 그 신뢰와 선의를 야유할 겁니다. 젊은 작가, 그는 당신을 사랑하지 않습니다. 그러니 당신이 이러한 증오에 대응하는 제일 간단한 방법은 이 어리석은 문학 일체를 불 속에다 집어던지는 겁니다.

케베스 당신은 뱀장어처럼 자꾸만 빠져나가는군요. 그래도 내 물러서지 않으리다. 자, 우리가 얘기하는 주제는 문학 자체이지 이 문학과 나의 관계가 아니라는 점을 명심해 주시오. 몇 가지만 더 묻겠소. 그러지 않고는 아무래도 끝이 나지 않을 것 같으니.

테오필로스 아, 또 그 질문이라니. 당신은 도대체 질문할 줄을 너무 모르는군요. 따지고 보면 그게 당신의 근본적인 결점이지요. 하지만 어쨌든 질문해보시오. 어디 내 설명자판기에 동전을 집어넣어 보시지요!

케베스 우선 이 젊은 작가들이 독일어를 그토록 변형시키는 건 어찌 된 일이며 또 무슨 의미입니까? 그들은 왜 단어의 철자를 뒤집는 거요? 관사는 왜 빼먹는답니까?

테오필로스 관사의 생략은 말하자면 이렇게 이해하셔야 합니다. 당신에겐 수십 년 동안 써, 익숙해진 모자를 일부 젊은 남자들 사이에서 쓰지 않는 경우와 다를 바 없다고 말입니다. 당신이 거리에 나갔는데 웬 젊은 남자가 모자를 안 쓰고 있는 겁니다. 당신은 깜짝 놀라서 그가 모자를 깜빡 잊고 나왔나 보다, 하고 혀를 차겠지요. 그런데 다음 날 보니 그런 사람이 둘이나 되고 그다음엔 열 명쯤이 그러고 다닌단 말입니다. 그러면 이제 젊은이들이 모자가 없거나 깜빡 잊어서가 아니라 의도적으로 벗고 다닌다는 걸 알게 되죠. 그러면 당신은 언짢아집니다. 그들이 관습을 파괴했으니까요.

사실 젊은이들로서는 모자를 더 이상 쓰지 않을 여러 이유를 댈 수 있을 겁니다. 건강상의 이유로 그런다면 그나마 낫다고 하겠지요. 유행 때문에 그럴 수도 있는데, 그렇다면 사실 이해하긴 어렵지만 그래도 그런가 보다 하며 넘길 겁니다. 또 좀 튀어 보이려고, 여자들의 눈길을 끌려고 그럴 수도 있겠지요. 여기 좀 봐라, 나 이 정도면 꽤 근사한 녀석 아니냐, 건강한 구릿빛 얼굴에 멋진 머리칼 아니냐고 뻐기고 싶어서 말이죠. 이 경우라면 모자를 쓰지 않는 이들은 모든 노인과 허약자, 대머리와 추남들의 적이 될 겁니다. 하지만 이런 건 다 참을 수 있습니다. 건강 때문에 유행이 바뀐다면 그거야 용인할 수 있습니다. 젊은이들이 좀 잘난 척하고 싶어서, 늙은이들은 절대로 따라할 수 없는 걸 과감하게 저질러보는 것도 도저히 못 봐줄 일은 아닙니다. 하지만 정말 문제가 되는 건 꼬인 심사로 바라볼 때입니다. 그러니까 나이 들고 허약한 사람, 보수주의자, 대머리, 옛날식만 추종하는 사람이 모자 없이 다니는 젊은이들을 개인적으로 연관시켜, '틀림없이 나를 약 올리려고 저러고 다니는 거겠지!'라고 생각하게 되면, 그때는 모든 게 고약해집니다.

이러한 시각에서 보면 사태를 도저히 참을 수 없게 되지요. 하지만 그런 생각으로 모자를 쓰지 않는 것에 반대하는 사람은 이미 게임에서 진 것입니다.

케베스, 내가 보기에 당신은 이와 똑같이 굴고 있습니다. 젊은 사람들이 문장을 쓰면서 관사를 빼먹는다면, 당신은 똑같이 따라 할 수도 그러지 않을 수도 있고, 나아가 이에 대한 시위로 편지를 쓰거나 말할 때 관사를 두 번씩 겹쳐 쓸 수도 있겠지요. 그 일에 대해 당신은 비웃어도, 욕해도 좋고, 칭찬하거나 꾸짖어도 좋습니다. 하지만 만약 눈살을 찌푸리고 '순전히 나를 화나게 하려고 이러는 거 아냐?' 하고 생각한다면 바로 그 순간 당신은 구제불능의 바보가 되고 맙니다. 당신의 대답은 이미 '그렇다'로 나와 있으니까요. 작가들의 그 모든 새로운 시도에는 그처럼 어리석은 사람을 성나게 만들려는 목적도 분명히 있으니까요.

케베스 그러니까 작가들이 관사를 빼먹는 정확한 이유는 당신도 잘 모른다는 말씀이오?

테오필로스 유감스럽게도 세상의 어떤 일인들 그 이유를 똑똑히 알 수는 없는 법이지요! 저의 무지를 인정합니다. 허나 어쩌면 젊은 작가들은 이렇게 생각하는지도 모르겠습니다. '뭐 그렇게 없으면 안 될 것이라고 그 오랜 세월 동안 이 많은 관사들을 죽어라고 붙여 썼을까! 관사가 없는 언어도 허다하지 않은가? 라틴어조차 관사가 없는데. 그럼 우리가 한번 해보지 뭐. 적어도 이건 새로운 시도고, 우리야 낡고 지루해진 것과의 단절이라면 당연히 대환영이니까.' 대충 이 정도가 관사와 관련해서 생긴 일이 아닐까 생각됩니다.

케베스 음, 그럴듯하군요. 그건 그렇다 치고, 아무도 이해할 수 없는 그 시들은 도대체 어떻게 된 겁니까? 아이들이 단어 짜맞추기 놀이를 하다가 팽개쳐둔 걸 대충 끌어모은 것 같지 않소? 그런 시집이 지금 한 권 있는데, 예컨대 이런 문장 같은 거요.

'환승객들이 타고 간다 칼들이 쪼갠다 파닥거린다 내장.'

보세요, 이게 다 무슨 소리요? 아니, 아무 뜻도 없고 정말 헛소리일 뿐이라면, 도대체 이런 걸 왜 써내며, 왜 이걸 출판사에 넘기며, 출판사는 책이라고 찍어서 팔고 있습니까? 대체 이 모든 일들이, 이 모든 난센스와 이런 어처구니없는 미친 짓들이 벌어지는 까닭이 뭐란 말입니까?

테오필로스 《안나 블루메에 붙이는 시》47)를 손에 들고 계시군요. 나도 그중 몇 편을 읽어봤는데 굉장히 재미있더군요. 내가 기억하기로 한 편은 순전히 신문기사를 짜깁기한 거였어요. 정말 굉장히 재밌지요!

케베스 안심이 되는군요. 그러니까 이 문학 일체를 그냥 장난으로 본다는 거죠? 농담으로? 괴상한 심심풀이로요?

테오필로스 그렇죠.

케베스 천만다행, 이제야 좀 감이 잡히는군요. 그러니까 이 일체가 젊은 사람들이 그저 우쭐해서 써갈겨대는 것에 불과하고, 진지한 의미가 전혀 담겨있지 않다는 말씀이라!

테오필로스 잠깐, 케베스! 그런 뜻으로 한 말이 아닙니다. 그랬다면 큰 실수일 거요. 나는 그런 어설픈 형식의 시들을 가끔 재미있게 즐겼다고 말했을 뿐입니다. 시인들도 그저 장난삼아 그런 시를 지은 것이라고 감히 주장할 생각은 없소이다. 그들 중 상당수는 분명 아주 진지할 겁니다. 하지만 그게 나랑 무슨 상관이겠소?

나는 뭐든 내게 다가오는 대로 받아들일 뿐입니다. 매 순간 다르게 말입니다. 필요에 따라 기분에 따라 버터빵 한 조각으로 전채요리를 만들 수도, 완벽한 한 끼 식사를 차려낼 수도 있지요. 그렇듯이 나는 시를 가지고 내가 필요로 하는 걸 그때그때 만들 수 있는 겁니다. 웃을 거리가 필요하면 그런 시를 읽으며 웃습니다. 울 거리가 필요하면 그걸 들고 울고요. 네, 물론 그 시를 읽으면서 얼마든지 울 수 있답니다. 케베스, 세상의 뭘 갖고 못 울겠습니까!

가이벨의 시를 읽으면서 눈물을 글썽이셨다고요? 하지만 젊은 시인들이 제대로 한번 놀아보기로 작정하면, 둘러앉아 돌아가면서 가이벨을 낭독하며 배꼽이 빠져라 웃어대지 않을까 싶단 말입니다. 그래서 세상 모든 일이 다면적이라는 거죠.

케베스 맙소사! 정말 지독한 허무주의군요, 테오필. 하지만 말해보시오. 당신처럼 그렇게 생각하는 그런 작가들이라도 예술의 불가침성이라든가 시문학의 존엄성에 대한 믿음은 가지고 있겠지요?

테오필로스 아니오, 그렇지 않습니다. 그러기에는 이 젊은 이들이 너무나 겸손하고 경건하지요.

케베스 기절하겠군! 너무 겸손하다? 너무 경건하다? 이것 보시오, 친구여. 당신이 방금 말한 이 단어들을 제대로 설명할 수 있다면, 오늘 내가 당한 모든 모욕을 깨끗이 용서하리다.

테오필로스 당연히 설명할 수 있지요. 시의 존엄성을 믿고 기존의 의미로 시를 진지하게 받아들이기에는 젊은 작가들이 너무나 경건하고 겸손하다고 말했습니다. 그야말로 문자 그대로입니다. 보세요, 케베스. 우리가 만난 이래로 여러 징후를 통해 세상이, 아니 젊은이들의 정서가 근본적인 변혁을 맞이하고 있음을 이미 똑똑히 보셨겠죠. 권력과 권위에 대한 믿음의 와해도 이러한 변혁의 하나입니다. 기존의 권력과 권위는 지금 어떤 처지입니까? 이는 참담함, 전쟁, 기근과 대량학살을 초래했으며, 이제 그 타당성은 뿌리 깊이 흔들렸습니다. 그리하여 새로운 권위의 새로운 세상이 등장할 텐데(왜냐하면 인간의 타성이 끊임없이 그런 것을 요구하므로), 그에 앞서 우리는 먼저 모든 가치가 파괴되고 모든 이름이 변경되고 모든 대립이 서로 뒤바뀌는 시대를 겪어야만 합니다. 예술도 그러한 가치의 하나로, 이런 시대를 맞아 몰락하고 쇠퇴할 것입니다. 영원히는 아니고 당분간은 말입니다.

존경받는 고상한 인격체로서의 시인, 독자를 확고한 길로 이끌어 영혼의 귀족으로 승격시켜주는 그런 역할의 시인이란 만화에서나 가능할 뿐 우리 시대의 젊은이들에게는 더 이상 존재하지 않습니다. 신성한 것이 이토록 불확실해지고 선善이 이처럼 모호해지고 이상이 이렇게나 믿을 수 없게 되어버린 마당에, 예전에 정신적 귀족 운운하던 것이 어떻게 여전히 유효하겠습니까? 옛 시인들이 포고했던 저 정신적 귀족을 믿었던 건 당신들 아닌가요? 그러면서 당신과 당신의 친구들은 그 아름답고 고귀한 믿음을 붙들고 열심히 장사를 벌이지 않았습니까? 다른 모든 사람들을 빈곤하게 만들고 고통으로 돌아버리게 만든 그 전쟁에서 부를 창출해낸 당신들 아닙니까?

이 젊은이들이 전부 다 군인으로 전장에 나가진 않았어도, 전쟁은 그들 모두가 치른 것입니다. 누구는 전장에 나가 팔이나 눈, 다리를 잃었고, 또 누구는 방공호나 사무실에 처박혀서 몸뚱이는 건사했을망정 수년간 혐오스러운 임무를 수행했고, 경멸해 마지않는 규정을 따랐고, 원치 않는 이상을 위해 싸웠으니, 세상에 대해 남아있는 감정이라곤 온통 분노와 증오뿐이지요. 혹자는 취리히로 도망가 위험을 모면한 듯 보였지만, 한 달이 멀다 하고 혹 추방당하지 않을까 두려움에 떨었습니다.

그들 각각에 대해 큰 차이를 두며 아주 다르게 생각할 수도 있고, 전장의 영웅들을 칭송하거나 아니면 전쟁에 몸담지 않겠다는 기백을 보인 정신의 영웅들을 더 찬양하거나 할 수야 있겠지만, 케베스 나리가 보리와 가죽을 사고팔며 나날이 부유해지고 살쪄가는 동안 이 젊은이들 모두 다년간 혹독한 고초를 당했다는 사실만큼은 누구도 부인할 수 없을 겁니다. 부유하고 살찐 케베스 나리가 자기 청년 시절의 이상과 그 시절의 작가를 여전히 믿는다면, 그거야 누가 뭐라고 하겠습니까? 마찬가지로 이 젊은이들이 그 모든 것들을 더 이상 믿지 않는다면, 그 역시 누구도 뭐라 할 수 없습니다. 전쟁이 이 모든 일의 아버지이니 당신의 억대 재산의 아버지요, 또한 우리가 얘기한 저 멋진 시들의 아버지이기도 하지요.

자, 이야기를 다시 갈무리하자면 우리 젊은이들은 더 이상 시의 존엄성을 신봉하지 않습니다. 존엄성이라는 것 자체를 믿지 않습니다. 그러면 이제 시인이 권위도 스승도 되어주지 못하니, 이 젊은이들이 스스로 권위와 신성을 자처한답니까? 아니오. 시인의 우월성에 대한 자신들의 불신을 표현하되, 스스로 지도자와 장자의 역할을 자처하며 나서지 않고 다만 일개 젊은이이고자 할 따름이니, 바로 그 점에서 그들이 경건하고 겸손하다는 것입니다.

케베스 그래서 그들이 옳다는 말입니까?

테오필로스 당연히 옳고말고요. 그들은 옳지요. 스무 살 나이 때는 뭘 해도 옳습니다. 그들은 스무 살일 권리가, 이 빛나는 나이의 슬기와 또 우행을 자행할 권리가 있습니다. 또 자신을 다른 어느 때보다도 더 진지하게 받아들일 권리도 있습니다. 어리석기 짝이 없는 순간적인 착상이나 변덕으로 예술을 대치해도, 전혀 예술성 없는 구절을 두고 반듯한 옛 시와 똑같이 멋지다고 해도 다 옳습니다. 이 모두가 지당합니다. 십 년이 지나면 그들은 또 다른 것, 어쩌면 정반대의 것들을 주장할지도 모르지만요. 어쨌든 그런데 이들이 왜 그런 이해불능의 시들을 그렇게나 멋지게 여기는지, 그 이유를 좀 설명해드리지요.

케베스 말해보시오, 테오필!

테오필로스 명심하세요, 진정한 타개책을 원한다면 정신분석가를 찾아가십시오! 진작 그랬더라면 나도 이런 장황한 설명을 면할 수 있었을 테고, 아니 나를 선생으로 둘 필요조차 없었을 거요. 자, 봅시다. 어떤 일의 당사자에게는 모종의 표현, 하나의 표징, 일개 상징이 엄청나게 중요하고 의미심장할 수 있는 법이지요. 그렇지 않습니까?

예컨대 당신이 로마제국 시대에 사는, 이제 막 회심하여 신앙심이 불타오르는 기독교인이라고 생각해보세요. 그러면 예수의 이름을 담고 있는 물고기 표식이 당신에게 말할 수 없이 성스럽겠지요. 어쩌면 어딜 가든 그 물고기 표식을 지니고 다닐 테고, 어디서든 그걸 보면 깊은 헌신의 표징으로 맞겠지요. 그렇지만 기독교인이 아닌 다른 사람이 그런 당신을 본다면 미친 사람 취급을 할 겁니다. 당신의 표징과 당신이 느끼는 그 신성함의 의미를 모르니까 말입니다. 이해하시겠습니까?

케베스 물론입니다. 계속하시지요!

테오필로스 예술과 문학에서의 표징도 마찬가지입니다. 누구나 자기가 신봉하는 표징이 있으며 그것은 그에게 신성한 의미를 지닙니다. 당신이 우연히 릭스도르프에서 행복한 유년을 보냈다면, 이후 릭스도르프라는 지명은 당신에게 천국과 환희를 의미하는 하나의 상징이 될 것입니다. 저 젊은 시인들은 자신들의 상징을 마치 다른 사람들도 이해하는 듯이 시에다 그냥 쓰는 겁니다. 당신이 '내 영혼의 릭스도르프, 내 사랑이여'라고 시를 쓴다면, 당신에게는 이 말이 깊은 내면의 진정과 신성함을 의미할 수 있겠지만, 다른 사람들은 뭔 헛소리냐 할 겁니다. 오늘날의 젊은 시인들이 딱 그런 셈입니다. 그들은 낡은 상징, 느슨해진 형식, 폐기된 이상에 너무나 신물이 나서, 너무나 뻔하고 관습적이고 구태의연하기보다는 차라리 이해불능이 되겠다는 겁니다. 그리하여 각자가 가진 자기 나름의 성역을 마치 만인에게 통하는 양 마음대로 설정하는 겁니다.

게다가 이들 젊은 사람들은(안타깝게도 당신은 소홀히 했지만) 모두 정신분석 같은 걸 한차례 겪었지요. 자기 무의식의 표현을 엄청나게 진지하게 받아들이는 법을 그들은 배웠답니다. 그들은 그 정도까지 나아갔고, 스무 살이 자기 세계관을 완결된 것으로 여기듯 자신들의 정신분석을 완결된 것으로 생각합니다. 사실 분석의 후반부는 아직 갖추지 못했지요. 아직 전반부도 겪지 않은 당신이야 물론 전반부고 후반부고 간에 아무것도 없지만.

케베스 그 전반부 후반부라는 게 다 뭡니까?

테오필로스 오, 친구여, 분석의 전반부가 가르쳐주는 건, 우리 스스로가 하나의 온전한 개인이라는 인식입니다. 우리 아버지 세대와 입법자들이 우리에게 요구하는 것과 완전히 상반된 권리와 힘과 충동들을 인정함으로써 말이지요. 말하자면 이 절반은 우리를 모반자로 만듭니다. 하지만 후반부에 가면, 우리 스스로가 인류의 일부임을 자각하게 되고, 그리하여 인류를 거스르지 않고 그 궤도를 기꺼이 함께 밟아나갈 때에 비로소 개인의 최고 만족 또한 찾을 수 있음을 통찰하게 됩니다.

케베스 그런 의지라면 내게도 있소. 그런데 심신이 두루 건강한 내가 무엇 때문에 굳이 정신분석가를 찾아가야 한다는 말씀이오?

테오필로스 친애하는 케베스여, 뜻대로 하십시오. 그러나 만약 당신이 스스로를 건강하다고 여기신다면, 큰 착각에 빠져있는 겁니다. 또한 당신이 이미 후반부의 인식에 들어있다고 생각한다면, 더더욱 큰 착각입니다. 당신은 국가와 질서와 기존의 모든 것들을 애당초 긍정했고, 그러면서 자기 몫을 챙긴 사람이니까요. 당신이 모든 질서에 반하여 날뛰는 사람보다 한 수 위라고, 한술 더 떠 의식적으로 자기 삶을 전체 인류에 맞추는 지혜의 소유자라고 생각한다면 큰 오산이지요.

친구여, 당신이 너무나 건강하다고 여기는 당신의 정신은 아직 단 한 번도 본연의 자아를 체험해본 적이 없지만, 요즘 젊은이들은 열다섯 살이면 벌써 경험하기 시작한다오. 허나 이를 바로잡는 건 당신이 명하신 저의 책무 밖의 일이니, 오늘은 이만 물러가겠습니다. 대화 중에 저도 여러 가지 생각할 거리들이 떠올랐으니, 허락해주신다면 이만 물러나 오늘 우리의 대화 내용을 글로 적어둘까 합니다.

(1920)

예술가와 정신분석

Künstler und Psychoanalyse

프로이트의 '정신분석'이 신경정신과 의사들이라는 좁은 범위를 넘어 일반인의 관심을 불러일으킨 이후로, 프로이트 의 제자인 융이 무의식의 심리학과 유형론을 정립하여 부분 적으로 발표한 이후로, 나아가 정신분석학이 민중설화나 전 설과 문학을 직접적으로 다루게 된 이후로, 예술과 정신분석 상호 간에 긴밀하고 유익한 관계가 형성되었다. 프로이트 학 설에 속속들이 동의하건 하지 않건, 반론의 여지가 없는 사실 들이 밝혀졌고 또 파급된 것은 분명한 사실이다.

여러모로 상당히 생산적인 이 새로운 접근방식에 대해 특 히 예술가들이 수용적인 태도를 보이리라는 것은 충분히 예 상할 수 있는 일이었다. 개중에는 본인이 노이로제 환자여서 정신분석에 관심을 가진 경우도 상당수 있었을지 모르겠다. 하지만 그 이상으로, 이 전혀 새로운 토대 위에 세워진 심리학에 예술가들이 보낸 관심과 지지는 공식적인 학계에서보다 훨씬 더 컸다. 특출하게 급진적인 사상의 경우 늘 학자들보다 예술가 쪽이 훨씬 공략하기 쉬운 법이다. 이리하여 오늘날 프로이트의 사상은 심리학자나 의학 전공자들보다도 오히려 젊은 예술가들 사이에서 더욱 활발하고 광범위하게 논의와 수용이 이루어지고 있다.

그러다 보니 이 문제를 카페에서 새로운 토론주제 정도로 삼는 데 만족하지 않는 사람이라면 하나같이 예술가로서 새로운 심리학으로부터 뭔가 배워보자는 열의를 갖게 되었다. 말하자면 이 새로운 심리학적 통찰이 창작에도 유용한 자산이 될 수 있을까, 있다면 과연 어느 정도로 가능할까 하는 문제가 떠오른 것이다.

한 이 년쯤 전인가 지인이 레온하르트 프랑크Leonhard Frank의 장편 두 작품을 읽어보라고 권하면서, '문학작품으로서도 가치가 있지만 일종의 정신분석 입문서도 된다'고 얘기했던 기억이 있다. 그 뒤로 나는 프로이트 학설에 영향을 받은 흔적이 역력한 작품들을 여럿 읽었다. 심리학이라는 현대적 학문에 대해서는 일말의 관심도 없던 나 같은 사람이 보기에도 프로이트와 융, 슈테켈 등의 몇몇 저서들은 상당히 참신하고 중요한 사항을 다룬 듯해 깊은 관심을 가지고 읽어보았다. 그러면서 알게 된 것은 인간정신에 대한 이들의 견해가 문학이나 직접적인 관찰을 통해 얻은 나 자신의 생각을 거의 다 입증해준다는 사실이었다. 내가 예감으로, 스치는 단상으로, 무의식의 지식으로 이미 부분적으로 갖추고 있었던 것들이, 여기에 분명하게 명시되고 표현되었음을 확인할 수 있었던 것이다.

작품의 해석이나 일상의 관찰에 이 새로운 학설이 여러모로 유용하다는 건 두말할 나위 없다. 이를테면 열쇠 하나를 더 갖춘 셈이니, 만능열쇠라고까지는 할 수 없지만 어쨌거나 효용성과 신빙성 면에서 고속으로 검증된 썩 괜찮은 도구 하나가 추가된 것이다. 그렇다고 문학사 쪽에서 산발적으로 시도되듯, 작가의 삶에서 최대한 상세한 병력病歷을 이끌어내는 작업을 두고 하는 얘기는 아니다. 예컨대 정신분석학을 통해 니체의 심리학적 인식과 섬세한 예지를 확인하고 바로 보게 된 것은 우리에게 더없이 귀중했다. 무의식에 대한 관찰과 인식이 시작되고 심리기제를 억압과 승화, 퇴행의 개념으로 해석함으로써 명료하기 이를 데 없는 도식이 나왔다.

하지만 어찌 보면 누구라도 손쉽게 접근하고 다룰 수 있는 심리학이 되다 보니, 예술가들이 활용할 가능성은 오히려 애매해졌다. 역사적인 지식이 많다고 역사시를 쓰는 게 아니며 식물학이나 지질학 지식으로 풍경화를 그리지 못하듯, 아무리 심리학에 통달해 있다 한들 사람들의 삶을 묘사하는 데 별 도움이 되지 못한다. 이미 보았듯이, 오히려 정신분석가들 쪽에서 과거의 문학작품을 자신들의 논리를 입증하기 위한 증거이자 전거로 끌어다 쓰기 일쑤였다. 말하자면, 정신분석이 인식하고 과학적으로 정리한 것들은 작가들이 진작에 알고 있던 내용이라는 것이다. 사실 시인이란 본래 분석적·심리학적 방법과는 완전히 배치되는 독특한 사고방식의 대표자이다. 시인은 꿈꾸는 자요, 분석가는 그 꿈의 해석자이다. 제아무리 정신분석학에 관심이 많다 한들, 결국 시인이라면 계속 꿈을 꾸며 무의식의 외침을 따르는 것 외에 달리 무엇을 할 수 있겠는가?

그것 말고 다른 길은 없었다. 그 모든 분석을 동원한들, 본래 시인이 아니었던 자를, 내면의 집과 정신의 맥박을 느끼지 못했던 자를 영혼의 해석자로 만들 수는 없었다. 새로운 도식들을 적용할 수야 있을 테고, 그것으로 어쩌면 잠깐 사람들의 눈길을 잡아끌 수도 있겠지만 근본적으로 그의 능력에 보탬이 되는 건 아니다. 정신의 일들을 문학으로 풀어내는 일이란 예나 지금이나 분석이 아닌 직관적 능력의 소임인 것이다.

그렇다고 이것으로 얘기가 다 끝나지 않는다. 실제로 정신 분석 방법은 예술가들에게도 크나큰 도움이 될 수 있다. 분석의 기법을 예술에 그대로 전용하는 것은 잘못이되, 정신분석을 진지하게 수용하고 따른다면 상당히 유용하다. 예술가가 정신분석에서 얻을 수 있는 확인과 격려는 세 가지라고 본다.

첫째는 환상과 허구의 가치에 대한 심층적인 인정이다. 예술가가 자기 스스로를 분석적으로 관찰한다면, 스스로 약점이라 여기며 괴로워하는 면들을 직시하지 않을 수 없을 것이다. 즉 자기 업에 대한 회의, 환상에 대한 불신, 시민적 가치와 교육의 손을 들어주며 자기의 모든 행위는 '한낱 허구에 불과하다'고 말하는 내면의 낯선 목소리가 그것이다. 그런데 예술가가 때때로 '한낱 허구일 뿐'이라고 평가하곤 했던 바로 그것이야말로 최고의 가치를 지니는 것이라고 열렬히 설파하는 것도, 정신적 근본요구의 엄존과 일체의 권위주의적 잣대와 평가의 상대성을 똑똑히 일러주는 것도 바로 분석이다. 분석은 예술가로 하여금 스스로 떳떳해질 수 있게 해준다. 아울러 분석적 심리학에서 일단 순수하고 지적인 활용이라는 영역이 열린다.

이런 정도의 활용이라면 아마 분석을 겉핥기식으로만 알아도 가능할 것이다. 하지만 나머지 두 가치는 오로지 정신분석을 철저하고 진지하게 몸소 시도해보는 사람에게만 드러나는데 그런 이에게 분석은 지적인 관심사가 아닌 일대 체험이된다. 자신의 '콤플렉스'에 관한 설명을 몇 마디 얻어듣거나 자신의 내면에 대해 몇 가지 사항을 깔끔하게 정리하는 정도로 만족하는 사람이라면, 이 중대한 가치들은 놓치게 된다.

분석의 방법, 꿈과 기억과 연상들로부터 정신적 근원을 추적하는 이 길을 진지하게 좀 더 밀고 나가는 사람이라면 '자기 무의식과의 내밀한 관계'라고 칭할 수 있는 장기소득을 얻게 된다. 의식과 무의식 간에 더욱 따뜻하고 좀 더 생산적이며 더 열정적인 소통을 경험하는 것이다. 분석이 아니었다면 그저 '잠재의식으로' 머물러 부지불식간에 스치고 지나갔을 많은 것들이 백일하에 드러나기 때문이다.

그리고 이는 또다시 윤리나 개인의 양심에 대한 정신분석 결과와 긴밀히 연관된다. 무엇보다도 분석은 중요한 근본요구를 제시하는 바, 이를 회피하거나 태만하면 즉각 보복이 돌아오는데, 그 가시는 아주 깊숙이 꽂혀 상흔을 오래 남기게 마련이다. 정신분석은 자신에 대해 진실할 것을 요구하지만 우리는 이에 익숙하지 않다. 우리 안에 너무나도 철저하게 억압해두었던 것, 여러 세대에 걸쳐 지속적으로 억눌러왔던 바로 그것을 똑바로 보고 인식하고 탐구하고 진지하게 수용하라고 가르치는 것이다. 이는 분석에 착수하는 첫걸음부터 곧바로 느낄 수 있는 거대하고 엄청난 경험으로, 존재의 뿌리를 흔들어놓는다. 이를 견디고 계속 나아가는 사람이라면 점점 더 고독해지고 갈수록 관습이나 기존의 가치관과 단절되는 자신의 모습을 보게 되며, 갖가지 의문과 회의가 꼬리를 물고 이어진다.

그러나 한편 무너져 내리는 관습의 장막 뒤편에서 거역할 수 없는 진실, 곧 본성이 떠오르는 모습을 목도 또는 예감하게 된다. 발전사의 어떤 조각은 오직 분석이라는 강도 높은 자기검증을 통해서만 진정으로 겪고 또 철저히 이해할 수 있기 때문이다. 본격적인 정신분석은 아버지와 어머니를 지나, 농경민과 유목민을 지나, 원숭이와 물고기를 거슬러 올라, 인류의 원천과 속박과 소망을 이토록 충격적으로 대면하게 한다. 배워서 알던 것이 명백함으로 바뀌고, 머릿속의 지식이 심장의 고동이 되며, 불안과 당혹과 억압들이 밝혀지는 만큼 개인과 삶의 의미는 더욱 선명하고 당당하게 부상하게 된다.

분석이 가진 이토록 교육적이고 고무적이며 도전적인 힘을 누구보다도 강렬하게 느끼는 이들이 아마 예술가일 것이다. 왜냐하면 예술가에게 중요한 건 어떻게 하면 세상과 관습에 최대한 안온히 적응하느냐가 아니라, 오로지 자기 나름의 독자성에 의미를 부여하는 것이기 때문이다.

과거의 작가들 가운데 분석적 정신의학의 주요 명제들에 매우 근접했던 사람들이 몇몇 있는데 선두는 단연 도스토예프스키다. 그는 프로이트 학파보다 훨씬 앞서 직관적으로 이 길을 걸었을 뿐 아니라, 심리학 특유의 처리방식과 기법까지도 어느 정도 터득하고 있었다. 독일의 주요 작가 중에는 장파울이 있는데, 심리적 기제에 관한 그의 견해는 오늘날의 정신분석학에 가장 근접해 있다. 그는 나아가 심오하고 생생한 직관으로 자기 무의식과의 지속적이고 밀접한 교제를 무한한 창조의 원동력으로 삼은 빛나는 본보기다.

끝으로 어느 작가의 말을 인용하고자 한다. 그는 순수관념주의자로 손꼽히기는 하지만 몽상가나 자기 생각에 고립

된 성격이 아닌, 오히려 상당히 지적인 예술가 쪽에 드는 작가다. 다음에 인용한 편지구절을 가리켜 오토 랑크[48]는 현대에 훨씬 앞서 무의식의 심리학을 입증해주는 놀라운 발언이라고 지적한 적이 있다. 쾨르너Karl Theodor Körner가 창작활동에서 겪고 있는 어려움을 호소하자 실러는 다음과 같이 쓰고 있다.

"내가 보기에 자네가 한탄하는 원인은 자네의 오성이 상상력에 가하는 억압 때문인 것 같네. 봇물 터지듯 밀려드는 심상들을 오성이 문간에서부터 너무 날카롭게 검열한다면, 그것은 바람직하지 않고 정신의 창조활동에 불리하게 작용하는 것 같네. 하나의 심상이란, 따로 떼어놓고 볼 땐 아주 하찮고 심지어 황당해 보일 수도 있지만 어쩌면 거기에 뒤따라오는 것이 있기에 중요할 수도 있고, 또 어쩌면 별 볼일 없어 보이는 다른 것과 특정 방식으로 연관되면서 매우 의미심장한 부분을 이룰 수도 있다네. 이 모든 것을 오성은 판단할 수 없다네. 이 모든 것들과의 연관을 세밀히 살펴볼 수 있을 때까지 끈질기게 붙들고 늘어지지 않는 한 말이지. 창조적 두뇌라면 오히려 그 척후병들을 문간에서 철수시키고 그래서 온갖 심상들이 어중이떠중이처럼 밀려들어와 커다란 덩어리를 이루면, 그때 비로소 오성이 전체를 조망하며 옥석을 가리는 게 아닐까 싶네."

무의식에 대해 비판적 지성이 맺을 이상적인 관계를 참으로 근사하게 표현한 말이다. 무의식·통제되지 않은 착상·꿈·유희적인 심리상태 등에서 나오는 자산을 무턱대고 억압하는 것도, 불완전한 무의식의 무한대에 끝없이 탐닉하는 것도 아닌, 감추어진 원천에 깊은 애정으로 귀 기울이기, 그런 연후에 혼돈으로부터 비로소 평가와 선택하기. 위대한 예술가들은 모두 다 그랬다. 정신분석은 이러한 요구를 관철하는 데 일조하는 하나의 기법이 될 수 있으리라.

(1918)

환상 문학

Phantastische Bücher

예전의 나는 좋은 책과 나쁜 책을 꽤 정확히 구분해 알고 있었다. 사람들이 예전에는 책뿐 아니라 매사에 올바른 것을 원칙적으로 워낙 잘 알고들 있었기에, 사는 일과 생각에 자신이 있었다. 그러나 이제는 모든 일이 너무나 불확실해졌고 책에 대한 내 입장도 갈수록 그러하다.

전쟁의 와중에 나는 좋은 책과 나쁜 책에 대해 늘 고민할 수밖에 없는 처지였다. 당시 내 직책이 50만 명에 가까운 사람들의 읽을거리를 고르는 일이었기 때문이다. 당시 난 나름의 훌륭한 원칙에 따라 일을 시작했다가 낭패를 보았고 독자들(프랑스에 있던 독일 전쟁포로들이었다)로부터 날마다 쇄도하는 요청으로 깨친 바가 있었다. 그것은 사람이 읽을거리를 선택할 때 무슨 윤리적 미학적인 원칙에 따르는 게 아니라는 사실이다. 그런데 교육받은 사람은 그런 원칙에 하도 철저해서, 어떤 건 그다지 마음에 와닿지 않으면서도 높이 평가하는가 하면 또 그 교양에 제동이 걸리지만 않았다면 분명히 마음이 끌렸을 어떤 것들에는 아예 관심을 끊기도 한다.

당시 가장 인기 있는 작가 중 하나였는데도 나는 그저 이름만 알고 있다가, 이러한 에움길에서 비로소 알게 된 작가가 있다. 포로들의 희망 도서목록에 늘 올라있던 이름, 바로 카를 마이다. 내 주변의 사내녀석들이 그의 소설에 열광했다는 기억은 났지만, 그 외에는 죄다 형편없는 평가뿐이었다. 수상한 인품에 파렴치한 글쟁이, 이념이나 성스러운 광채 같은 건 기대할 수 없는 순 엉터리 소설제조기일 뿐이라고 말이다. 모두 어디서 어떻게 주워들은 얘긴지 몰라도 어쨌든 그랬다. 당시에야 모름지기 양과 염소가 엄연히 구별될진대, 이 마이 씨로 말할 것 같으면 염소 쪽이었다.

그러다가 하도 궁금해서 그의 책 두 권을 읽어보고는 깜짝 놀라고 말았다. 그는 엉터리 글쟁이가 아니라 그야말로 놀랄 만큼 천진한 진정성의 소유자였다. 본연의 문학, 그러니까 '욕구충족으로서의 문학'이라 일컬을 수 있는 유형의 문학을 탁월하게 대표한 작가였던 것이다. 그 두꺼운 책들 속에서 그는 실제의 자기 삶에서 이룰 수 없었던 모든 소망을 실현하고 있었다. 거기서 그는 왕처럼 강하고 부유하고 존경받으며, 충직하고 강력한 동지들을 거느리며, 그 어떤 적들보다도 우월하며, 지혜와 관용의 힘으로 기적을 행한다. 패자를 구원하고, 잡힌 자를 놓아주며, 원수들을 화해시키고, 죄인을 바른 길로 인도하고, 천하의 악당을 일거에 제압한다. 호전적이고 약탈자적인 유치한 욕망으로 인해 순진무구하던 천성이 기형적으로 꼬여버리는 사람들도 있지만 그는 단지 힘세고 강하기만 바라는 게 아니다. 뛰어난 지략으로 노회한 데다가 비상한 선량함까지 겸비했다. 그의 소설 속 주인공들은 이름만 바뀔 뿐 늘 동일한 이상형을 구현하고 있다. 국수주의적 시각의 영향으로 그가 선(善)을 유럽의 기독교적 의미로 이해한다는 사실, 그리고 마치 유럽의 총포가 미개민족들의 원시적인 무기보다 뛰어나듯 유럽의 기독교적 도덕체계가 다른 무엇보다도 우월하다는 착각에 빠져있다는 사실 등은 그다지 중요하지 않다. 이 점에 있어서도 그는 어디까지나 선의이며, 가히 부러워할 만한 집중력으로 목표를 향해 나아간다.

그를 위대한 작가라고 말하고 싶지는 않다. 그러기에는 그의 언어가 너무나 틀에 박혀있고 정신의 폭이 너무 좁다. 하지만 척박하고 황폐해진 우리 문학에서 그가 그 요란스럽고 현란한 작품들을 통해 만들어낸 하나의 전형은 없어서는 안 될 불멸의 문학이다. 이 시대의 다른 '더 나은' 작가들이 상상의 날개를 접은 게 어찌 그의 잘못이겠는가? 누군가 신통찮은 재능을 가지고서 성취한 일을, 더 고급한 수단을 구비하고도 이루지 못했다면 못한 쪽이 잘못이다.

최근 들어 우리 산문문학에서 환상 쪽으로 새로이 방향선회가 이루어졌는데, 이는 어떤 현실적인 결함 때문이기도 하다. 즉 인상주의 예술가들의 섬세하고 고상하고 가꾸어진 몸짓이 문득 피곤하고 시들하게 느껴졌던 것이다. 그것은 더 이상 시대와 어울리지 않았기에 젊은 세대의 호응을 받지 못했다. 독일어권에서는 마이링크[49]가 그의 대표 장편들을 통해 세련되게 손질된 새로운 환상의 윤무輪舞를 시작했는데, 매우 섬세하고 정선된 문체를 구사한 그 역시 조야한 수단을 마다하지 않았다.

그와 더불어 한 사람 더 언급하자면 프라이[50]가 있다. 그의 소설 《보이지 않는 사람 졸네만》Solneman der Unsichtbare도 같은 길을 걸었으며, 최근에 출판된 흥미진진하고 멋진 신작

271

《카스탄과 계집들》Kastan und die Dirnen도 그렇다. 클라분트51)의 산문집도 어느 정도 이에 속하는데, 특히 《브라케》Brake는 독특하고 현대적인 방식의 의미와 암시로 가득한 너무나 아름다운 작품이다.

이 책들 속의 '환상'이란, 현대회화에서 나타나는 전통의 철저한 해체와도 같은 맥락이다. 그것은 새로운 활동과 성과를 겨냥한 개개인의 의식적인 시도나 추구 혹은 새로운 어떤 것을 만들겠다는 실험정신에서 비롯된 것이 아니다. 이 모든 것의 근저에는 전 세계적으로 유럽정신이 붕괴되고 새로이 구축되는 것과 정확히 상응하는 과정이 놓여있다. 예술에 반영되는 것은 결코 개인의 의지나 우연이 아닌, 불가피한 필연성이다. 정제된 것에서 조야한 것으로, 토마스 만에서 하인리히 만으로, 르누아르에서 표현주의로의 방향전환은 곧 새로운 영역을 향한 우리 정신의 전환이며 우리 무의식의 새로운 원천과 심연을 열어 보이는 것이다. 그러면서 어김없이 먼 유년의 한 조각, 잠복되어있던 유전자의 편린이 떠오르고, 동시에 아름답고 소중하고 고상한 전통은 수없이 와해되게 마련이다. 그러나 무너져 내리는 걸 아무리 붙잡으려 해봐야 아무 소용없으며, 새로이 부상하는 것을 무시와 조롱으로 막으려

한들 더더욱 부질없는 짓이다. 전쟁도 혁명도 그걸 막을 수는 없었으며, 완고한 이들이 외면하며 눈을 감고 귀를 꽉꽉 틀어막아도 구세계는 결국 산산조각이 나게 마련이었다.

우리 할아버지 시대에 나온 환상 소설로, 유머와 장난기 그리고 심오하고 절묘한 난센스가 넘치는 진정한 수작이 최근에 다시 나왔다. 에두아르트 뫼리케의 《립문트 마리아 비스펠》Liebmund Maria Wispel이 그것이다. 이 익살스러운 한 권의 책에는 뫼리케의 온갖 '수다들'과 함께 작가의 필적과 스케치들도 실렸다. 대작가 뫼리케, 그는 언제나 그랬듯이 이 책에서도 재차 오해받을 터이고, 그럼에도 또한 심오하고 찬란한 빛을 발하리라. 훗날 언제고, 누군가 정통한 사람이 나서서(베르트람의 《니체》[52]만큼이나 멋지게) 우리에게 뫼리케의 면면을 제대로 펼쳐 보여줄 날이 오려나. 그의 동시대인인 레나우나 그에 앞서 횔덜린이 그랬듯, 현대적 감수성의 선두주자인 뫼리케를 말이다!

(1919)

빌헬름 셰퍼 주제에 의한 변주

Variationen Über
ein Thema von
Wilhelm Schäfer

화가는 그림을 볼 때면 조명을 잘 밝히고 다가섰다 물러났다 해가면서 여러 각도에서 관찰한다. 그림을 한 바퀴 돌려보기도 하고 위아래를 뒤집어 거꾸로 걸어보기도 한다. 그런 갖가지 시험을 통과하고 색상들이 마술처럼 조화를 이루며 함께 어우러질 때, 그제야 비로소 화가는 그 그림에 만족한다.

나는 내가 진정한 마음의 벗으로 삼는 '진리'들을 가지고 곧잘 그렇게 해본다. 참되고 올바른 진리라면 뒤집어놓더라도 끄떡없어야 할 것 같다. 참인 것은 그 역 또한 참이어야 한다. 왜냐하면 모든 진리란 특정한 극極에서 바라본 세상에 대한 통찰을 간략한 문장으로 담은 것인데, 모든 극에는 그 반대극이 있기 때문이다.

내가 무척 존경하는 작가 중 하나인 빌헬름 셰퍼Wilhelm Schäfer가 여러 해 전에 자신이 생각하는 작가의 과제에 대해 한 문장으로 표현해 말해준 적이 있다. 나중에 그의 저서에서도 언급되었지만 매우 인상 깊은 문장이었고 틀림없이 옳고 참된 탁월한 표현이었다. 그런 면에서 셰퍼는 과연 대가답다. 그런데 작가에 대한 그의 명제는 내 속에서 긴 여운을 남기며 도무지 잊히지 않았고 가끔씩 불쑥불쑥 떠오르곤 했다. 절대적으로 완전히 동의하는 진리라면 그렇지 않은 법이다. 꿀꺽 삼키는 즉시 곧바로 소화가 되게 마련이니까. 문제의 문장은 이렇다.

"작가의 소임이란 단순한 것을 중대하게 말하는 일이 아닌, 중대한 것을 단순하게 말하는 일이다."

이 멋진 경구(지금도 여전히 감탄하는)가 어째서 내 안에 완전히 뿌리내리지 못하고 일말의 틈과 저항감을 남긴 걸까? 나는 오랫동안 곰곰이 생각해보았다. 그러면서 머릿속에서 백 번도 넘게 분석을 시도해보았다. 맨 처음 발견한 것은 가벼운 어긋남, 사소한 오류였다. 수정처럼 깔끔하게 표현된 이 명제의 보일 듯 말 듯한 균열이었다.

"중대한 것을 단순하게 말하기. 단순한 것을 중대하게가 아닌."

흠잡을 데 없는 대구법 같지만 그렇지가 않다. 이 문장에서 두 번 쓰인 '중대하다'라는 단어는 엄밀하게 따져보면 동일한 의미가 아니기 때문이다. 작가가 말해야 한다는 그 '중대한'은 그야말로 순전하고 명백한 의미로 쓰인 것인데, 여기서 '중대하다'는 말은 '절대적으로 가치 있는' 정도의 의미다. 그러나 다른 '중대하다'는 말에는 이와 달리 경시의 의미가 섞여있다. 어떤 작가가 '단순한 것', 즉 중요하지 않은 어떤 것을 '중대하게' 표현한다면, 근본적으로 거짓을 행하는 것이고, 이때 그의 행위를 표현하는 '중대하게'라는 말은 결국 기만행위를 일컬으니, 절반은 반어적인 의미로 쓰인 것이다.

왜 여태 그 생각을 못 했나 싶었지만 문득 시험 삼아 문장을 한 번 뒤집어보는 간단한 실험을 해봄으로써, 나는 비로소 핵심에 좀 더 가까이 파고들게 되었다. 뒤집으니 이런 문장이 되었다.

"작가의 소임이란 중대한 것을 단순하게 말하는 일이 아니라 단순한 것을 중대하게 말해주는 것이다."

보라, 그러자 또 하나의 새로운 진리가 내 앞에 있었다. 뒤집어놓자 문장은 오히려 형식상 더 나아졌다. 왜냐하면 '중대하다'는 단어가 원래의 문장에서는 슬쩍 의미를 갈아탔던 데 반해, 이제는 앞뒤로 동일한 의미를 갖게 되었기 때문이다.

그러면서 불현듯 알게 된 사실은, 문장을 뒤집자 셰퍼의 진리가 원래 말했던 것보다 훨씬 더 참되고 훌륭해졌다는 점이다. 이제야 모든 게 명백해졌다. 물론 셰퍼의 문장 자체도 전과 다름없이 여전히 타당하고 멋졌다. 셰퍼의 극에서 볼 때 말이다. 하지만 내가 취한 반대극에서 보면 역전된 문장은 그야말로 전혀 새로운 힘과 온기를 띠며 빛을 발하고 있었다.

셰퍼의 말인즉슨, 작가의 소임이란 임의의 사소한 것을 마치 대단한 것인 양 꾸며내는 일이 아니라 진정으로 가치 있고 중요한 것을 소재로 선택해 가능한 한 단순하게 기술하는 일이었다. 그런데 내가 뒤집어놓은 문장은 말하자면 이렇다.

"작가의 소임이란 무엇이 중요하고 대단한지를 결정하는 일이 아니다. 뒤죽박죽인 세상에서 후세의 독자들 대신 취사선택을 해 오로지 가치가 있고 진정으로 중요한 것만 골라 일러주는 무슨 훈육교사 노릇도 아니다. 오히려 그 정반대다! 작가의 소임은 아무리 사소하고 별 볼일 없는 것에서도 무변광대無邊廣大한 것을 인식하고, 신은 어디에나 존재하며 만유에 깃들어있다는 보물 같은 지식을 끊임없이 발견하고 일러주는 일이다."

원래의 문장에도 수긍하고 동의하는 바였지만, 나의 극에서 이렇게 뒤집어보니 작가의 의미와 과제가 훨씬 귀하고 참되게 표현되었다.

진심으로 생각하건대, 작가의 직분이란 세상에서 중요하고 중요하지 않은 일들을 판별하는 일이 아니다. 그와는 정반대로 의미라는 것이 그저 단어에 불과함을, 세상의 그 어떤 것에도 없으면서 또한 모든 것에 있음을, 진지하게 받아들여야 할 것과 그러지 않아도 될 일이 따로 있지 않음을 끊임없이 보여주는 그런 소임, 그런 고결한 직분을 가진 사람들이 작가다. 확실히 셰퍼가 한 말과는 좀 다르다. 셰퍼는, 작가라는 이름을 달고 기교와 재간으로 제 스스로도 하찮게 생각하는 어떤 것을 근사하게 치장하고 의미를 부풀려 한바탕 연극을 꾸며대는 사람을 거부하는 것이다. 그런 식의 작가는 나 역시 마뜩찮게 생각한다. 하지만 나는 '중대한 것'과 '단순한 것' 간에 경계가 있다고는 믿지 않는다는 점에서 셰퍼와 의견을 달리한다.

이런 생각에서 출발하여, 늘 모호하고 답답하게 여겼지만 우리의 선학들과 문학사로부터도 시원한 해답을 들을 수 없었던 문학과 정신사의 기이한 현상에 대해서도 몇 해를 지내면서 좀 더 깊은 통찰을 하게 되었다. 그것은 바로 이른바 문제적 작가들과 그 반대편에 서 있는 소심한 목가주의자들에 관한 것이다. 작품은 전혀 매혹적이지 않은데 뭔지 모를 무게와 비중이 느껴지는 작가들이 있다. 바로 인간사의 거창한 소재를 '선택'하고 인류의 심각한 문제를 다루었던 까닭이다.

반면에 소위 소박한 작가들이라고 일컬어지는 이들은 대단하고 거창하고 세계사적인 의견 같은 건 일절 언급하지 않는다. 인류의 기원과 미래라든지 하는 문제 따위에도 전혀 신경 쓰지 않는다. 그보다는 오히려 소소한 운명들에 대해, 사랑과 우정에 대해, 덧없음의 슬픔에 대해, 풍경과 동물, 지저귀는 새들과 하늘 위의 구름에 대해 노래하고 공상하는 편을 택한다. 그럼에도 우리가 너무나 사랑하여 자꾸만 읽게 되는 그런 작가들이 있다. 이 단순한 영혼들, 거창한 것이라곤 도무지 말할 줄 모르는데도 우리를 그토록 매료시키는 이 작가들을 도대체 어떻게 평가하고 어디에 자리매김해야 할지 늘 당혹감을 느끼게 된다. 모든 아이헨도르프들, 모든 슈티프터들, 그 모두가 그런 작가들 아닌가!

그리고 반대편에는 저 위대한 문제적 작가들이 석연찮은 명성을 안은 채 버티고 서 있다. 거창한 문제들을 제기하는 헵벨이나 입센 같은 작가들(단테, 셰익스피어, 도스토예프스키 등의 진정으로 위대한 소수의 선각자적 작가들은 이들과 함께 언급하지 않겠다), 거기 서 있는 그 묘한 거인들의 작품들은 너무나 심각한 문제들을 꽝꽝 울려대지만, 그 무엇도 우리에게 그다지 기쁨을 안겨주지 못했다.

반면 저 아이헨도르프와 슈티프터들, 그들은 모두 단순한 것을 중대하게 얘기하는 작가다. 이는 그들이 단순한 것과 중대한 것을 도무지 구별할 줄 모르기 때문이며, 전혀 다른 차원에서 살면서 전혀 다른 극에서 세상을 바라보기 때문이다. 그리고 바로 이들, 이 목가주의자들, 이 단순하고 눈 맑은 신의 적자들, 풀잎 하나도 계시가 되는 그들, 우리가 소박한 작가들이라고 일컫는 바로 그들이 우리에게 최고의 것을 안겨준다. 그들이 우리에게 가르쳐주는 것은 '무엇'이 아닌 '어떻게'다. 거대한 사상을 품은 저 거인들 옆에 선 이들은 마치 엄한 아버지 곁의 자애로운 어머니들 같은데, 사실 우리 모두에게 아버지보다 어머니가 얼마나 더 절실히 필요하던가!

진리를 뒤집어보는 건 언제나 유익하다. 한 시간 동안 내면의 그림을 거꾸로 걸어두면 사고가 더 유연해지고, 다채로운 착상이 좀 더 활발하게 떠오른다. 그리하여 우리의 작은 나룻배가 세상이라는 큰 강을 타고 더 매끄럽게 나아가게 된다. 만일 내가 교사여서 수업을 해야 한다면, 학생들에게 작문 같은 걸 시키게 된다면, 나는 아이들에게 매일 한 시간씩 뚝 떼어주며 이렇게 말하고 싶다.

"얘들아, 우리가 너희들에게 가르쳐주는 것은 물론 좋은 거란다. 하지만 가끔은 우리가 정한 원칙과 진리를 한번쯤 시험 삼아 뒤집어보려무나!"라고 말이다. 아무 단어든 뒤집어 철자를 바꾸어보면, 종종 굉장한 교훈과 재미와 탁월한 착상을 던져주는 화두를 얻게 되기도 한다. 즉 그런 유희를 통해 사물에 붙여진 꼬리표가 떨어져나가고 그 사물에 대해 새롭고 경이롭게 말해주는 분위기가 형성된다. 낡은 창유리에 싱거운 색칠 장난을 하다가 비잔틴 모자이크가 나오는 것도, 끓는 찻주전자에서 증기기관이 나오는 것도 바로 그런 순간이 아니겠는가? 바로 이런 상태, 이런 정신자세, 세계를 익숙한 모습 그대로가 아닌 더욱 풍요로운 의미로 새롭게 발견하고자 하는 이런 마음가짐을 이들에게서 찾아볼 수 있으니, 즉 의미 없어 보이는 것들 속에서 의미를 발견하고 이야기하는 작가들이다.

(1919)

특이 소설

Exzentrische Erzählungen

'특이'라는 말은 여기서 기교적인 면이나 문학적인 의미로 이해해서는 안 된다. 낭만적인 것이나 그로테스크한 것을 의미하지도 않으며, 작가의 의도와 선택에 달린 문제도 아니다. 마법과 요정 이야기 일색의 푸케는 속물일 뿐이며, 환상적으로 기막힌 착상이 넘치는 티크는 유희하는 어린아이다. 특이하다면 바로 호프만이다. 그는 미증유의 초자연적인 면을 단지 예술적 의도로써 작품에 끌어들인 것이 아닌, 스스로 두 세계에 발을 걸치고 살면서 유령계의 실재성 혹은 가시적 세계의 비현실성에 대해 때때로 전적으로 확신했던 인물이다. 세계를 다른 시각에서 관찰하며 사물과 가치를 색다르게 파악하는 그런 작가들이야말로 진실로 특이하다.

그런 작가로는 단연 애드거 앨런 포를 꼽을 수 있다. 이 음울하고 세련된 미국인의 작품들은 냉철한 저널리스트의 치밀함에서 광신도의 열정적인 고백에 이르기까지 특이의 백태를 보여준다. 쥘 베른Jule Verne 역시 시인이라고 부르긴 어려울지 몰라도, 경계를 밀어내고 새로운 시각을 확보하고자 하는 열망만큼은 포나 호프만 못지않은 진정한 기인奇人 중 한 명이다. 나아가 오컬트53)와 신비, 심령을 신봉하는 이들이 소설을 써냈다면 모두가 이에 속할 것이다.

정치적 몽상가들, 유토피아의 저자들도 범상의 한계선에 바짝 다가서 있지만, 스위프트의 《걸리버 여행기》를 제외하면 진지하게 받아들일 만한 작품이 별반 없는 데다, 따지고 보면 《걸리버 여행기》에 나타난 특이한 형식은 본질적이라기보다는 영리하게 선택한 가면일 뿐이다.

기인들은 성격에 따라 두 그룹으로 나뉜다. 즉 몽상가와 탐닉자다. 음주에 빠지는 사람들을 보면, 달콤한 망각이 주는 안락함을 추구하거나 아니면 절망적인 불만과 자멸에 탐닉하는 두 경우가 있다. 마찬가지로 기인들 중에는 어린아이 같은 천성으로 인해 공상의 세계 속에서 유희하며 즐거움을 느끼는 이들이 있는가 하면, 여하한 도취로도 채워지지 않는 지독한 절망에 빠져 겸허한 행복과 냉정한 체념 그 어느 쪽도 취할 수 없기에 끊임없이 새로운 영역을 닥치는 대로 헤집고 다니는 이들도 있다. 전자가 자기만족에 빠져 독자들을 조롱하기 일쑤라면, 후자는 무자비한 자기파괴자다.

문학에 나타난 양상을 관찰하는 데는 이런 분류만으로는 충분하지 않다. 두 가지가 서로 섞여들며 동일한 수단을 구사하는 경우가 워낙 잦기 때문이다. 그보다는 유희자와 사색가, 풍자가와 철학자를 구분하는 편이 낫다. 그러다 보면 우리는 곧 너무나 단순한 인식에 마주쳐 경악을 금치 못하게 된다. 즉 이 탐닉의 기인들은 모두 완벽한 이상주의자들이라는 점, 그들의 작품은 예외 없이 우리의 감각적 인식의 불확실성, 마야의 베일이라는 순수관념론적인 기본인식에 기초하고 있다는 점이다. 이런 철학적 기인들만이 그 모든 현란함 속에서도 내적으로 일관되며, 오직 그들만이 때로 민중신화의 본질에 근접한 신화와 심상을 창조해낸다.

그 외의 다른 이들은 폄하하려는 뜻이 아니라 그야말로 비누거품으로 재미난 이야기를 지어내는 것이라 하겠다. 모든 기술자들, 모든 쥘 베른들과 웰스[54]들이 이에 속하니 아무리 놀랍고 즐거운 것을 지어낸다 한들, (물론 간혹 꽤 흥미로울 수야 있겠지만) 이들은 그저 오락문학 작가에 불과하다. 빈번히 나타나는 터무니없는 낙관론은 그들의 태생적 비철학성과 순진성을 입증해준다. 모든 유토피아 공상가들이 그랬고 웰스 역시 그러하기에, 그의 책 《혜성의 시대》In the Days of the Comet(1906)에서는 철저한 대기변동을 통해 사악한 인간성이 완전히 개선되고 순화된다. 그와 같은 낙관주의는 쥘 베른 같은 기술자들에게서도 나타나는데, 그들의 장치는 그저 기술적인 차원에서나 흥미로울 뿐이다. 물론 그들 모두는 자신들이 고안해낸 새로운 기계와 약품과 장치를 통해 이루어질 변혁과 개선을 꿈꾼다.

그러나 독자는 식상해져 의문을 품게 된다. '기술이 세상을 개선시킬 수 있다면, 어째서 우리는 그걸 전혀 느끼지 못하는 걸까?' 비행기와 달로켓 등의 발명은 분명 신나고 즐거운 일이다. 하지만 세계사를 직시하건대 이런 것들로 인해 인간이나 인간관계 자체가 현저히 진화할 수 있으리라고 믿기는 아무래도 어렵다. 그래서 이 모든 순진한 작가들 역시 한 시대를 풍미하고는 시대와 더불어 몰락하고 만다. 시대적이고 우연적인 일들에 매달리기 때문이다.

이와 달리 철학적인 기인들은 더 심오한 관심사를 제공하며, 대개 비극적인 양상을 띤다. 그것은 그들이 병적인 성품을 가져서가 아니다. 그들의 정신과 열정이 궁극적으로 불가능한 어떤 것에 붙들려있기 때문이다. 인식과 창작, 사색가가 되는 것과 예술가가 되는 것은 상호배타적이다. 순수관념론을 철저히 옹호하여 가시적인 것들로 이루어진 현실을 부정하면서 동시에 예술가로 존재한다는 것, 즉 가시적 현실을 고려하지 않을 수 없다는 것은 참으로 혹독한 모순이다. 창작 예술가에게는 감각적으로 인지된 현실, 시간과 공간과 인과성이 묘사와 설득의 유일한 수단이기에 결코 부정할 수 없다. 작가는 우리가 외부의 세계를 인지하게 되는 그 동일한 과정을 반복하고 확대한다. 특히 작가에게 언어란 개념뿐 아니라 인식을 표현하는 수단이다. 내가 자그마한 회색 개를 보면서 그것은 개가 아닐 수도 있다고, 그저 망막의 자극을 받아 내 오성이 지어낸 의심스럽고 기만적인 형상에 불과하다고 확신한다면 이를 어떻게 묘사하고 기술하겠는가? 내가 개에 대해, 회색과 검은색에 대해, 가깝고 먼 것에 대해 이야기할 때 나는 이미 미망의 세계 한가운데를 활보하는 것이며, 그 모든 것이 없이는 글을 써내려갈 수 없다.

예술은 이러한 미망의 긍정이다. 그러니 이걸 부정하려 든다면 자기모순에 빠지게 된다. 그런 면에서 작가는 하나같이 비운의 존재들이지만 그들의 작품은 불가능의 땅으로 날아드는 용감무쌍한 이카로스의 날개로서 우리를 매혹시키고 사로잡으며 또한 감동시킨다.

창작과 사고가 거의 매한가지라는 생각, 문학의 과제란 세계관을 기술하는 것이라는 의견은 심각한 오류다. 작가에게 추상적인 사고는 상당한 위험요소다. 설령 그것이 아무리 위대한 것이라 해도 결국은 예술창작을 부정하고 멸절시키기 때문이다. 그렇다고 작가가 자기 나름의 세계관을 가질 수 없다거나 사상적으로 철저히 이상주의적인 철학자가 될 수 없다는 말은 아니다. 다만 추상적 인식이 그의 핵심이 되는 순간 그는 예술가이기를 멈추는 것이다. 어느 시대에나 진정으로 아름답고 감동적인 문학작품들이란 사유에의 체념이 창작가로 하여금 냉정하고 정제된 삶의 관찰로 이끌 때, 그리하여 작가가 가치판단이나 철학적 근본질문을 포기한 채 맑은 관조에 이르렀을 때 나오지 않았던가?

저 기인들은 바로 이 객관적 관조가 불가능하다. 그들은 개인적인 관심사, 생각할 문제들로 인한 개인적인 고뇌가 너무나 큰 탓에, '객관적인' 맑은 관조에 이르지 못한다. 이들은 마치 환영에 사로잡혀 무아지경에 빠진 신비주의자 같으니 아무리 기록으로 남긴다 한들 그들이 경험한 신성의 마지막 진수는 늘 '무형'이다. 예술가의 길은 형상으로 나아가며, 신비주의 사유자의 길은 무형으로 귀결된다. 이 두 가지 길을 동시에 걸으려 한다면 그는 분명 영원한 모순에서 헤어나지 못할 것이다.

물론 다양한 중간 단계들이 있다. 하지만 모두 예술의 범주를 벗어나며, 그 형식은 우연적이고 조잡하다. 신비주의 소설들이 여기에 속하는데 문학적으로 모두 취약하다. 스스로 넌더리가 나기 전에는 그 편협한 영역을 벗어나지 못하는 게 신비주의자들의 특징이요, 유심론唯心論에 매료된 정신의 발언에는 말할 수 없이 유치한 데가 있다. 그러나 보통 '신비주의적'이라고 지탄받는 책과 사상들 중에는 놀라운 면도 많으니, 그것들을 모두 아는 척과 사기라고 장벽을 쳐 배척한다면 유감스러운 일이다.

콜린스Mabel Collins의 《플리타》Flita는 신지학적인 색채가 강한 진정한 오컬트 소설이다. 이 묘한 책은 최소한 신지학의 기초와 주요 개념 정도는 알고 있어야 읽어낼 수 있다. 그런 전제하에서 읽을 때 흥미롭고 진정으로 뭔가를 얻을 수 있다.

다만 이것은 소설이라 하기 어렵고 굳이 소설로 치자면 너무나도 저급한 소설이다. 오컬트주의자들 중에는 아직까지 '작가'가 없다. 그들이 써낸 것이 예술적으로 《플리타》의 수준을 능가하지 못하는 한은, 인도의 고대신화들에 나오는 윤회와 카르마에 관한 황홀한 가르침을 맛보는 편이 훨씬 낫다. 이에 대한 현대적 시도들은 그저 빈약하고 조잡한 베끼기에 지나지 않는다. 그 신성한 옛 기록들 속에서 울리는 윤회론(시간을 비본질적인 것으로, 인식의 한 형식으로 받아들이지 못하는 데 대한 멋진 신화적 구제책)이 얼마나 황홀한지 오늘날까지도 많은 이들에게 가교이자 버팀목이 되어주는 데 반해, 신지학적 작가들은 그 깊은 마력을 좀처럼 표현해내지 못하니 말이다.

우리 시대의 작가들 중에도 특이한 면모를 보여주는 이들이 있다. 많은 시도와 도전이 있지만 크게 성공한 예는 드물다. 이 방면에서 가장 출중한 이를 꼽는다면 의심할 여지없이 파울 셰어바르트Paul Scheerbart와 구스타프 마이링크인데, 두 사람에게 공통점이라곤 거의 없다. 셰어바르트가 좀 더 작가에 가깝다면, 마이링크는 강력한 지성의 소유자요 차분하고 탄탄한 아티스트라 하겠다. 셰어바르트는 동양사상에 심취해 우주적 공상을 사랑하고, 유럽적 감상을 질색하고 경멸하였으며, 현대의 어떤 작가들보다 위대하고 무제한적인 것에 강하게 매료되었던 사람이다. 그러다 보니 그는 곧잘 그로테스크한 것들과 불행한 사랑에 빠지곤 한다. 단 한 번도 그 본질을 제대로 꿰뚫어보지 못하고 오해하면서도 말이다. 꼬리를 세차게 휘두르며 산더미 같은 오이샐러드를 먹어치우고 가끔씩 너무나 과도하게 게다가 아무 까닭도 없이 웃어대는 그의 푸른 사자들은 빈약한 장치로, 오히려 너무나 멋진 그의 작품들에 방해가 된다. 셰어바르트는 때로 그로테스크한 해학작가로 자칭했지만 실은 매우 진지한 작가다. 기이하고 낯선 치장들에 치여서 그렇지, 진지하고 음울한 부분들이야말로 그의 작품 중 가장 멋진 장면을 이룬다. 예컨대 《바르메키드 가家의 죽음》Tod der Barmekiden에서 술탄이 그의 희생제물과 테라스에 앉아 저녁식사를 하면서 한 시간 후면 죽을 운명의 그에게 음식과 포도주를 권하는 장면은 너무나 근사하고 아름답다. 마찬가지로 알아주는 사람이 없지만 셰어바르트의 우수와 절망이 가득한 역작 《바다뱀》Seeschlange에 나오는 다신론에 관한 대화에서는 지극히 심오한 관념과 번득이는 지혜가 넘쳐난다.

셰어바르트에 비하면 구스타프 마이링크는 냉담하고 억제된 듯 보인다. 단연 오컬트주의자요, 인도철학에서 출발한 그는 오컬트 작가들 모두가 부딪혀 파산한 그 암초를 분명히 인식한 듯싶고, 그래서 자신의 본질에 대해서는 그저 지나가는 말처럼 언급할 뿐 오히려 풍자적 의도를 전면에 내세운다. 그의 짧은 단편들 중 극도로 세심하고 예민하게 가다듬어진 몇몇 작품들은 선을 살짝 비틀어 독자들에게 현상계 전체, 다시 말해 자기 현실에 대한 평소의 믿음을 조소하고 싶게끔 유도한다. 하지만 이는 어디까지나 깊숙이 감추어져 있다. 그의 단편들의 핵심이자 목표로서 명시적으로 드러나는 논쟁적·풍자적 의도는 우리의 유럽적·과학적 사고방식과 문화 전체를, 각계각층의 오만과 허영을, 군대와 학문 분야의 높으신 양반들을 겨냥하고 있다. 이 영리한 베다교 신봉자는 격정이나 성직자다운 제스처로는 별 효과가 없을 걸 잘 알고, 대신 화살촉을 가차 없이 날카롭고 예리하게 세워 노련하게 쏘아 올리는 것이다. 그리하여 그는 포와 마찬가지로 몽상 속에서도 단단한 논리를 갖추고 있고, 거칠고 대담하되 정확하게 방편을 계산해두고 있으며, 몽유병자처럼 들뜨는 법이 없이 늘 치밀하고 명민하다. 그의 조롱에는 몸을 숨기고 기회를 노리는 복수자의 지독한 잔인성이 있으며, 거의 언제나 정확히 과녁을 맞힌다.

어디서나 그렇듯, 특이한 작가들 중에도 거장이 있고 하수가 있으며, 진정한 작가가 있는가 하면 기술자가 있으며, 예술가와 일급장인이 있으니 이를 구별할 줄 알아야 한다. 궤도 이탈이 아닌 신천지와 새로운 영역을 의미하는 진정한 작가라면 소수라도 늘 중요하게 손꼽힐 것이다.

(1909)

문학에서의 표현주의에 대하여[55)]

Expressionismus in der Dichtung

〈노이에 룬트샤우〉의 주간으로부터 3월호에 실린 에트슈미트Kasimir Edschmid의 글에 대응이 될 만한 글을 써달라는 청탁을 받았다. 청탁이 아니었다면 스스로 나서지는 않았을 것이다. 나는 그 글을 상당히 재미있게 읽었고 공감했던 터였다.

그런데 에트슈미트의 이 글이나 표현주의가 강령적으로 제시하는 견해에 대해 많은 이들이 밝히는 입장에서 모종의 반감이랄까, 두려움 같은 언짢은 심경이 감지된다. 젊은 세대의 부상과 더불어, 이제껏 우리들이 인정하고 사랑해온 가치와 작품들을 무참하게 내팽개치고 무시하거나 경멸하는 풍조에 대한 공박이리라.

대응이야 사실 간단하다. 에트슈미트는 역사적으로 개관

해볼 때 '문학이 바야흐로 수명이 다해 손쓸 수 없는 몰락기에 접어들었다'고 진단했지만, 그 견해는 그 자신 때문에라도 일부 수정되어야 한다. 그는 인상주의를 불모의 시대라 했지만 바로 몇 쪽 뒤에 플로베르에 대한 찬사가 나온다. 또 그의 논문 5쪽 하단에 '세계감정'이라는 멋진 말을 썼는데 거기서는 이 세계감정이라는 것이 마치 표현주의의 전유물이요 일찍이 이와 유사한 것이 없었다는 듯이 들리지만, 그러다가도 곧 그는 함순56)이라는 이름을 떠올린다.

그러나 에트슈미트가 현대(그러니까 지금의 시점에서 보자면 최근의 과거) 독일문학에 대해서 얘기한 그 모든 것 중에서 가장 부당한 것은 침묵 내지 무시다. 그가 소시민의 가치척도와 문제들을 진지하게 수용하기 어렵다는 점은 나 역시 적극 공감하는 바다. 하지만 그가 서술한 대로 낭만주의 시대 이후 우리 문학이 정녕 '결혼 이야기, 자유를 향한 욕구와 관습의 충돌에서 발생하는 비극, 환경극' 따위밖에 없었던가? 아무리 개괄적으로 살펴본다고 해도 노발리스와 베데킨트 사이에 떠올릴 만한 독일 시인의 이름이 정녕 슈테판 게오르게뿐이던가?

에트슈미트 자신이 했던 말처럼, "대개 목표가 달라서가 아닌, 이러한 부차적인 문제들(말하자면 양식적인 문제나 각각의 표현기법 등)에 부딪혀서 논의가 좌초되곤" 한다.

요컨대 지난 세기의 문학을 통틀어 게오르게만이 그에게 강한 인상을 남겼던 이유는 그만이 언어선택 등 외적인 면에서 그의 시대와 구별되기 때문이다. 에트슈미트가 의복 아래 감추어진 마음을 볼 줄 안다면, 아무리 남루할망정 그 시대의 문학을 그렇게까지 공허하고 맥없이 보진 않았을 것이다. 게다가 다른 사람도 아닌 그가 어떻게 데멜57)을 그냥 지나칠 수가 있었을까! 에트슈미트는 인상주의 시대에 대해 이렇게 쓰고 있다.

"우주적인 것을 시도하였으나 이루지 못한 채, 다만 웅얼거림에 그쳤다."

맞는 얘기고, 데멜이나 몸베르트 등을 봐도 다르지 않다. 하지만 내가 표현주의 작가들(요하네스 베허Johannes Robert Becher를 생각해보라)에 대한 애정이 아무리 깊다 한들, 이들이 우주적인 것에 대한 감수성을 도취적인 웅얼거림으로 표현한다고밖에 달리 뭐라 하겠는가?

이런 식으로 한참을 더 할 수도 있겠다. 지난 시대에 대한 에트슈미트의 처사는 어느 모로 보나 부당하지만 또 이렇게

못을 박으면 그에게도 너무 부당한 처사가 되지 않을까? 그가 무슨 객관적이고 사실적인 지혜를 전해줄 임무라도 떠맡은 사람이던가? 그는 다만 자신이 믿는 바를 표현하고, 자신이 믿는 신을 선포하고, 자신의 사랑을 쏟아냈을 뿐이고, 그러면 되는 것 아닌가?

에트슈미트는 그렇게 했다. 그는 자신에게 "표현주의란 모든 예술 속에 실제로 존재하는 것"이라고 말했다. 그에게 이제 '표현주의'라는 명칭은 신성한 가치를 지닌다. 아마도 그는 '인상주의'가 다른 어떤 이들에게 꼭 그러하리라고 추측할 테고, 사실 그럴 것이다.

어쨌거나 하나의 명칭에 대한 이렇듯 열렬한 충정은 청춘의 징표다. 그리고 청춘에게는, 우리가 그들을 사랑하기로 마음먹은 한은, 젊음 외에는 아무것도 요구하지 않는 법이다. 명칭에 대한 그리고 스스로 만들어놓은 역사적 구조에 대한 폭풍 같은 항거는 청년다운 것이다. 예의니 무례니를 떠나, 그것은 청춘(굳이 나이를 따질 필요는 없으리라)의 본능이요 권리다. 내가 괴테를 경건한 신앙인이라 부르건 위대한 이교도라 부르건, 혹은 표현주의자라든가 다른 어떤 이름으로 부르건, 그건 내 감정의 문제다. 내게 감동을 주는 일체의 예술을 신성하다고 일컫건, 표현주의적이라고 부르건, 그건 전적으로 내 권리인 것이다.

그렇듯이 에트슈미트 역시 어떤 예술이 보수적인 시대의 속성들을 구현하고 있다고 여길 때, 이를 중시하거나 인정하는 대신 거부할 권리가 얼마든지 있다. 이런 일은 그 자신도 마찬가지로 당할 수 있는 일이어서, 처음에 그의 초기 단편들이 '표현주의적'이라는 평가를 받자 그는 상당히 당혹해했다. 당시에 그는 표현주의에 대해 전혀 몰랐다. 예전의 허다한 예술가들도 마찬가지여서, 인상주의에 대해 전혀 알지 못한 채 인상주의 예술을 창조하지 않았던가?

그러나 그와 아울러 어느 시대의 예술에나 시대를 초월한 정신, 시대의 각인도 나이도 없는 세계감정이 존재한다. 예컨대 한 백 년쯤을 잡아서 그와 같은 시대초월의 세계감정이 표현된 시들을 추린다고 할 때, 1850년에서 1910년 사이에 나온 시들 중에서 이에 해당되는 작품을 모아보면, 슈테판 게오르게라든가 요즘 젊은 세대 작가들의 작품은 그리 많지 않은 반면에 오늘날 '인상주의자'로 간주되는 작가들의 이런저런 작품들이 꽤 꼽힐 것이다.

내가 보기에 문학에서 인상주의 작가와 표현주의 작가들

의 주된 차이점이라면, 인상주의자들은 그 명칭을 외부에서 부여받았고, 표현주의자들은 스스로 이름을 선택했다는 정도일 것 같다.

예술을 둘러싼 대립도 다른 모든 경우와 마찬가지다. 서로 사랑하지 않는 한, 끝내 이해하지 못하는 법이다. 또한 세계를 외면보다 내면에서 경험할 때에만 서로 사랑할 수 있는 법이다. 우리가 어떤 대상을 사랑한다고 하나, 실은 우리 정신이 사랑이라는 그 가장 따스한 힘을 발현시키고 흘러넘치게 하는 데는 그 대상들이 기꺼이 계기가 되어주는 것이다. 프랑스인이나 일본인이 쓴 것이라서 어떤 시를 좋아할 수 없다든가, 어떤 사람이 천주교인 혹은 유대교인이라서 혹은 보수적인 신앙을 가졌다는 이유로 그를 거부해도 된다는 등의 생각은 너무나 터무니없다. 나는 괴테를 사랑하는 것과는 또 다르게 도스토예프스키를 사랑한다. 또 코른펠트58)와 뫼리케를 좋아하는 이유가 다르지만, 어느 쪽이 더 좋다고 말할 수는 없는 문제다. 어떤 작가든 내 마음에 와닿아 그에게 온전히 마음을 다해 귀 기울일 수 있는 순간에는 사랑하고, 그러다가도 또 그가 내게 전류를 공급하는 도체가 되어주지 않는 순간이면 그렇지 않을 수도 있는 일이다.

많은 시간을 독서에 바치면서 내가 터득한 것은, 우리는 고트프리트 켈러를 좋아하는 동시에 베르펠도 좋아할 수 있다는 사실이다. 나는 정원에서 횔덜린을 읽으며 온종일 행복에 젖기도 하고, 쉬켈레의 장편 《벤칼》Benkal의 어떤 부분에서 넘치는 기쁨을 맛보기도 한다.

나 역시 예술이 크고 깊은 소리로 나를 일깨우는 그 모든 곳에서 '표현주의'를 찾아본다. 내 나름의 개인적인 종교관과 신화관 속에서 우주적인 것의 울림, 근원적 본향에 대한 기억, 시대를 초월한 세계감정, 개체가 세계와 더불어 나누는 감성의 언어, 임의의 비유를 통한 자기고백과 자기체험, 그런 것들을 나는 표현주의라 일컫기 때문이다. 에트슈미트의 글에서 전반적으로 얘기하는 표현주의 역시 바로 이런 의미다. "누구든 처음 보면 좋은 사람이 아니다. 마찬가지로 다르다는 이유로, 저속한 예술이라 할 수 없다." 에트슈미트의 말이다.

그리고 간혹 그의 말과 행위가 따로인 듯 보이더라도, 그 또한 청춘의 권리다. 청춘이 괴로운 것은, 기운은 넘쳐나는데 가는 데마다 규칙과 관습의 벽과 충돌하기 때문이다. 아들이 참을 수 없이 증오하는 건 아버지가 붙들려있다고 생각하는 바로 그 규칙과 관습들이다. 경건의 면상을 향해 정면으로 주먹을 날리는 행위는 어머니의 치마폭에서 떨어져 나오기 위해 거쳐야 할 통과의례다. 그러니 이제 젊은 세대가 자신들을 옴짝달싹 못하게 묶어 키웠던 수십 년 세월의 시민세계가 몰락하고 있음을 느끼며 기뻐 날뛰는 건 당연하다.

이 몰락해가는 세계 한가운데에도 귀하고 좋은 것이 있었다는 사실, 죽어가고 있고 또 이미 사망한 구세대 노인네들이 죄다 시시한 쭉정이였다고 할 수는 없다는 사실 그리고 이 완전히 소시민적인 인상주의 시대에도 수많은 이들의 가슴속에 시간을 초월한 불길이 활활 지펴졌다는 사실, 이를 알아보고 인정하며 감사하는 것은 청년들의 관심사가 아니리라. 아마도 그것은 그 시대와 예술을 함께 겪어낸 이들이 자기변호의 차원에서 담당해야 할 일이리라. 젊은이들보다 한층 더 자유롭고 가뿐하고 노련하게, 특유의 포용력으로 더 관대하게 행할 줄 아는 나이 든 사람들의 몫인 것이다. 나이가 들면 젊은이들을 건방지다고 타박하기 일쑤다. 하지만 그러는 어른들역시 늘 젊은이의 몸짓과 방식을 따라 하고, 똑같이 열광하며, 똑같이 공정하지 못하며, 똑같이 독선적이고 또 쉽게 상처받는다. 노자가 부처보다, 파랑이 빨강보다 못하지 않듯, 노인이 청춘보다 못한 것은 아니다. 나이는 중요하지 않다. 다만 노인네가 청춘인 척하려 들면 우스워질 뿐이다.

늘 선두에 서고자 하는 웅변가와 단거리주자들이 있다. 라이블Wilhelm Leibl의 작품을 사기 위해 뵈클린Arnold Böcklin의 작품을 팔고, 다시 라이블을 피카소와 바꾸는 자들이라면 구제불능이다. 그런 사람이라면 오늘은 하우프트만을, 내일은 입센을, 그다음 날은 괴테를 서가에서 뽑아내버리고 그 빈자리를 허겁지겁 감추려 들 것이다.

이와 반대로 어제와는 전혀 딴판의 것이 오늘에 와서 중시되는 꼴을 도무지 참아내지 못하는 사람들이 있다. 베르펠의 책이나 코른펠트의 연극을 보러 가느니, 차라리 자기 손이 썩어문드러지는 게 낫다며 끔찍한 맹세를 서슴지 않는다.

또 다른 이들은 양쪽 부류 모두에게 너털웃음을 지어 보일 사람들인데, 나는 개인적으로 이런 사람들에게 마음이 간다. 슈토름, 켈러, 데멜, 헤르만 방Herman Bang 등에 대한 애정을 숨기지 않으면서, 또 한편으로 젊은 세대에서 터져나오는 통렬한 경고의 외침도 기꺼이 수용하고자 하는 사람들이다. 그러지 못할 이유가 뭔가? 사랑이나 예술이나 다 마찬가지이리라. 너무나 위대한 것을 아주 조금밖에 사랑할 줄 모르는 사람은 지극히 사소한 것에도 활활 불타오를 수 있는 사람보다 훨씬 더 가난하고 가련하다.

사랑이란 참으로 기이하니, 예술에서도 그러하다. 사랑은 모든 교양, 지성, 비판이 하지 못하는 일을 해낸다. 가장 멀리 있는 것을 서로 묶어주며, 최고로 오래된 것과 가장 최신의 것을 나란히 둔다. 사랑은 일체를 독자적인 구심점으로 수렴함으로써 시간을 극복한다. 오로지 그것만이 확실하며 그것만이 옳다. 왜냐하면 사랑은 옳다고 주장하지 않기 때문이다.

다만 사랑하는 까닭에, 그 앞에는 신성한 것도 미심쩍은 것도 없다. 케케묵은 구닥다리 책이건 떠들썩하게 유행하는 팸플릿이건 정신의 숨결이 느껴진다면, 사랑 앞에서는 다 똑같다.

우리도 소년 시절에는 실러의 작품과 인디언이야기를 동시에 좋아하지 않았던가. 그러다 어느 결엔가 자연스레 교정이 이루어진다. 셰익스피어나 괴테를 십 년에 한 번, 오 년에 다시 한번 읽노라면 그때마다 다른 면이 보이고 그때마다 또 다른 면에 마음이 가지만, 어쨌든 다 좋지 않았던가. 우리가 마음의 소리를 따른다면, 완전히 새로운 문학이 보여주는 것이 전혀 다른 리듬이라고 꿔다놓은 보릿자루처럼 멀뚱히 서 있지만은 않을 것이다. 우리에게 특정한 '인간적인' 강령이 있다는 이유로, 혹은 여하한 도덕윤리에도 압도되지 말아야 한다는 강박감 때문에 선뜻 다가서지 못하는 것인지. 특정 윤리나 예술사조에 절대 압도되지 말라는 법은 또 어디 있나? 그것이 우리 사랑의 대상일 동안에만 그러자. 이들은 언제나 계기가 될 수 있을지언정 본질은 아니다. 우리 정신의 본질적인 것은 바로 우리 안에 타오르는 생명의 불꽃이니, 이 불꽃은 우리에게 천상의 은혜와 은총을 의미하며, 오직 이 생명의 불꽃만이 우리에게 언제나 그리고 절대적으로 중요한 것이리라.

그러니 에트슈미트의 논문과 같은 글이 범하는 역사적 부당함에 대해 크게 염려하지 않아도 될 것 같다. 이제껏 켈러나 폰타네, 슈토름이나 입센을 사랑해온 사람이라면, 오늘날 세상에 제아무리 기막힌 글이 나와 이를 비방한들 이들을 내치지 않을 것이다. 굳이 그렇게 하겠다면 그러겠지만, 그러는 자기만 손해다. 또한 그와 같은 견해의 일방성과 몰염치한 파괴성을 도무지 견딜 수 없는 사람, 청춘이 열광적이고 청교도적이기보다는 오히려 현명하고 관대하기를 그리고 원만하기를 바라는 사람이라면, 이들에게서 등을 돌리겠지만 이 또한 자기 손해가 되리라.

이 당면문제를 놓고 아마 평단에서 한차례 정리와 정돈이 이루어질 것이다. 비평가는 이제 꽤나 괴롭게 생겼다. 지금껏 읽은 책이고 안 읽은 책이고 간에 그저 정해진 매뉴얼에 따라 논의해온 비평가, 그러니까 넘치는 지식과 현대성, 옛것도 잘 알고 새로운 흐름도 감지하는, 어느 쪽에도 부당하게 행하지 않고 저 위에서 부유하며 늘 현명한 자이고자 하는 비평가들 말이다. 하지만 괴로우면 좀 어떠랴? 그러라고 있는 사람들 인데.

(1918)

최근의 독일문학

Die jüngste deutsche Dichtung

독일 젊은이들의 생각과 정신을 알고 싶은 마음에 몇 달간 젊은 작가들의 작품을 꽤 많이 읽었다. 배운 게 많았지만 크게 만족스럽지는 않았고 이제 충분한 것 같다. 그 온갖 책들을 다 읽은 끝에 내게 남겨진 최근 문학의 모습은 대략 다음과 같다.

독일의 젊은층 작가들은, 옛날 노래를 따라 부르는 아류들을 제외하면, 문학형식에 따라 두 그룹으로 분류할 수 있겠다. 한 그룹은 전통적인 시 형식 대신 새로운 형식을 도입했다고 자처하는 이들이다. 이 중에서도 벌써 맹목적인 모방과 편협함이 요 몇 년간 기승이다. 슈테른하임을 필두로 문학혁명을 주도한 몇몇 선두주자들의 문법과 어법상의 혁신과 특징을 교의처럼 신봉하며 철두철미 모방하고 앵무새처럼 따라하니, 마치 옛날 1880년대에 고전주의를 모방하던 금세공 시인 짝이다. 이 부류의 문학은 작가들이 아직 원숙의 나이에도 못 미쳤건만, 벌써 퀴퀴한 곰팡내를 풍기며 죽어가고 있다.

그러나 다른 한 그룹, 진지하게 받아들일 만한 이 그룹은 서툰 발걸음일지언정 어쨌든 의식적이고 결연하게 혼돈과 맞선다. 그들은 와해된 문화와 형식을 새로운 것으로 간단히 대치할 수는 없다는 것을 어렴풋하게나마 인식하고 있다. 우선은 해체와 혼돈에 이르러야만 한다는, 일단은 이 쓰라린 길을 끝까지 걸어야만 한다는, 그런 연후에야 새로운 결정, 형식, 관계가 생겨날 수 있다는 사실을 이들 작가들은 느끼고 있다. 모르긴 몰라도 그래 보인다. 이러한 작가들 대부분은 익숙한 옛 언어와 형식을 거의 그대로 사용한다. 이는 말하자면 붕괴가 전 영역에 걸쳐서 이루어지고 있는 마당에 형식은 하등 중요한 문제가 아니라는 무심함에서 비롯된다. 다른 이들은 초조하게 서두르며 독일문학 언어의 해체를 의도적으로 촉진하고자 도모하니, 혹자는 제 집을 제 손으로 허물어뜨리는 뼈저린 비통함으로, 누구는 파멸을 앞둔 이의 체념의 웃음으로, 혹은 극도의 무관심과 약간은 피상적인 종말론적 분위기로 기타 등등 제각각이다. 맨 마지막의 경우는 어차피 예술이 내적인 만족을 약속하지 못하게 된 마당에, 이들을 지탱해주는 밑바탕이 완전히 내려앉기 전에 최소한 속물들을 놀려먹기라도 해서 잠깐이나마 한바탕 웃어나 보자는 심정이다. 문학적 '다다이즘'이 여기에 해당한다.

그러나 우리가 새로운 형식을 찾으려는 별 성과 없는 시도를 접고 정신적 내용에 초점을 맞추면, 최근 문학의 온갖 경향들에서 하나의 일관된 맥락을 찾을 수 있다. 어디나 똑같이 전면에 드러나는 핵심주제는 두 가지다. 몰락 일로에 든 권위와 권위주의적 문화 전반에 대한 거부, 그리고 에로티시즘이다. 아들에 의해 궁지에 몰리고 단죄받는 아버지와 사랑에 굶주려 더 자유롭고 더 아름답고 더 진실한 모습으로 자신의 성적 욕구를 표출하고자 하는 젊은이. 이들은 어디서나 되풀이되어 등장하는 양대 인물이다. 이 이야기들은 앞으로도 끈질기게 반복될 것이다. 두 가지는 모든 젊은이들의 주된 관심사이기 때문이다.

이 모든 혁명과 혁신의 이면에 경험과 동기로서 작용한 거대한 힘 두 가지가 뚜렷이 감지되는데, 바로 프로이트가 기초를 놓은 무의식의 심리학과 세계대전이다.

세계대전은 과거 형식들의 총체적 와해라는 결과를 초래했으며, 이제껏 통용되던 도덕과 문화에 대한 전면적인 거부는 정신분석이 아니고는 달리 해석할 길이 없어 보인다. 젊은 세대가 보건대 유럽은 중증 노이로제 환자로서 스스로 만들어놓은 강박관념 속에서 숨통이 막혀버렸으니, 그 속박을 끊지 않는 한 가망이 없다. 아버지, 교사, 종교, 정당, 학문 등의 권위가 진작 흔들린 마당에, 모든 치부와 불안과 주저를 가차없이 파헤치는 이 심리학은 엄청나게 위협적인 존재다. 예컨대 전쟁 중에 정부 편에 붙어 괴상망측한 국수주의적 거짓이론을 쏟아놓던 교수들이 이제는 프로이트의 업적을 무효화시키고 세상을 여전히 몽매한 상태로 유지하려는 부르주아 계급의 앞잡이 노릇을 하고 있다는 게 지금 젊은 세대들의 인식이다.

젊은 세대 정신세계의 이러한 양대 요소, 즉 권위주의 문화와의 단절(많은 이들은 심지어 독일어 문법에 대한 광적인 증오로 이를 표출하기도 한다)과 우리 정신세계를 과학적으로 탐구하고 효과적으로 제어할 가능성에 대한 기대가 최근 문학 전체를 지배하고 있다. 여기다가 정신분석에서 '의사에 대한 전이'라고 일컫는 면, 즉 프로이트가 됐건 슈테른하임이

됐건 환자가 자신의 치유자로 여기는 인물에게 표하는 광신적·맹목적 종속도 한 자리를 차지한다. 아무리 불명료한 점이 많고 너무나 무모하고 어설프기 짝이 없다 해도 이 두 가지 요소는 젊은이들의 사고 속에 엄연히 존재하는데, 이는 강령이나 이론이 아니라 실질적인 힘으로 작용한다.

전전戰前 문화의 붕괴에 대한 인식과 이제 겨우 과학으로 정립되어가는 심리학에 대한 열렬한 수용을 토대 삼아 젊은이들은 집을 짓기 시작한다. 토대들은 좋다. 하지만 최근 문학이 보여주는 모습으로는 아직 이렇다 할 성과가 없다. 전쟁경험도 프로이트 체험도 풍성한 결실로 연결되지 못한 채, 혁명의 분위기에 취한 자족감으로 갈수록 진취와 미래보다는 고함과 거드름만 기승을 부린다. 현재로서야 충분히 이해하지만 계속된다면 참기 어려울 것이다. 이들 젊은이들 대다수는 마치 정신분석을 어중간하게 반쯤 마친, 환자 같은 인상을 풍긴다. 그러니까 최초의 중대경험은 알게 되었으나 수반되는 성과는 아직 나오지 않은 것이다. 대개의 경우 파괴와 해방을 통해 자기 개인에 대한 심층적인 이해와 그러한 개인의 권리에 대한 요구 및 선언까지는 도달한다. 그러나 그 이후는 지표를 상실한 막연함과 암담함이 있을 뿐이다.

최근 독일 소설에서 관사의 생략과 구문 파괴가 너무 심하다고 분개해본들 어쩌겠는가! 관사는 필요하다면 분명 다시 등장할 것이다. 또한 옛 문법과 옛글의 유려함을 아끼는 사람이라면, 젊은이들의 글쓰기에 아랑곳없이 여전히 괴테를 읽을 것이고 그걸 막을 사람은 아무도 없다. 그러나 한창 놀고 공부할 열여섯, 열일곱, 스물의 나이에 전쟁터로 떠밀려 나갔던 젊은이들에게는 잃어버린 반항기를 특별히 강도 높게 누릴 권리가 당연히 있다. 언제까지고 모든 불행을 죄다 기성세대 탓으로 돌리는 게 능사는 아니라는 사실을 그들 스스로도 깨닫는 날이 올 것이다. 그들이 백 번 천 번 옳을지라도 단순히 옳다는 것만으로 세상에서 이룰 수 있는 건 아무것도 없음을 깨치게 될 것이며, 자신들이 이 거대한 양대 체험으로부터 여태껏 거둔 결실이 너무나 미미하다는 사실 또한 자각하게 될 것이다. 지금까지의 결과로 봐서는 전쟁의 경험도 정신분석 체험도, 상심과 치기가 반반 섞인 사춘기의 정서보다 훨씬 더 강력하게 작용했다고는 평가할 수 없다.

나는 독일문학이 순식간에 회복되리라고 믿지 않는다. 머지않아 화려한 전성기가 찾아올 것이라고 생각하지도 않는다. 오히려 그 반대다. 어차피 시를 쓰는 것 외에도 다른 목표들이 얼마든지 있다. 또한 시가 형편없거나 시가 아예 없더라도 얼마든지 즐겁고 뜻있게 살 수 있다.

지금까지는 젊은 세대가 겪은 이 두 가지 획기적인 경험에서 얻은 이렇다 할 성과는 없고, 아직은 한참 더 기다려야 하리라. 예나 지금이나 전쟁에서 살아 돌아온 이들이 전쟁에서 배운 것이 있다면, 폭력과 총질은 아무 소용없다는 점, 전쟁과 폭력은 복잡미묘하고 민감한 문제들을 너무나도 상스럽고 어리석고 잔혹한 방식으로 해결하려는 시도라는 점이다.

그리고 도스토예프스키와 니체를 선구자로 하여 프로이트가 첫 삽을 뜬 새로운 심리학이 젊은이들에게 가르쳐주는 것은 이러한 것이리라. 개성의 해방과 본능적 충동을 신성시하는 것은 하나의 길의 초입에 불과하며, 개인의 최고 자유는 인류의 한 부분인 자신의 존재를 자각하여 얽매이지 않는 정신으로 인류에 봉사하는 것이라고, 그런 자각이 없는 개인의 자유는 하찮고 사소할 따름이라고 말이다.

(1920)

낭만주의와 신낭만주의

Romantik
und Neuromantik

'낭만주의적'이라는 말이 본래 무엇을 뜻하는지는 아무도 모른다. 일상적으로 이 단어는 문학, 음악, 회화, 의상, 경치, 우정과 애정관계 등 수없이 많은 대상들에 적용되는데, 비난조로 쓰이기도 하고, 칭찬으로, 때로는 반어적으로 이해되기도 한다.

낭만적인 경치라고 하면 협곡과 절벽과 고허古墟가 있는, 그래서 바라보노라면 가슴이 뭉클해지도록 아름다운 풍경이다. 또 낭만적인 음악이라 하면 명료함보다는 분위기가, 치밀한 구성보다는 유연함이 도드라지는 곡, 베일 속에 뭔가 감추어진 듯한, 느슨한 불협화음과 수줍은 듯 흩날리듯 자유롭게 연주하는 그런 음악이리라. 낭만적인 사랑이나 낭만적인 인생

행로라고 할 때 떠올리게 되는 것도 이와 비슷하다. 즉 비이성적이면서도 매혹적인 어떤 것, 마음 가는 대로의 엉뚱하고 모험적인 어떤 것, 철부지 소녀들을 달뜨게 하고 분별 있는 이들은 고개를 가로젓지만 그러나 어쨌든 운치 있고 매력적인 무언가를 생각한다. 일정한 형식이나 규칙을 갖추지 못한 모든 것, 어떤 분명한 토대도 없이 뜬구름처럼 덧없는 모습을 지닌 모든 것들을 일컬어 우리는 '낭만적'이라 말한다.

우리가 이 단어에 주목하게 된 건 독일문학의 한 유파를 지칭하던 시대부터다. 낭만주의의 빠른 개화와 느린 쇠락에 19세기의 3분의 1 이상이 바쳐졌고, 특이하게도 주요 유럽문학에서 이 역사는 되풀이되었다. 그런데 이 유파의 명칭이 당대나 후대의 문학사가들에 의해 붙여진 게 아니라 포부당당하게도 스스로 표방한 이름이었으니 궁금하지 않을 수 없다. '낭만적'이라는 표현은 초기 낭만주의자들에게 과연 어떤 의미였을까?

대답하자면 이렇다. 아우구스트 빌헬름 슐레겔August Wilhelm Schlegel과 프리드리히 슐레겔의 생각이 좀 달랐고, 노발리스와 티크의 생각이 또 달랐다. 실러가 자신의 작품 《오를레앙의 처녀》에 '낭만적 비극'이라는 명칭을 붙인 것은 작품에 신비주의적 요소가 깃들어있어서였을 뿐이다. 하지만 이 말이 슐레겔과 티크의 책제목에 쓰일 땐 요즘으로 말하면 '현대적'이라는 수식어를 붙이는 것과 동일한 의미다. 노발리스는 이 단어를 의도적으로 사용하지도, 명확한 원칙을 내세우지도 않으면서, 마치 요술망토처럼 극도로 개인적인 상념들을 두루 덮어씌운다. 천진한 소년 티크는 이 단어를 갖고 곧잘 장난을 쳐, 이 모호하면서도 매력적인 단어를 무척 즐겼음을 알 수 있다. 〈아테네움〉59)이 낭만주의 강령을 확립한 그날부터 그는 자신의 거의 모든 신작에 이 새 수식어를 붙인다. 슐레겔 형제는 좀 더 의식적이었고 일치된 견해를 보였다. 물론 형 슐레겔은 형식적인 면에, 동생 프리드리히 슐레겔은 철학적 가치에 더 치중하여 이 명칭을 썼다는 차이는 있다. 이들 형제나 노발리스에게 '낭만적'romantisch이라는 단어는 으레 소설Roman 개념을 연상시켰을 것이다.

'소설'이라 하면 단연 괴테의 《빌헬름 마이스터》였고, 때마침 첫 부분이자 가장 중요한 부분이 출판된 참이었다. 그것은 현대적 의미에서의 독일 최초의 소설이었고, 그 당시로서는 일대 사건이었다. 독일에서 이 책만큼 동시대 문학에 영향을 끼친 경우는 유례를 찾아볼 수 없다. 《빌헬름 마이스터》를 통해 소설이란 이제껏 말할 수 없었던 많은 것들의 표현으로 판명되었다.[60] 이 소설이 보여준 것이 너무나 참신하고 경이적이고 심오하고 대담하였기에, 슐레겔 형제 특히 동생인 프리드리히 슐레겔에게 이는 근본적으로 '낭만적'이었다.

프리드리히 슐레겔과 티크는 이제 이 단어를 자신의 저서들의 표제어로 가져다 썼는데, 얼마 지나지 않아 어떤 명확한 지시기능은 사라져버렸다. 그들이 쓴 '낭만적'이라는 표현은 '빌헬름 마이스터적'으로 대신할 수도 있지 않았을까 싶다. 사실 《티탄》이나 《프란츠 슈테른발트의 방랑》[61], 《루친데》[62] 등 그 시기의 비중 있는 산문문학 모두가 저 위대한 모범에 대한 의식적이고 직접적인 모방이었다.

'낭만적'이라는 말이 그때 이미 비고전적, 아니 반고전적이라는 의미도 아울러 담고 있었음을 배제할 순 없지만, 아직은 괴테에게 고전주의자라는 으스스한 후광이 드리워지기 전이었다. 회화사에서 빛과 공기에 대한 한 사람의 관심이 일대 전환점이 되었다면, 문학사에서는 양식화된 것에서 파격으로의 의식적 전향, 즉 운문에서 리드미컬한 산문으로, 완결된 글에서 '단장'斷章[63]으로의 전환이 있었다. 이제는 형식과 형태보다는 향기와 느낌을 지향하게 되었다. 보편에서 출발하여 예술적으로 제한된 개별자로 나아가는 데서 벗어나 거꾸로 근원으로 거슬러 올라갔으며, 사물과 예술의 근원적 합일을 거세게 밀어붙였다. 슐라이어마허64)와 더불어 우주를 응시하던 시절이었다.

이제 낭만주의의 실질적인 내용을 관찰해보기로 하자. 낭만주의에는 두 종류가 있다. 즉 심오한 낭만주의와 피상적 낭만주의, 진정한 낭만주의와 허울뿐인 낭만주의다. 당시 대중의 취향에서는 후자의 거짓 낭만주의가 우세했다. 노발리스는 금세 잊혔지만, 아류 소설가 푸케는 승승장구했다. 전자의 낭만주의는 내면화의 길을 걷다가 점점 쇠퇴를 거듭하여, 마침내는 야유와 조롱을 받으며 무대에서 사라지고 말았다. 따지고 보면 푸케가 첫 작품을 써냈을 때 이미 그 생명은 끝난 셈이었다. 낭만주의는 노발리스와 함께 개화하고 또 시들었다.

후기 낭만주의에 이르러 아이헨도르프가 서정적이고 우아한 면을, 호프만이 초자연적으로 심오한 재능을 보여주었지만, 이들 모두 지류로서 옛 낭만주의 원칙과의 연관은 엉성한 정도에 불과하다. 진정한 낭만주의란 오직 노발리스에게서만 찾아볼 수 있으니, 슐레겔 형제는 그 심오한 통찰과 섬세한 이해에도 불구하고 문학적으로는 불모였기 때문이다.

노발리스는 28세에 세상을 떠났다. 그러나 그를 사랑하는 친구들의 기억 속에서 그는 여전히 물리칠 수 없는 청춘의 아름다움을 지닌 채 살아있다. 많은 사랑을 받았고 어느 누구로도 대신할 수 없는 작가였던 그의 미완성 작품들에는 은밀하고도 매혹적인 너무나도 독특한 향기가 서려있다. 그의 후배들이 필요로 했던 온갖 화려한 의상과 주렁주렁한 장식들을 그에게서는 전혀 찾아볼 수 없다. 묘한 에세이 형식으로 써낸 〈가톨릭 변호문〉만큼은 마치 철저한 개신교 사상가의 입에서 나온 실패한 역설론처럼 들려 청년다운 미숙함이 엿보이는 건 어쩔 수 없지만 말이다.

하지만 그의 대표작의 배경이 어쨌거나 중세, 낭만주의의 그 수상쩍은 중세 아니냐고 누군가 이의를 제기한다면, 나는 승복할 수가 없다. 《푸른 꽃》은 시간을 초월하니, 오늘의 일인 동시에 아직 일어난 적 없었던 일이요 또한 언제든 일어날 수 있는 일이며, 비단 한 영혼의 이야기가 아닌 영혼 일반의 이야기인 것이다. 문학작품으로서 여러 가지 논박의 여지가 있으며, 경이로운 첫 부분 외에는 미완성 작품인 데다, 스케치처럼 이어지는 후속부는 예측불허다. 그러나 이념으로서, 발상으로서, 창조적 구상으로서 《푸른 꽃》의 가치는 헤아릴 수 없이 크다. 이는 미숙한 한 청년의 작품이 아닌, 이상을 꿈꾸는 인간영혼의 명상이며, 고난과 어둠을 뚫고 저 높이 이상과 영원, 구원을 향해 비상하는 힘찬 날갯짓이다.

그러나 낭만주의의 근본이념을 그야말로 손에 잡히도록 명료하게 전해주는 것은 저 시인의 심연한 꿈보다는 노발리스의 논설들과 아포리즘으로서, 이는 어찌 보면 피히테[65] 철학의 부연설명이다. 그 모토이자 결론은 내면화를 통한 깊은 통찰이다. 노발리스의 이론을 짧게 간추리자면 시공간을 초월하는 영원한 법칙이 존재한다는 것, 이 영원한 법칙의 정신은 모든 영혼 속에 잠재되어있다는 것, 인간의 모든 교양과 이해는 자신의 소우주 속에서 이 정신을 인식하고 자각하며 그로부터 모든 새로운 인식의 척도를 마련하는 데서 비롯된다는 것이다.

이러한 기본이념이 후기 낭만주의에 들어와서 점점 퇴색되고 희미해졌다는 것은 놀랄 일이 아니다. 이것은 유행을 따르는 작가에게도 형식을 중시하는 예술가에게도 어울리지 않았으며, 무엇보다 문학적으로 뒷받침되지 못한 이론에 불과했던 것이다. 그 시대의 문학이 삶과 동떨어진 채 불운한 특수 존재가 되었던 것은 낭만주의의 죄가 아니다. 위대한 바이마르 문학[66]조차 그로 인해 시달렸으니, 이는 그 시대의 본질에 근거한 것이었다. 노발리스가 예외적 현상으로 머무른 것은 충분히 이해할 수 있었다. 문제는 이와 다른 새로운 시대의 문학은 그의 이론에 어떻게 대응할 것인가 하는 점이다.

이리하여 '신낭만주의'의 역사가 시작된다. 새로운 시대가 온 것이다. 문학은 허울뿐이던 왕위에서 완전히 밀려났으며, 반백 년간 충실히 운명을 함께 나눠온 철학도 마찬가지였다. 그리하여 철학처럼 문학도 혁명적이고 민주적이고 신랄해졌다. 시끌벅적한 음악소리를 울리며 옛 전통과 문학의 장례를 치른 '청년독일파'[67]에서 하이네만이 뛰어난 재능을 보여주었을 뿐으로, 그의 몇몇 아름다운 시와 탁월한 위트를 제외하면 청년독일파가 우리에게 남겨준 것은 그다지 만족스럽지 못하다. 그러니 사망선고를 받았던 낭만주의가 곧 다시 살아난 것도 놀랄 일은 아니다. 물론 진정한 낭만주의가 아닌 푸케 식의 저 불길한 가면이었다.

독일에서 낭만적인 것 일체가 경멸의 대상이 되었던 그 시절, 싸구려 낭만주의는 갖가지 이름을 단 채 끊임없이 양산되었고 또 팔려나갔다. 하이네조차 그 낡은 망토를 거듭 걸쳤던 덕에 많은 숭배자를 거느리게 되었다. 물론 언제나 그 망토 덕분만은 아니었다. 신전모독자요 천재적인 풍자가였던 하이네야말로 '푸른 꽃'[68]에 대한 은밀한 동경을 너무나 잘 알고 있었으며, 그가 시인으로서 창작해낸 최고의 것은 바로 《푸른 꽃》의 선율에 대한 하나의 메아리였다.

그러나 하이네의 낭만주의도 일단은 몰락해야 했다. 이렇다 할 계승자가 나오지 않았고 뒤이은 문학의 큰 물결은 과거의 모든 흔적을 깨끗이 쓸어버렸다. 자연주의는 엄격한 권위를 행사하면서 우왕좌왕하는 문학에 갑자기 규율과 원칙을 들이밀었다. 여기서 여러 말이 필요 없겠다. 자연주의가 언어와 시학에 대해 얼마나 철저히 가르치려 들었는지는 누구나 다 아는 사실이니까. 게다가 자연주의가 이미 소임을 다 마친 마당에 우리 후세가 그것을 재차 후려치거나 헐뜯을 필요가 있겠는가. 마치 이제는 노쇠해져 돌아가실 날만 기다리는 왕년의 호랑이선생님을 대하듯, 눈물을 흘리지는 못할지언정 감사한 마음으로 좋은 기억을 간직할 일이다. 자연주의는 정제되고 잘 다듬어진 관찰방식, 심리학과 언어를 유산으로 우리에게 남겨주었다. 압도적인 규모의 탁월한 문학작품은 극소수에 불과하지만 대신 방대한 양의 귀중한 연구, 실험, 기초 작업 등을 남겨주었다. 자, 이제 이 자연주의의 그늘에서 성장한 젊은 세대에게 낭만주의적 요소는 어떻게 이어졌을까?

오늘의 독일문학에서 실례를 고르라면 마음이 꺼려질 것이다. 그러나 신낭만주의 시의 발전단계를 전형적으로 보여주는 외국 작가가 둘 있으므로 아무래도 그들에 대해 얘기하는 편이 훨씬 객관적인 입장을 취할 수 있을 것이다. 한 사람은 덴마크의 야콥센으로 이미 오래전에 사망했는데, 그의 비극적 운명부터가 연민을 불러일으킨다. 그는 엄청난 상상력과 꿈꾸듯 잔잔한 정서를 고도로 세련된 사실묘사와 결합시킨, 가장 뛰어난 작가의 본보기다. 그는 자연의 모든 현상에 대해, 길가의 풀 한 포기에 대해, 눈에 보이는 모든 아름다움에 대해 함축미 뛰어난 언어를 찾아낸다. 그리고는 모호한 충동으로 이 놀라운 묘사능력과 극도로 정제된 표현기법을 정신세계에 적용하고자 노력한다. 현실의 심리학자로서가 아니라 꿈꾸는 자로서, 길도 없는 무의식의 바다를 여행하는 탐험가로서 말이다. 여성의 영혼에 파인 그 모든 깊은 주름살에 천착하는 그의 노력은 가히 감동적이다(《마리 그루베 부인》 Marie Grubbe). 또한 《닐스 리네》Niels Lyhne에서는 어린이의 정신세계를 조심스럽고도 예민한 감각으로 펼쳐 보여준다. 어쩌면 이는 켈러가 불후의 명작 《녹색의 하인리히》에서 이미 이루어낸 바일 수도 있다. 그러나 야콥센에게는 켈러와는 다른 새로운 기법이 있으며, 의식·무의식적으로 일체의 요약과 양식화를 포기하며, 사소한 디테일들을 바탕으로 천천히 그리고 찬찬히 전체를 서술해나간다. 그러면서도 늘 진정한 작가일 수 있었던, 한없이 사소해 보이는 것에서도 본질적이고 의미 있는 것을 포착해내며, 극도로 섬세한 세공작업에 통일성을 갖춘 완결된 작품양식과 완성도를 부여하는 데 성공한 최초의 작가다.

그의 두 대표작은 진정한 낭만주의 문학이다. 두 작품 모두 한 개인의 연약한 영혼이 모든 사건의 중심이자 문제해결의 실마리다. 또한 둘 다 한 개인의 삶이 아주 엄격한 분석으로 그려지기보다는 오히려 중립적인 지대가 확보되어, 그 기반 위에서 모든 인간적인 면이 깊은 공명을 이끌어내며 강력하게 목소리를 낸다. 그리하여 우리는 이것이 비단 과학자의 연구가 아님을 느끼게 되니, 그 위에는 참다운 시의 신비스러운 베일이 형언할 수 없는 강렬한 향기처럼 드리워져있다. 야콥센은 사실주의자였으되, 그 유파의 장점을 포기하지 않은 채 시인이었다. 그의 본보기가 독일 신낭만주의의 탄생에 얼마나 큰 역할을 했는지는 이루 다 말할 수 없다.

또 한 명의 낭만주의 작가는 마테를링크다.[69] 그는 자연주의 풍조와는 무관하게 성장한 젊은 작가로서 신낭만주의의 전형이라 간주할 수 있다. 마테를링크에게 이르면 표면적으로 자연주의의 흔적은 조금도 찾아볼 수 없다. 외견상 그는 브렌타노 혹은 호프만처럼 독자적으로 작품을 양식화하고 구성하고 치장하는 듯이 보인다. 하지만 그렇게 보일 뿐이다. 그 역시 사실적으로 관찰하고 묘사하는 법을 익혔지만, 사람들이 알아차리지 못할 뿐이다. 그 이유는 그가 주로 눈에 보이지 않는 것에 대해서만 얘기하기 때문이다. 열정을 품고 문학의 길에 들어설 때만 해도 그는 세상을 등진 몽상가요 은둔자였다. 이후 그는 자신의 시대와 삶 한가운데로 발을 들여놓았다. 그러나 노발리스의 가르침만은 이전과 다름없이 확고히 고수했다. 그에게 온갖 중요한 사건들은 내면에서 진행되었고 그는 '일상의 비극'을 발견해냈다. 그는 사람들의 내면에서 몸을 움츠린 채 숨어 사는 영혼을 조심스럽고 부드러운 말로 불러내어, 용기를 불어넣고 잃어버린 권위를 되찾아주고자 하였다.

그는 독일에도 잘 알려진 작가이므로, 여기서 그의 작품을 세세히 논할 필요는 없을 것이다. 그의 저서 중 가장 특이한 작품 하나만 언급하겠다. 마테를링크가 야콥센 못지않게 소박한 자연과 진리의 예찬을 신봉하였음을 보여주는 산문집 《벌의 일생》La vie des abeilles이다. 벌들의 세계를 학문적으로 정확하고 꼼꼼하게 묘사하고 있어 마치 안내서처럼 객관적이고 명료한데, 그러면서도 한 문장 한 문장이 그야말로 문학작품이다. 동화의 옷을 입지는 않았지만70) 여기서 우리는 진정한 신낭만주의를 찾아볼 수 있다. 노발리스가 《말렌 공주》La Princesse Maleine를 맘에 들어 했을지는 잘 모르겠지만, 《벌의 일생》이라면 분명 쌍수를 들어 환영했을 것 같다. 자연의 작은 조각 하나를 진지한 탐구열로 다루면서, 그 제한된 범주 속에서 즐거운 경탄으로 우주만물을 재발견하는 것이야말로 낭만주의의 신앙이다. 벌집 하나에서도 생명의 심오한 법칙과 영원의 거울을 찾아보는 이것이 바로 노발리스의 정신인 것이다.

여기에 신낭만주의 정신의 비밀이 있고, 좀 더 심오한 과제가 있다. 정작 중요한 것은 몇 편의 멋진 시를 새로 써내는 게 아니라, 매 영역을 통해 삶과 인식이 더욱 깊어지게끔 하는 일이다. 《벌의 일생》 같은 책이 나올 수 있었다는 것은 비단 마테를링크의 작품세계에 국한되지 않는 중요한 진전이다. 결코 소재와 언어 때문이 아닌 그러한 정신에서 비롯된 책이야말로 진정 '낭만주의적'일 수 있다는 사실을 많은 독자들도 차차 깨닫게 되길 바란다. 중세 시대를 배경으로 한 소설이나 동화적 드라마, 음유시 등을 쓴다는 사실만으로 졸라나 도스토예프스키보다 낭만주의 정신에 한 발짝 더 가깝다고 할 수는 없다. 다만 진정으로 《푸른 꽃》의 정신을 품고 있는 작가라면 우리는 가슴을 활짝 열어 환영할 것이다!

(1900)

1 Friedrich Spielhagen(1829~1911) : 독일의 통속소설 작가이다. 긴장과 상
투성과 심리관찰이 절묘하게 혼합되어 재미있게 읽히는 급진적이고 자유주의
적인 성향의 소설을 썼다.

2 Eugenie Marlitt(1825~1887) : 본명은 Eugenie John으로 여성으로서 세계
최초의 베스트셀러 작가라고 평가받을 만큼 당대에 큰 인기를 누린 독일의 통
속소설 작가다.

3 '경건한 자들'이라는 의미의 히브리어에서 유래한 말로, 유대교 내에서 율법
과 계율을 철저히 지키고자 하는 일종의 회개운동으로 시작된 사상이다.

4 Gustav Landauer(1870~1919) : 유대계로서 철학, 문학, 예술사를 공부하
고 저널리스트로 활동하였다. 제1차 세계대전 중 평화주의자로서 비폭력 이념
을 표방하였던 그는 타고르나 휘트먼의 작품을 번역하여 독일에 소개하는 데
힘썼다. 1918년 바이에른의 사회주의 정당의 수상 아이스너 내각에서 민중교
육을 담당하면서 뮌헨 봉기를 주도하였고 반혁명군에 의해 체포되어 옥사했

다.《미래》《사회》《새로운 세기》등의 잡지에 협력하였다.

5 Emil Strauß(1866~1960) : 프라이부르크와 베를린 등에서 철학, 독문학, 농경제 등을 공부하다가 학업을 중단하고 생활개혁운동에 뛰어들어, 농촌정착 공동체를 시도하기도 하였다. 구성과 문체 양면에서 원숙한 소설문학을 남겨, 20세기 독일문학에서 상당히 큰 비중을 차지하는 작가다. 명료하고 남성적이며 객관적이고 치밀한 언어로써, 19세기 사실주의 전통을 이어받으면서 현대인이 처한 문제를 중점적으로 다루었다. 대표작《친구 하인》은 성장소설 장르의 탁월한 예로 평가된다.

6 Stefan George(1868~1933) : 독일의 시인으로 자연주의적 예술관에 반대하고 순수한 언어예술을 추구하는 독일시의 원천을 개척했다. 시집《영혼의 한 해》《동맹_{同盟}의 별》등의 작품이 있다.

7 Eduard Mörike(1804~1875) : 낭만주의와 사실주의 사이에 활동한 독일 서정시인이자 소설가 겸 번역가 겸 목사이다. 주로 고향이라는 친숙하고 좁은 세계를 노래하여, 오랫동안 비더마이어_{Biedermeier} 사조의 전형적인 대표자로 여겨졌는데, 오늘날에 와서는 그의 은둔 속에 심오함과 현대성이 깃들어있다고 평가된다. 뫼리케의 작품들은 19세기 독일문학에서 매우 중요시된다. 비스펠_{Wispel}이라는 가명으로 주로 풍자적인 문학작품을 발표했다. 대표작으로는 목가적이면서도 깊은 정신성을 담은《시집》_{Gedichte}(1838)과 자전적 요소가 강한 교양소설《화가 놀텐》_{Maler Nolten}(1832)이 있다.

8 일본 고유의 시형식인 하이쿠_{俳句}를 말한다. 3구 17음절을 기본으로 하는 단시형이며, 각 구는 5-7-5음절로 구성된다. 오늘날에도 와카_{和歌}와 함께 일본 시가문학의 축을 이룬다.

9 Detlev von Liliencron(1844~1909) : 독일의 서정시인 겸 산문작가이며 극

작가이다. 딱히 하나의 사조로 구분되지 않는 그의 서정시들은 19세기 후반의 자연주의의 길을 닦았다고 평가되며, 낭만주의와 초기 표현주의적 성격까지 다양한 면모를 보여준다.

10 Christian Füchtegott Gellert(1715~1769) : 독일의 시인이자 소설가이다. 가난한 목사 집안에서 태어나 대학 시절부터 작품을 발표했다. 그의 작품은 계몽주의와 감상주의, 질풍노도기로 넘어가는 시절, 독일에서 가장 인기 있는 책들로 꼽혔으며, 괴테와 실러에게 지대한 영향을 주었다.

11 Josef Knecht : 헤세의 장편 《유리알 유희》의 주인공이다.

12 Alfred Kubin(1877~1959) : 체코 출신의 오스트리아 화가이다. 포, 카프카 등의 책에 삽화를 그렸으며, 작품으로 화첩 《잔자라》가 있다. 키리코와 클레에게 영향을 끼쳤다.

13 "Von allem Geschriebenen liebe ich am meisten, was einer mit seinem Blute schreibt." 니체의 《차라투스트라는 이렇게 말했다》에 나오는 한 구절이다.

14 불교에서 덧없는 세계, 곧 현상계를 마야의 세계라고 일컫는데, 마야의 베일이란 바로 이 현상계에 드리워진 것, 즉 사물의 진여를 가리고 있는 인식의 장막을 말한다.

15 〈Fliegende Blätter〉 : 1844~1944년까지 뮌헨에서 출판된 유머 잡지(브라운&슈나이더 출판사)이다.

16 본명 Georg Philipp Friedrich Freiherr von Hardenberg(1772~1801) : 독일의 초기 낭만파 작가이다. 잡지 〈아테네움〉에 《수상록》을 발표하면서 노발리스라는 필명을 사용하였다. 대표작인 《푸른 꽃》Heinrich von Ofterdingen의 핵심 모

티브는 '푸른 꽃'으로, 이는 근원적이고 환상적인 것, 유년기, 철학과 종교 등에 대한 낭만적 동경을 상징한다.

17 이 글은 1954년에 새로 발표한 1918년 원고이다.

18 Volapük : '세계의 언어'라는 의미로서 1879년경 독일의 목사 요한 마르틴 슐라이어Johann Martin Schleyer가 고안한 계획언어다. 효용성 면에서는 성공적이지 않았으나 1887년에 창안된 에스페란토어에 앞서 실질적인 국제어의 길을 닦았다는 역사적인 의미를 인정받고 있다.

19 Walt와 Vult : 장 파울의 소설 《반항기》Flegeljahre에 등장하는 쌍둥이 형제의 이름이다. 그들은 소정의 수련기간을 통해 성실한 청년으로 성장한다면 거액의 유산을 상속받을 것이라는 유언을 듣는다. 즉 반항과 방황의 시기를 극복하고 사회적 정체성을 확립해야 한다는 과제가 주어졌던 셈이다.

20 《나르치스와 골트문트》를 집필하던 시기인 1928년 12월 2일에 쓴 글이다.

21 Veraguth : 헤세의 소설 《로스할데》의 주인공이다.

22 《Bhagavad-Gītā》 : '신의 노래'라는 뜻으로 인도의 오래된 신화 《마하바라타》의 일부다. 크리슈나 신과 인간 아르주나의 대화를 서사시 형태로 엮은 힌두교의 경전이다.

23 Jean-Baptiste Camille Corot(1796~1875) : 파리에서 출생했다. 상업에 종사하다가 1822년부터 미샤롱과 베르탱에게 사사하여 그림을 공부하였다. 프랑스의 대표적인 풍경화가로 꼽힌다.

24 troubadour : 중세 남부 프랑스의 음유시인을 통칭하여 이르는 말이다. 봉

건제후의 궁정을 찾아다니며 무훈과 기사도를 소재로 해 스스로 지은 연애시 등을 낭송하였다.

25 minnesänger : 중세 독일의 궁정에서 성행한 연애시를 지은 시인들이다.

26 novela picaresca : 16세기 중반부터 17세기까지 스페인에서 시작해 유럽 여러 나라에 파급되었던 문학양식이다. 악한소설, 건달소설이라고도 부른다. 건달, 불량배를 뜻하는 스페인어 피카로_picaro에서 유래한 이 소설양식은 상류층 의 이상주의적 문학과 대조적으로 주로 피카로의 자전적 모험담을 다루며, 사 회풍자적인 성격이 짙다.

27 바이킹 시대 스칸디나비아의 궁정시인을 일컫는다. 음영시인이자, 정치인 과 군인의 역할까지 겸했던 이들의 시는 주로 왕과 귀족에 대한 찬양과 전쟁 때 의 활약상을 묘사하고 있다.

28 Jens Peter Jacobsen(1847~1885) : 덴마크의 작가이다. 대학에서 식물학 을 전공하고 《종의 기원》을 덴마크어로 번역하기도 했다. 다윈의 진화론에 경 도되어 심각한 종교적 회의를 거쳐 무신론자가 되었다. 그의 작품은 대개 자전 적 성격을 띠며, 신이 부재하는 세상에서 살아가야 하는 현대인의 상황을 그렸 다. 사색적이고 우울한 그의 서정시는 릴케와 슈테판 게오르게에게 깊은 영향 을 주었다.

29 《Titan》(1800~1803) : 장 파울의 교양소설이다.

30 《Friedrich de la Motte Fouqué》(1777~1843) : 독일 낭만주의 작가로 여 러 편의 기사소설을 썼으며, 가장 인정받은 소설 《운디네》_Undine는 호프만의 동 명 오페라의 소재가 되었다.

31 Messiade : 클롭슈토크의 서사시이다.

32 《Sophiens Reise von Memel nach Sachsen》: 계몽주의 시대의 독일 소설가 요한 티모테우스 헤르메스Johann Timotheus Hermes(1738~1821)의 대표적 서간 소설이다.

33 《Jörn Uhl》(1901) : 독일의 목사이자 작가였던 구스타프 프렌센Gustav Frenssen(1863~1945)의 소설로, 몰락하는 농가의 아들인 요른 울을 주인공으로 하는 성장소설이다. 줄곧 사투리로 이루어진 거친 언어이지만 짙은 향토색과 서민의 눈높이에 맞춘 윤리세계로 상당한 화제를 모았다.

34 novelle : 신기하지만 발생할 가능성이 있는 사건을 예술적 구성으로 간결하고 객관적인 묘사로 재현한 비교적 짧은 산문 또는 운문작품으로, 19세기 독일 문학에서 전성기를 이루었다.

35 Josef Popper-Lynkeus(1838~1921) : 체코의 유대인 게토 출신으로 프라하의 독일 공업전문학교에서 기계제작을 공부하고 빈에서 철도기술자가 되었다. 증기 밸브의 발명으로 경제적인 자유를 얻자 칩거하며 저술활동을 하였다. 공학, 문학, 철학 등 다양한 주제를 다루었으며 특히 사회개혁 문제에 지대한 관심을 가졌다.

36 Justinus Andreas Christian Kerner(1786~1862) : 독일의 작가이자 의사이다. 평생 의료와 문필을 병행하다가, 1851년 녹내장으로 인해 의료활동을 접고 문학에 전념하였다. 울란트, 레나우 등과 친밀히 교유하며 슈바벤 문단을 이끌었다. 꾸밈없고 소박한 문체, 우수와 유머가 공존하는 작품을 썼다.

37 《Die Kultur der italienischen Renaissance》: 스위스의 역사가이자 문화사가인 야콥 부르크하르트Jacob Burckhardt(1818~1987)의 저작이다.

38 Émile Verhaeren(1855~1916) : 프랑스어로 작품을 쓴 벨기에의 국민 시인으로 상징주의의 기초를 놓은 주역 중 한 사람이다. 뛰어난 음악성과 함께 강한 사회의식으로 전원과 대비되는 대도시의 생활을 읊은 그의 서정시들은 동시대의 많은 예술가들과 작가들에게 깊은 영향을 미쳤다.

39 Erwin Rohde(1845~1989) : 독일의 고문헌학자로 니체, 바그너 등과 교유하였다.

40 Georg Morris Cohen Brandes(1842~1927) : 덴마크의 학자이자 비평가이다. 대표작 《19세기 문학의 주류》Die Hauptströmungen der Literatur des 19. Jahrhunderts와 더불어 괴테, 미켈란젤로, 셰익스피어, 볼테르 등의 전기와 에세이 등을 남겼다.

41 Carl Justi(1832~1912) : 독일의 철학자이자 예술사가이다. 스페인의 화가 디에고 벨라스케스에 대한 논문은 그의 저작 중 가장 유명하다.

42 Viktor Hehn(1813~1890) : 독일의 예술사가이다.

43 Ricarda Huch(1864~1947) : 독일의 여성작가이다. 일찍이 스위스로 건너가 역사와 철학을 공부하고 독일로 돌아와 작가활동을 하였다. 나치에 반대하는 의미로 프로이센 예술아카데미를 자발적으로 탈퇴하였고, 제2차 세계대전 후 독일 작가연맹의 초대회장을 역임하였다.

44 Hermann Hettner(1821~1882) : 청년헤겔파의 예술─문학사가이다. 헵벨, 켈러 등과 교유하였다.

45 Peter Rosegger(1843~1918) : 오스트리아의 작가이다.

46 Friedrich Theodor Vischer(1807~1887) : 독일의 작가이자 정치가이다. 실러의 조카이기도 하다.

47 《Gedichte an die Anna Blume》: 다다이즘에서 매우 중요하게 다루어지는 독일의 화가이자 작가인 쿠르트 슈비터스Kurt Schwitters(1887~1948)의 1919년작 실험시로서, 큰 반향을 일으키며 20세기 전 세계 문학계에 영향을 끼쳤다.

48 Otto Rank(1884~1939) : 오스트리아의 정신분석학자이며 빈에서 출생했다. 1906년부터 프로이트에게 교육을 받았으며, 프로이트 정신분석학파의 중심 멤버였다.

49 Gustav Meyrink(1868~1932) : 오스트리아 빈 출신의 작가로 구스타프 마이어로도 알려져 있다. 독일어권에서 최초로 환상 소설을 썼다. 초기작들이 주로 당시의 속물근성을 겨냥했다면(《독일의 속물 분더호른》Des deutschen Spießers Wunderhorn), 후기작들(《골렘》Der Golem 《초록 얼굴》Das Grüne Gesicht 《하얀 수도승》 Der Weiße Dominikaner)에서는 주로 초자연적인 현상이나 형이상학적 존재의 의미를 다루고 있다.

50 Alexander Moritz Frey(1881~1957) : 어린 시절은 만하임에서, 1907년부터는 뮌헨에서 살다가(그곳에서 토마스 만과 교유함) 1915년에서 1918년까지 제1차 세계대전에 참전했다. 1933년에는 오스트리아로, 1938년에는 다시 스위스로 망명하였다. 1914년 출판된 환상 소설 《보이지 않는 사람 졸네만》의 주인공 Hciebel Soleman이라는 이름은 거꾸로 읽으면 'Namelos lebe ich'로서 '나는 무명으로 산다'는 뜻이다.

51 Klabund(1891~1928) : 본명은 알프레트 헨슈케Alfred Henschke로 Klabund란 이름은 Klaubautermann(바다의 요괴)과 Vagabund(방랑자)를 합성하여 만든 것이다. 뮌헨과 로잔에서 철학과 문학을 공부했으며, 학업을 마친 후 뮌헨과 베

를린, 스위스에서 자유작가로 활동하였다. 어느 한 사조로 분류하기 힘든 그의 작품세계는 자연주의와 인상주의의 요소를 포함하면서 표현주의적 경향을 보인다.

52 1918년 베를린에서 출판된 에른스트 베르트람Ernst Bertram의 《Nietsche. Versuch einer Mythologie》를 말한다.

53 과학적으로 해명할 수 없는 신비적–초자연적 현상이다.

54 Herbert George Wells(1866~1946) : 영국의 소설가이자 문명비평가이다. 첫 장편 《타임머신》(1895)을 비롯하여 《모로 박사의 섬》The Island of Dr. Moreau(1896) 《투명인간》(1897) 《세계전쟁》The War of the Worlds(1898) 등의 공상과학소설에서 19세기 말 산업혁명 이후의 영국과 제국주의적 유럽에 대한 격렬한 현실비판과 함께 미래사회에 대한 경고를 보내고 있다.

55 에트슈미트의 글 '문학에서의 표현주의'에 대해 〈노이에 룬트샤우〉Neue Rundschau에 게재했던 글이다.

56 Knut Hamsun(1859~1952) : 본명은 크누트 페데르손Knut Pederson이며 노르웨이의 소설가이다. 격조 높은 시적 문체를 구사하였고, 근대사회를 통렬히 비판하는 작품을 썼다. 대표작으로는 《굶주림》Sult 《흙의 혜택》Markens Grøde이 있으며, 1920년 노벨문학상을 수상하였다.

57 Richard Dehmel(1863~1920) : 자연주의와 인상주의 사이의 시인이자 소설가이다. 자연주의와 인상주의 작가들과 두루 교유하였고, 니체에게 강한 영향을 받았다. 독일판 아르누보라 할 유겐트슈틸의 중심인물로서 표현주의의 선구자 역할을 하였으며, 릴케나 게오르게 등 동시대 작가에게 지대한 영향을 끼쳤다.

58 Paul Kornfeld(1889~1942) : 체코의 작가로 다수의 표현주의 희곡을 썼다.

59 〈Athenäum〉: 아우구스트 빌헬름 슐레겔과 프리드리히 슐레겔 형제에 의해 1798년부터 1800년까지 간행된 잡지로, 예나Jena의 초기 낭만파 기관지였다. F. 슐레겔의 〈아테네움 단장〉은 포에지(시문학)와 철학의 통합이라는 낭만주의 문학의 강령을 제시한 것으로 유명하다.

60 이제껏 말할 수 없었던 것들, 예컨대 개인의 감정 등의 적나라한 표출 등이 이 소설을 기점으로 대담하게 표현되기에 이르렀다는 의미다.

61 《Franz Sternbalds Wanderungen》: 루트비히 티크의 1798년 작품으로 교양소설이자 예술가소설이다.

62 《Lucinde》(1799) : 프리드리히 슐레겔의 미완성 소설이다.

63 Fragment : 일반적으로 미완성 작품을 가리킨다. 낭만주의에서는 현실 자체가 불완전한데 이러한 불완전한 현실을 완전하게 모사한다는 것은 불가능할 뿐더러 무의미한 일이므로, 미완성이라는 형식 자체가 완성을 향해 열린 가능성을 주는 적합한 예술형식으로 조명되었다.

64 Schleiermacher : 독일의 신학자이자 철학자이다. 우주에 대한 직관이 종교의 본질이라고 주장했다.

65 Johann Gottlieb Fichte(1762~1814) : 독일 관념론의 대표적인 사상가이다. 슐레겔 형제를 비롯하여 낭만파와 가까웠고, 신비적-종교적 색채가 강했다.

66 바이마르 문학이란 일반적으로 괴테를 중심으로 한 바이마르 공화국 시대의 문학을 말한다. 여기서는 '실패한' 낭만주의와 대조적으로 괴테가 중심이

된 고전주의 문학을 지칭한다.

67 Das junge Deutschland : 1830년대 독일에 프랑스의 자유주의적, 민주주의적 사회사상을 소개한 독일 인문학자 집단이다.

68 노발리스의 낭만주의 정신을 은유적으로 표현했다.

69 본명은 Maurice Maeterlinck(1862~1949)로 벨기에 작가다. 그의 작품세계의 중심주제는 삶의 의미와 죽음이다. 희곡 《펠레아스와 멜리장드》Pelléas et Mélisande(1892)는 상징주의의 대표작으로서, 드뷔시의 오페라로 작곡되기도 했다. 1911년 노벨문학상을 수상하였다.

70 낭만주의의 전형적인 형식이라고 볼 수 있는 동화의 형식을 빌리지는 않았다는 의미다.

▥ **독서에 대하여 1** 1911년에 쓴 글로 1911년 7월 16일자 〈신 빈 일보〉Neues Wiener Tagblatt에 '책읽기'Bücherlesen라는 제목으로 처음 게재되었다. 1970년 프랑크푸르트 암 마인에서 출판된 《문학에 대한 글》Schriften zur Literatur 제1권에 실렸다.

▥ **책의 마력** 1930년 가을에 쓴 글로 1930년 라이프치히 〈올해의 책〉Das Buch des Jahres에 처음 게재되었다. 1970년 프랑크푸르트 암 마인에서 출판된 《문학에 대한 글》 제1권에 실렸다.

▥ **서재 대청소** 1931년 여름에 쓴 글이다. 1931년 12월 베를린 〈노이에 룬트샤우〉Die Neue Rundschau에 처음 게재되었다. 1973년 프랑크푸르트 암 마인에서 출판한 《나태의 예술》Die Kunst des Müßiggangs에 실렸다.

▥ **소설 한 권을 읽다가** 1932년 10월에 쓴 글이다. 1933년 5월 베를린 〈노이에 룬트샤우〉에 처음 게재되었다. 1970년 프랑크푸르트 암 마인에서 출판된 《문학에 대한 글》 제1권에 실렸다.

▥ **애독서** 1945년에 쓴 글이다. 1945년 4월 7일자 〈취리히 차이퉁〉Neue Zürcher Zeitung에 처음 게재되었다. 1977년 프랑크푸르트 암 마인에서 출판한 《작은 기쁨》Kleine Freuden에 실렸다.

▥ **작가에 대하여** 1909년에 쓴 글이다. 취리히에서 간행된 〈앎과 삶〉Wissen und Leben 1909/1910 제6권에 '작가라는 직업'Der Beruf des Schriftstellers이라는 제목으로 처음 게재되었다. 1970년 프랑크푸르트 암 마인에서 출판된 〈문학에 대한 글〉 제1권에 실렸다.

▥ **젊은 작가들에게 띄우는 편지** 1910년에 쓴 글이다. 1910년 3월 15일 뮌헨에서 간행된 잡지 〈3월〉März에 처음 게재되었다. 1970년 프랑크푸르트 암 마인에서 출판된 《문학에 대한 글》 제1권에 실렸다.

▥ **글쓰기와 글** 1960년 여름에 쓴 글이다. 1960년 8월 15일자 〈취리히 차이퉁〉에 처음 게재되었다. 1970년 프랑크푸르트 암 마인에서 출판한 《헤세 전집》Hesse-Werkausgabe 제10권에 실렸다.

▥ **문학과 비평이라는 주제에 대한 메모** 1930년에 쓴 글이다. 1930년 12월 베를린 〈노이에 룬트샤우〉에 처음 게재되었다. 1957년 프랑크푸르트 암 마인에서 출판된 《고찰》Betrachtungen에 실렸다.

▥ **시에 대하여** 1918년에 쓴 글이다. 〈포스차이퉁〉Vossische Zeitung 1918년 10월 27일자에 처음 게재되었다. 1928년 베를린에서 출판된 《고찰》에 실렸다. 본서의 것은 1954년도의 수정-보완판으로, 1970년 프랑크푸르트 암 마인에서 출판된 《문학에 대한 글》 제1권에 실린 것이다.

▥ **언어** 1918년에 쓴 글이다. 1918년 8월 11일자 〈프랑크푸르터 차이퉁〉Frankfurter Zeitung에 처음 게재되었다. 1928년 베를린에서 출판된 《고찰》에 실렸다.

▥ **독서와 장서** 1908년에 쓴 글로 레클람 일반문고 제5000권에 맞추어 쓴 원고의 요약판이다. 1908년 라이프치히에서 간행된 주간 〈레클람 세상〉Reclams Universum에 처음 게재되었다. 1970년 프랑크푸르트 암 마인에서 출판된 《문학에 대한 글》 제1권에 실렸다.

▥ **글 쓰는 밤** 1928년 12월 초에 쓴 글이다. 1928년 12월 25일자 〈베를린 일보〉Berliner Tageblatt에 처음 게재되었다. 1970년 프랑크푸르트 암 마인에서 출판된 《문학에 대한 글》 제1권에 실렸다.

▓ **세계문학 도서관** 1927년 여름에 쓴 글이다. 1929년 라이프치히에서 간행된 주간 〈레클람 세상〉에 처음 게재되었다. 1970년 프랑크푸르트 암 마인에서 출판된《문학에 대한 글》제1권에 실렸다.

▓ **책과의 교제** 1903년 3~4월에 쓴 글이다. 1907년 12월 30일자 〈취리히 차이퉁〉에 처음 게재되었다. 1970년 프랑크푸르트 암 마인에서 출판된《문학에 대한 글》제1권에 실렸다.

▓ **독서에 대하여 2** 1920년 2월에 쓴 글이다. 1920년 3월 28일자 〈취리히 차이퉁〉에 처음 게재되었다. 1928년 베를린에서 출판된《고찰》에 실렸다.

▓ **신사조들에 관한 대화** 1920년에 쓴 글이다. 1920년 1월 11일~13일 〈취리히 차이퉁〉에 처음 게재되었다. 1970년 프랑크푸르트 암 마인에서 출판된《문학에 대한 글》제1권에 실렸다.

▓ **예술가와 정신분석** 1918년에 쓴 글이다. 1918년 7월 16일자 〈프랑크푸르터 차이퉁〉에 처음 게재되었다. 1957년 프랑크푸르트 암 마인에서 출판된《고찰》에 실렸다.

▓ **환상 문학** 1919년 8월에 쓴 글이다. 1919년 9월 9일자 〈포스 차이퉁〉에 처음 게재되었다. 책에 실리기로는 본서가 처음이다.

▓ **빌헬름 셰퍼 주제에 의한 변주** 1919년 12월에 쓴 글이다. 1920년 7월 베를린에서 출판된《일기》Das Tagebuch에 처음 게재되었다. 1928년 베를린에서 출판된《고찰》에 실렸다.

▓ **특이 소설** 1909년에 쓴 글로 1909년 4월 뮌헨에서 간행된 잡지 〈3월〉에 처음 게재되었다. 1970년 프랑크푸르트 암 마인에서 출판된《문학에 대한 글》제1권에 실렸다.

▓ **문학에서의 표현주의에 대하여** 1918년에 쓴 글이다. 1918년 7월 베를린 〈노이에 룬트샤우〉에 처음 게재되었다. 1970년 프랑크푸르트 암 마인에서 출판된《문학에 대한 글》제1권에 실렸다.

▓ **최근의 독일문학** 1920년에 쓴 글이다. 1920년 2월 1일자 취리히 〈앎과 삶〉

에 처음 게재되었다. 1970년 프랑크푸르트 암 마인에서 출판된《문학에 대한 글》제1권에 실렸다.

▨ **낭만주의와 신낭만주의** 초고는 1900년경에 쓴 글이다. 1900년 6월 17일 자 〈알게마이네 슈바이처 차이퉁〉Allgemeine Schweizer Zeitung에 '낭만적'Romantisch 이라는 제목으로 처음 게재되었다. 1970년 프랑크푸르트 암 마인에서 출판된 《문학에 대한 글》제1권에 실렸다.

1877 ‡ 7월 2일 뷔르템베르크 칼프에서 요하네스 헤세Johannes Hesse(1847~1916)
와 마리 군데르트Marie Gundert(1842~1902) 사이에서 태어나다. 부친은 발트제
국 출신의 선교사로 칼프 출판협회의 회장을 지냈으며, 모친은 선교사이자 저
명한 인도학자인 헤르만 군데르트Hermann Gundert의 장녀로 이젠베르크Isenberg와
사별 후 요하네스 헤세와 재혼하다.

1881~1886 ‡ 헤세는 부모와 함께 바젤에 거주하다. 부친은 바젤 선교원에
서 강의를 하였고, 1883년 스위스 국적을 취득하다(그전까지는 러시아 국적자
였다).

1886~1889 ‡ 가족 모두 칼프로 돌아와(7월), 헤세는 칼프에서 초등학교를
다니다.

1890~1891 ‡ 튀빙겐 재단에서 지원하는 신학교육을 받기 위해, 괴핑겐의 라
틴어 학교를 다니며 뷔르템베르크 국가고시(1891년 7월)를 준비하다. 국립학
교 입학을 위해서 헤세는 스위스 시민권을 포기해야 했으므로, 부친이 1890년
11월에 헤세에게 뷔르템베르크 국적을(가족 구성원 중 유일하게) 얻어주다.

1891~1892 ‡ 마울브론 개신교 수도회 신학교에 입학(1891년 9월)하여 신학
생이 되었으나, 일곱 달 만에 도망 나오다. 왜냐하면 "시인이 되거나 아니면 아

무엇도 되고 싶지 않았기 때문이다."

1892 ‡ 바트 볼의 크리스토프 블룸하르트Christoph Blumhardt 집에 기거하다(4월부터 5월까지). 자살을 기도하고(6월), 슈테텐 신경정신과 요양원에 체류하다. 칸스타트의 김나지움에 들어가다.

1893 ‡ 7월에 10학년 수료 검정고사(중졸 학력 인증)에 합격하다. "사회민주주의자가 되어 술집을 전전한다. 주로 하이네만 탐독하며 모방했다." 10월에 에스링겐에서 서적관련업 교육을 받기 시작했다가 3일 만에 그만두다.

1894~1895 ‡ 칼프의 페로트 시계공장에서 수습사원으로 15개월간 근무하다가 브라질로 이주를 계획하다.

1895~1898 ‡ 튀빙겐의 헤켄하우어 출판사에서 견습생 생활을 하다. 1896년 빈의 독일 작가회Das deutsche Dichterheim에 첫 시작품 발표하다. 처녀시집 《낭만적 노래》Romantische Lieder 1898년 10월에 출간하다.

1899 ‡ 소설 《고슴도치》Schweinigel를 집필 시작하다(원고는 아직까지 미발견). 6월에 산문집 《자정 지나 한 시간》Eine Stunde hinter Mitternacht 예나의 디더리히스 출판사에서 출간하다. 9월에 바젤로 이주해, 1901년 1월까지 제국 서점에서 보조점원으로 일하다.

1900 ‡ 〈알게마이네 슈바이처 차이퉁〉에 사설과 서평을 쓰기 시작하는데, 이글들이 그가 출판한 책들보다 "지역 내에서 훨씬 좋은 평판을 얻게 되어, 사회생활에 상당한 뒷받침이 되었다."

1901 ‡ 3월부터 5월까지 첫 이탈리아 여행을 하다. 1901년 8월에(1903년 봄까지) 바젤의 바텐빌 고서점에 취직하다. 가을에 라이히 출판사에서 《헤르만 라우셔가 남긴 시와 글》Die Hinterlassenen Schriften und Gedichte von Hermann Lauscher 출간하다.

1902 ‡ 베를린 그로테 출판사에서 펴낸 《시》Gedichte가 출판 직전에 타계한 모친에게 헌정되다.

1903 ‡ 서점과 고서점 일자리를 그만둔 후, 5월에 약혼한 마리아 베르눌리Maria Bernoulli와 함께 두 번째 이탈리아 여행을 하다. 여행에 나서기 직전에 탈고한 《카멘친트》Camenzind 원고를 피셔 출판사의 요청에 따라 베를린으로 송부하다. 10월부터 (1904년 6월까지) 칼프에서 《수레바퀴 아래서》Unterm Rad 등의 집

필에 들어가다.

1904 ‡ 《페터 카멘친트》Peter Camenzind 출간하다. 마리아 베르눌리와 결혼하여 보덴제 근방 가이엔호펜의 빈 농가로 이주하다(7월). 자유작가로 활동하며 다수의 신문과 잡지 작업에 참여하다(주로 〈뮌휘너 차이퉁〉Münchner Zeitung에서 격주로 발행한 《프로필레언》Propyläen 및 〈라인란데〉Die Rheinlande 《짐플리치시무스》Simplicissimus 그리고 〈뷔르템베르거 차이퉁〉Württemberger Zeitung에서 매주 발행한 《슈바벤슈피겔》Der Schwabenspiegel 등). 보카치오와 프란츠 폰 아시시의 일생에 대한 전기소설을 베를린과 라이프치히에서 출판하다.

1905 ‡ 12월에 아들 브루노Bruno 출생하다.

1906 ‡ 《수레바퀴 아래서》(1903~1904년에 집필) 베를린의 피셔 출판사에서 출간하다. 빌헬름 2세의 독재 정권에 맞서는 진보적 노선의 잡지 〈3월〉März(뮌헨, 알베르트 랑겐 출판사) 창간, 1912년까지 공동발행인으로 활동하다.

1907 ‡ 단편집 《이 세상에서》Diesseits(베를린, 피셔 출판사) 출간하다. 가이엔호펜에 집을 짓고, 택호를 '암 에를렌로'Am Erlenloh로 하여 이사하다.

1908 ‡ 단편집 《이웃 사람들》Nachbarn(베를린, 피셔 출판사) 출간하다.

1909 ‡ 3월에 차남 하이너Heiner 출생하다.

1910 ‡ 장편 《게르트루트》Gertrud(뮌헨, 알베르트 랑겐 출판사) 출간하다.

1911 ‡ 7월에 셋째 아들 마르틴Martin 출생하다. 시집 《도상에서》Unterwegs(뮌헨, 게오르크 뮐러 출판사) 출간하다. 9월부터 12월까지 친구인 화가 한스 슈투르체네거Hans Sturzenegger와 함께 인도를 여행하다.

1912 ‡ 단편집 《우회로》Umwege(베를린, 피셔 출판사) 출간하다. 독일을 영구히 떠나 가족과 함께 스위스 베른으로 이주하여, 친구였던 화가 고故알베르트 벨티Abert Welti가 살던 집으로 들어가다.

1913 ‡ 인도 여행기 《인도에서》Aus Indien(베를린, 피셔 출판사) 출간하다.

1914 ‡ 3월 장편 《로스할데》Roßhalde(베를린, 피셔 출판사) 출간하다. 전쟁이 시작되자 헤세는 자원하나 입대허가를 받지 못하고, 1915년 베른의 독일 공사관에 배치되어 그때부터 '독일포로 지원업무'를 맡아 1919년까지 프랑스, 영국, 러시아, 이탈리아 등지에 수용된 수십만 전쟁포로들에게 독서물을 제공하

고 전쟁포로들을 위한 잡지들(《독일 전쟁포로 신문》Deutsche Interniertenzeitung 등)을 간행-편찬하다. 또한 1917년에는 전쟁포로를 위한 독자적인 출판사(독일 전쟁 포로를 위한 서적 본부)를 차려, 1919년까지 책임편집으로 22권의 책을 내다. 다수의 정치적 기고, 시국 경고문, 공개편지 등을 독일, 스위스, 오스트리아 신문, 잡지에 싣다.

1915 ‡ 《크눌프. 크눌프의 삶에서 나온 세 가지 이야기》Knulp. Drei Geschichten aus dem Leben Knulps(일부는 1908년에 이미 발표됨) 베를린의 피셔 출판사에서 출간하다. 단편집 《길에서》Am Weg(콘스탄츠, 로이스 운트 이타 출판사) 출간하다. 《고독한 자의 음악. 신작시집》Musik des Einsamen. Neue Gedichte(하일브론 오이겐 잘처 출판사) 출간하다. 단편집 《청춘은 아름다워라》Schön ist die Jugend(베를린, 피셔 출판사) 출간하다.

1916 ‡ 부친의 사망, 아내의 정신분열증 발병, 막내아들의 병 등으로 신경쇠약에 걸리다. 루체른 근교의 존마트에서 요양하며 융의 제자인 랑J. B.Lang에게서 처음으로 정신요법 치료를 받다. 《독일 전쟁포로 신문》과 《독일 전쟁포로를 위한 일요소식지》Sonntagsboten für die deutschen Kriegsgefangenen 창간하다.

1917 ‡ 시대비판적인 저술활동을 중지할 것을 종용받다. 에밀 싱클레어라는 가명으로 신문·잡지에 글을 내다. 9월부터 10월까지 《데미안》Demian을 집필하다.

1919 ‡ 정치적 팸플릿 《차라투스트라의 재림. 독일 젊은이들을 향한 한 독일인의 일언》Zarathustras Wiederkehr. Ein Wort an die deutsche Jugend von einem Deutschen 베른의 슈템플리 출판사에서 익명으로 출판하다. 4월에 베른 생활을 청산하다. 요양소에 입원한 부인과 별거, 자녀들은 지인들에게 의탁하다. 5월 테신 몬타뇰라의 카사 카무치로 거처를 옮겨, 1931년까지 이곳에서 지내다. 《작은 정원. 경험과 문학》Kleiner Garten. Erlebnisse und Dichtungen(탈 출판사) 빈과 라이프치히에서 출간하다. 《데미안. 어느 젊은이의 이야기》Demian. Die Geschichte einer Jugend(베를린, 피셔 출판사) 에밀 싱클레어라는 가명으로 출간하다. 모음집 《동화》Märchen(베를린, 피셔 출판사) 출간하다. 잡지 《비보스 보코. 새로운 독일을 지향하며》Vivos voco. Für neues Deutschtum 창간 및 간행하다(라이프치히와 베른).

1920 ‡ 《화가의 시. 채색화를 곁들인 열 편의 시》Gedichte des Malers. Zehn Gedichte mit farbigen Zeichnungen, 도스토예프스키에 대한 에세이를 《혼돈 속을 보다》Blick ins Chaos라는 제목으로 베른의 젤트빌라 출판사에서 출간하다. 단편집 《클링조어의 마지막 여름》Klingsors letzter Sommer(베를린, 피셔 출판사) 출간하다. 곧이어 같은 출판사에서 저자가 직접 그린 스케치와 수채화를 곁들인 《방랑》Wanderung 출간하다. 《차라투스트라의 재림》을 재간하다. 이번에는 저자 실명으로 피셔 출판사에서 펴내다.

1921 ‡ 《시선집》Ausgewählte Gedichte(베를린, 피셔 출판사) 출간하다. 《싯다르타》Siddhartha 집필 1부와 2부 사이 근 1년 반가량 진전이 없어 고전하다. 취리히 근교 퀴스나흐트에서 C. G. 융 박사를 만나 정신분석하다. 《11개의 수채화에 담은 테신》Elf Aquarelle aus dem Tessin(뮌헨, 레히트 출판사) 출간하다.

1922 ‡ 인도풍의 문학 《싯다르타》(베를린, 피셔 출판사) 출간하다.

1923 ‡ 《싱클레어의 비망록》Sinclairs Notizbuch(취리히, 라셔출판사) 출간하다. 취리히 근교 바덴으로 첫 요양 여행을 하다. 이후로 1952년까지 매년 늦가을 이곳을 찾다. 마리아 베르눌리와 이혼하다(6월).

1924 ‡ 다시 스위스 국적을 취득하다. 바젤에서 자신의 편집자 프로젝트의 준비 및 서지 작업하다. 작가인 리자 벵거Lisa Wenger의 딸 루트 벵거Ruth Wenger와 결혼하다. 3월 말에 몬타뇰라로 돌아가다. 《온천 심리학 혹은 바덴의 한 온천 요양객의 소사전》Psychologia Balnearia oder Glossen eines Badener Kurgastes을 비매용으로 자비출판하다. 1년 뒤 베를린의 피셔 출판사에서 기획한 《단행본으로 내는 전집》 시리즈의 첫 권이 출간되기 시작하다.

1925 ‡ 《요양객》Kurgast 출간하다. 11월에 울름, 뮌헨, 아우구스부르크, 뉘른베르크 등지로 작품 낭독회 여행하다.

1926 ‡ 《그림책(묘사)》Bilderbuch(Schilderungen)(베를린, 피셔 출판사) 출간하다. 프로이센 예술아카데미 문학예술 분과의 해외회원으로 선임되는데, 1931년에 탈퇴하다. "이 아카데미라는 것이 저 구십명, 백 명의 저명인사 무리로 하여금 1914년도처럼 또다시 국명이랍시고 임박한 전쟁에서 중차대한 모든 사안에 대해 온 국민을 우롱하도록 만들 것 같은 느낌이 든다."

1927 ‡ 《뉘른베르크 기행》Die Nürnberger Reise과 《황야의 이리》Der Steppenwolf가 베

를린의 피셔 출판사에서 출간됨과 동시에, 헤세의 50세 생일을 맞아 최초의 헤세 전기 출간(후고 발Hugo Ball 저)하다. 1924년에 재혼했던 부인 루트의 요청으로 이혼하다.

1928 ‡ 《고찰》과 《위기》Krisis 일기 일부가 베를린의 피셔 출판사에서 특별한 정판으로 출간되다.

1929 ‡ 신작시집 《밤의 위로》Trost der Nacht(베를린, 피셔 출판사) 출간하다. 《세계문학 도서관》Eine Bibliothek der Weltliteratur 라이프치히 레클람 출판사의 레클람 총서 제7003호로 출간되다.

1930 ‡ 단편집 《나르치스와 골트문트》Narziß und Goldmund(베를린, 피셔 출판사) 출간하다.

1931 ‡ 보트머H. C. Bodmer가 헤세에게 평생 쓰라고 지어준 몬타뇰라의 새 집으로 이사하다. 체르노비츠 출신으로 귀화한 예술사가 니논 돌빈Ninon Dolbin과 결혼하다. 《내면으로의 길》Weg nach innen 및 중단편 네 작품 《싯다르타》《어린이의 영혼》Kinderseele 《클라인과 바그너》Klein und Wagner 《클링조어의 마지막 여름》 베를린의 피셔 출판사에서 저가의 특별보급판으로 출간하다.

1932 ‡ 《동방순례》Die Morgenlandfahrt(베를린, 피셔 출판사) 출간하다.

1932~1943 ‡ 《유리알 유희》Glasperlenspiels 집필하다.

1933 ‡ 《작은 세계》Kleine Welt(「이웃 사람들」「우회로」「인도에서」 등의 단편들을 부분 수정하여 모은 것)(베를린, 피셔 출판사) 출간하다.

1934 ‡ 스위스 작가협회의 일원이 되다. (나치의 문화정책에 더욱 확실하게 대응하고 망명작가들을 더 효과적으로 중재할 목적으로) 시선집 《생명의 나무》Vom Baum des Lebens(라이프치히, 인젤 출판사) 출간하다.

1935 ‡ 단편집 《이야기책》Fabulierbuch(베를린, 피셔 출판사) 출간하다. 피셔 출판사가 정치적인 압력으로 인해, (페터 주어캄프Peter Suhrkamp가 이끄는) 독일제국 내 부분과 고트프리트 베르만 피셔의 망명 출판사로 양분되다. 나치 관청은 피셔의 망명 출판사 측이 헤르만 헤세의 작품에 대한 판권을 해외로 가지고 나가는 것을 허가하지 않다.

1936 ‡ 그렇지만 헤세는 자신의 정형시집 《정원에서의 시간》Stunden im Garten의

출간을 빈에 소재한 베르만 피셔의 망명 출판사에 맡기다. 9월에 페터 주어캄프와 개인적인 첫 만남을 가지다.

1937 ╪ 《단상록》Gedenkblätter과 《신작 시》Neue Gedichte(베를린, 피셔 출판사) 출간하다. 《불구 소년》Der lahme Knabe이 취리히에서 알프레트 쿠빈의 비용 부담으로 비매용 자비 출판되다.

1939~1945 ╪ 헤세의 작품들이 독일 내에서 탄압받다. 《수레바퀴 아래서》《황야의 이리》《고찰》《나르치스와 골트문트》《세계문학 도서관》 등이 출판금지 조치를 당하다. 이에 따라 피셔가 시작한 《단행본으로 내는 전집》의 진행이 스위스의 프레츠 운트 바스무트 출판사로 넘어가다.

1942 ╪ 베를린의 피셔 출판사가 《유리알 유희》 출판허가 취소 조치를 당하다. 헤세의 첫 시전집 《시》Die Gedichte 취리히의 프레츠 운트 바스무트 출판사에서 출간하다.

1943 ╪ 《유리알 유희. 루디 요제프 크네히트 선생의 삶과 그가 남긴 유고를 기술하려는 시도》Das Glasperlenspiel. Versuch einer Lebensbeschreibung des Magister Ludi Josef Knecht samt Knechts hinterlassenen Schriften(취리히, 프레츠 운트 바스무트 출판사) 출간하다.

1944 ╪ 헤세의 출판사 사장인 페터 주어캄프가 게슈타포에 체포되다.

1945 ╪ 미완성 장편 《베르톨트》Berthold 《꿈의 여행》Traumfährte(신작단편과 동화) 취리히의 프레츠 운트 바스무트 출판사에서 출간하다.

1946 ╪ 《전쟁과 평화(1914년도 이후 전쟁과 정치에 대한 고찰)》Krieg und Frieden(Betrachtungen zu Krieg und Politik seit dem Jahr1914)(취리히, 프레츠 운트 바스무트 출판사) 출간하다. 이후 헤세의 작품들은 독일 국내에서도 출판이 재개되어, 제일 먼저 S. 피셔 출판사를 전신으로 하는 주어캄프 출판사에서(1951년 이후로는 프랑크푸르트 암 마인의 주어캄프 출판사를 통해) 나오게 되다. 프랑크푸르트 시로부터 괴테상 수상하다. 노벨상 수상하다.

1950 ╪ 헤세가 페터 주어캄프에게 독자적인 출판사를 설립하도록 격려하여, 결실을 보다. 7월에 창립하다.

1951 ╪ 《후기 산문》Späte Prosa 《서간집》Briefe(프랑크푸르트 암 마인, 주어캄프 출판사) 출간하다.

1952 ✝ 헤세의 75세 생일 기념판으로 여섯 권으로 된 《작품집》Gesammelte Dichtungen(프랑크푸르트 암 마인, 주어캄프 출판사) 출간하다.

1954 ✝ 동화 《픽토르의 변신》Piktors Verwandlungen이 복제판(프랑크푸르트 암 마인, 주어캄프 출판사)으로 출간되다. 《서한집 : 헤르만 헤세와 로맹 롤랑》 Briefwechsel : Hermann Hesse-Romain Rolland(취리히, 프레츠 운트 바스무트 출판사) 출간 하다.

1955 ✝ 《서원. 만년의 산문/새로운 결과》Beschwörungen, Späte Prosa/Neue Folge(프랑 크푸르트 암 마인, 주어캄프 출판사) 출간하다. 독일 출판협회 평화상을 받다.

1956 ✝ 바덴 뷔르템베르크 지역 독일 예술진흥협의회를 통해 헤르만 헤세 상 이 제정되다.

1957 ✝ 7권으로 된 《작품집》Gesammelte Schriften(주어캄프 출판사) 출간하다.

1961 ✝ 《단계들. 신구시작품선집》Stufen, alte und neue Gedichte in Auswahl(주어캄프 출 판사) 출간하다.

1962 ✝ 1937년도에 나온 초판본에 15편의 글을 덧붙여 《단상록》Gedenkblätter(주 어캄프 출판사) 출간하다. 8월 9일, 헤르만 헤세 몬타뇰라에서 사망하다.

1962 ✝ 《헤르만 헤세. 하나의 도서목록》Hermann Hesse. Eine Bibliographie이 헬무트 바이블러Helmut Waibler에 의해 베른과 뮌헨에서(프랑케 출판사) 출간되다.

1963 ✝ 《만년의 시》Die späten Gedichte가 비스바덴 인젤 출판사의 인젤 총서 제 803호로 출간되다.

1964 ✝ 마르바흐에 헤르만 헤세 자료관이 건립되다.

1965 ✝ 니논 헤세Ninon Hesse가 엮은 《유고 산문집》Prosa aus dem Nachlaß(주어캄 프 출판사) 출간하다. 베르하르트 첼러가 엮은 《독일의 새 책들, 1935년부 터 1936년까지 '보니에르 리터레라 마가진'에 연재한 문학이야기》Neue Deutsche Bücher, Literaturberichte für 'Bonniers Literuära Magasin' 1935 bis 1936가 마르바흐, 실러 국립박물 관의 투름한 출판부에서 출간하다.

1966 ✝ 니논 헤세가 엮은 《1900년도 이전의 유년기와 청소년기, 1877년부 터 1895년까지의 편지와 기록들로 살펴본 헤르만 헤세》Kindheit und Jugend vor Neuzehnhundert, Hermann Hesse in Briefen und Lebenszeugnissen 1877 bis 1895 주어캄프 출판사에

서 출간하다. 헤세의 미망인 니논 헤세 사망하다.

1968 ┼ 아니 카를손Anni Carlsson이 엮은 《헤르만 헤세와 토마스 만, 서한집》 Hermann Hesse-Thomas Mann, Briefwechsel(주어캄프 출판사) 출간하다.

1969 ┼ 지그프리트 운젤트Siegfried Unseld가 엮은 《헤르만 헤세와 페터 주어캄프, 서한집》Hermann Hesse-Peter Suhrkamp, Briefwechsel(주어캄프 출판사) 출간하다.

1970 ┼ 《헤르만 헤세 전집》Hermann Hesse Werkausgabe이 폴커 미헬스Volker Michels가 〈서평과 논평으로 보는 문학사〉Eine Literaturgeschichte in Rezensionen und Aufsätzen라는 제목으로 엮은 헤세의 서평집 한 권을 포함하여, 주어캄프 출판사에서 전 12권으로 나오다.

1971 ┼ 베르하르트 첼러가 엮은 《헤르만 헤세와 헬레네 포이그트 디더리히스. 편지로 보는 두 문인의 초상》Hermann Hesse-Helene VoigtDiederichs. Zwei Autorenportraits in Briefen(쾰른, 디더리히스 출판사) 출간하다.

1972 ┼《헤르만 헤세의 황야의 이리 자료집》주어캄프 출판사에서 출간하다.

1973 ┼ 폴커/우르줄라 미헬스Volker/Ursula Michels와 하이너 헤세Heiner Hesse가 엮은 《서한 모음집, 제1권, 1895~1921》Gesammelte Briefe(주어캄프 출판사) 출간하다. 폴커 미헬스가 엮은 유고를 정리한 산문집 《나태의 기술》Die Kunst des Müßiggangs과 《헤르만 헤세의 유리알 유희 자료집》주어캄프 출판사에서 출간하다. 지그프리트 운젤트가 엮은 《헤르만 헤세. 작품사》Hermann Hesse. Eine Werkgeschichte(주어캄프 출판사) 출간하다.

1974 ┼《헤르만 헤세의 싯다르타 자료집》(폴커 미헬스 엮음) 주어캄프 출판사에서 출간하다.

1977 ┼《작은 기쁨. 유고에서 모은 짧은 산문 모음》Kleine Freuden. Kurze Prosa aus dem Nachlaß(폴커 미헬스 엮음) 《양심의 정치, 1914~1962년의 정치적 글 모음 I, II》Politik des Gewissens. Die Politischen Schriften 1914~1962, 2 Bände(폴커 미헬스 엮음) 《헤르만 헤세와 훔, 서한집》Hermann Hesse-R.J. Humm, Briefwechsel(폴커 미헬스와 우르줄라 미헬스 엮음) 그리고 《책이라는 세계. 문학에 대한 고찰과 에세이》Die Welt der Bücher. Betrachtungen und Aufsätze zur Literatur 등 주어캄프 출판사에서 출간하다. 《헤르만 헤세. 보덴제. 에세이와 단편과 시》Hermann Hesse. Bodensee. Betrachtungen, Erzaählungen,

Gedichte(폴커 미헬스 엮음) 지그마링겐의 토어베케 출판사에서 출간하다. 브루노 헤세와 잔도르 쿠티Sandor Kuthy가 펴낸 《화가 헤르만 헤세》Hermann Hesse als Maler(주어캄프 출판사) 출간하다.

1978 ꭞ 《1900년도 이전의 유년기와 청소년기 제2권》Kindheit und Jugend vor Neunzehnhundert, Band 2(게르하르트 키르히호프 엮음) 주어캄프 출판사에서 출간하다. 《헤르만 헤세와 하인리히 비간트, 서한집》Hermann Hesse-Heinrich Wiegand, Briefwechsel(클라우스 페촐트Klaus Pezold 엮음) 동베를린의 아우프바우 출판사에서 출간하다.

1979 ꭞ 《서한 모음집, 제2권, 1922~1935》Gesammelte Briefe, Band 2, 1922~1935 주어캄프 출판사에서 출간하다. 《헤르만 헤세. 사진과 자료들로 보는 그의 일생》 Hermann Hesse. Sein Leben inBildern und Texten 폴커 미헬스에 의해 주어캄프 출판사에서 출간하다. 테오도레 치올코프스키Theodore Ziolkowski의 《작가 헤르만 헤세》Der Schriftsteller Hermann Hesse 출간하다.

1982 ꭞ 《서한 모음집, 제3권, 1936~1948》Gesammelte Briefe, Band 3, 1936~1948 출간하다.

1983 ꭞ 폴커 미헬스가 엮은 《이탈리아. 여행기와 일기》Italien. Schilderungen und Tagebücher 출간하다.

1986 ꭞ 《서한 모음집, 제4권, 1949~1962》Gesammelte Briefe, Band 4, 1949~1962 출간하다.

1987 ꭞ 지인들이 헤르만 헤세에 관해 회고한 《그를 알아 얼마나 좋았는지!》 Wie gut, ihn erlebt zu haben 출간하다. 《책 속의 세계. 1900~1910년의 서평》Die Welt im Buch. Rezensionen 1900~1910 폴커 미헬스가 하이너 헤세와 함께 엮어 내다.